石頭記疏證長編

蔡氏切音記號

蔡元培全集 卷三

鈎隱珠淵露
里尋一枝妙
筆諜炳襟容
星散屐浮榮
後江水泱泱自
古今

蔡元培

创于1897
商務印書館
The Commercial Press

《蔡元培全集》編委會

主　編　蔡磊砢

編　委（以姓氏筆畫爲序）

王世儒　馬建鈞　秦素銀

郭建榮　陳洪捷　婁岙菲

張萬倉　鄒新明　劉喜申

《蔡元培全集》總序

蔡元培（1868—1940），字隺廎，號孑民，20世紀中國杰出的教育家、思想家、民主主義革命家，曾任中華民國首任教育總長、北京大學校長、中央研究院院長，爲中國教育、科學、文化事業的發展做出了卓越的貢獻。

1868年1月11日，蔡元培先生出生於浙江紹興。少有雋才，科舉連捷，中進士，入翰林院。甲午戰爭後，思想爲之一變，始涉獵西學，欲求救國之道。戊戌變法失敗後，憤而辭官，投身教育革命，畢生不移教育救國之志。

中華民國成立後，蔡元培先生出任教育總長，提出『五育並舉』的教育方針，將美育納入國民教育體系中；取消經科，厘定學校教育制度，設立社會教育司，爲民國新教育奠定了基礎。1917年，蔡元培先生出任北京大學校長，以『學術至上』爲發展目標，對北大進行了徹底改革，『循思想自由原則，取兼容并包主義』，促進了新思潮的傳播，使北大成爲新文化運動的中心、五四愛國運動的策源地、中國最早傳播馬克思主義和民主科學思想的基地。國民政府成立後，蔡元培先生再掌國家教育行政，借鑒法國教育制度，設立大學院，推行大學區制，持續推動教育制度革新。蔡元培先生提出『以美育代宗教』的思想，并親授美學課程，推動藝術院校的成立，爲中國藝術教育做出了奠基性的貢獻。在中國近代教育史上，蔡元培先生無愧爲開風氣者，貢獻巨大，影響深遠。

蔡元培先生提倡科學精神，注重科學研究方法的普及，並始終致力於中國科學事業的建設。在校園内，將科學研究視爲大學發展的首要任務；在社會上，不遺餘力地扶植科學團體，資助科學項目，培育科學人才。晚年，更是傾力創建了中央研究院，并親任院長直至辭世，歷十三年。其間擘畫籌謀，延攬專家，扶掖新秀，辛勤耕耘，促進了中國現代科學研究體制的形成，爲近代中國科學事業的發展做出了開創性的貢獻。

蔡元培先生是一位堅定的愛國主義者和民主主義革命家。二十世紀初，他創辦《俄事警聞》，爲《蘇報》撰稿，在張園演講；創立光復會，加入同盟會，投身反清革命。『九一八』事變爆發，他以中國文化界教育界領袖的身份，强烈呼吁國際社會制裁日本，熱切期盼全國團結一致，抵禦日寇侵略。他參與組織中國民權保障同盟，設法營救楊開慧、陳獨秀以及許德珩、廖承志、丁玲等一大批革命志士和愛國青年，並被推舉爲國際反侵略大會中國分會名譽主席。蔡元培先生畢生不畏强權，不計利害，爲争取民族解放、保障民主權利做出了不懈的努力。

1937年底，上海淪陷，中央研究院内遷，作爲院長的蔡元培先生原擬取道香港後赴昆明，因健康狀況不佳，留港養病。1940年3月5日溘然長逝。

蔡元培先生是中國傳統文化陶冶出來的學者，又博采西方文化之所長。他博覽群書，不囿於一家之言，兼收並蓄，融古今中西學術於一身，時人謂爲『學人亦兼通人』。其治舊學，邃於經，兼通諸子百家，文極古藻；其於新學，不以博學爲點綴，而是深入探索以求門徑。蔡元培先生留下一種博大的精神氣象。他道德垂範，以身教代言教，循循善誘，殷殷教導，在潛移默化間影響了無數青年。他有着中國聖賢之修養，德望素孚，受到同時代人的愛戴與景仰。毛澤東贊譽他爲『學界泰斗，人世楷模』。他一生歷經甲午戰爭、維新變法、辛亥革命、五四運動以及抗日戰争等諸多歷史巨變，在教育界、政界、文化界擔任要職，産生了重要的社會影響，留下了宏富的著述文獻，涉及哲學、教育學、美學、政治學、文學等多個領域，從一個側面折射了中國近代教育、科學、政治和文化的發展歷程，也是瞭解這一時期政治史、思想史、教育史、學術史的寶貴資源。

蔡元培先生的著述，除部分生前勘定出版的專著、譯作之外，還有大量的文章、詩詞、講話稿、講義稿等。其中，早年所作駢散古文及詩詞，多以手稿、影印手迹、抄留底稿的形式留存，大部分爲家藏文獻。早期所作序跋、題詞則多存於相關書刊中，珍藏於圖書館。民國後所作的文章、講話、公牘、啓事、函電及受託撰寫的題詞、贊、墓表、銘、楹聯、他人傳略等，數量極多，多數公開刊行於書籍與報章雜誌，部分以手稿、影印手迹、抄留底稿等形式由機構或私人收藏。此外，他生前撰有數量可觀的私人書信，亦有自釘成册及散篇的日記留存。

系統搜集、整理、出版蔡元培先生著述的工作，在他生前即已開始。而編輯出版蔡元培全集的努力，則是從 20 世紀 60 年代開始的。1968 年，臺灣商務印書館出版《蔡元培先生全集》一册，孫常煒編，收録專著和譯著七種，單篇文獻四百八十篇，分爲『六科』，爲著述、論文與雜著、言論與演説、序跋、函電與公牘、附録（收録他人所作紀念文章）；又於 1988 年出版《續編》一册。1995 年，臺北錦綉出版事業股份有限公司出版《蔡元培全集》14 卷，依文體和主題分爲：自傳、教育（上、下）、美育、哲學、政治經濟、史學民族學、語言文學、科學技術、書信（上、中、下）、日記（上、下）。1984—1989 年，中華書局出版《蔡元培全集》七卷，高平叔編，編年收録蔡元培 1883 年至 1940 年包括書信、日記在内的各類著述。1997—1998 年，浙江教育出版社出版《蔡元培全集》18 卷，中國蔡元培研究會編，將譯著、書信、日記單獨編次成卷，其餘文獻仍以編年形式編排，並補遺一卷。

近年來，隨着各類晚清民國數據庫的開發和近現代人物著作的陸續出版，諸多以往不爲人所知的蔡元培先生著述新文獻以及已刊文獻的不同版本被重新發現。2015 年，在蔡元培研究專家王世儒先生的提議下，北京大學成立了《蔡元培全集》編委會，新版《蔡元培全集》的編纂與出版提上日程。由來自北京大學教育學院、歷史學系、校史館、圖書館等單位的蔡元培研究、校史研究及近代史研究的專家，以及資深校外學者組成的《全集》編委會，對包括數據庫、各地館藏文獻、私人收藏文獻在内的資源進行了全面的檢索、收集、分析、整理。同時，在蔡元培先生家屬的大力支持下，編委會對其著述家藏文獻進行了深度挖掘。編委會希望爲專業研究者和廣大讀者提供一套文獻完整、校勘精審、分卷科學的全新的《蔡元培全集》。

新版《全集》的編纂工作主要圍遶以下幾個方面進行。

第一，重新確定《全集》的文獻收録原則。經過對蔡元培先生著述的類型、性質、時代特徵與留存情況進行全面分析，新版《全集》確定收入的文獻包括：署名並公開發表的著述，未署名或未公開發表、經考證爲其著述的手稿，函電、日記，由他人記述、轉録的演講、談話，以及部分已搜集到的題詞。

需要特别説明的是，蔡元培先生一生擔任過諸多重要職務，任職期間，留下了大量的署名「蔡元培」以職務身份頒布的法令、制定的章程規則、提交的呈文以及發布的布告、啓事、公牘、函電等公務類文獻。編委會經過慎重研究，决定擇要收録公務文獻中最能够反映其思想學術的篇目和全部函電，其他公務類文獻均不收録。

第二，對已刊文獻進行全面整理和重新校訂。廣泛搜集已刊文獻的各種版本及相關信息，逐篇梳理版本流傳情况，優先選擇作者手定本或最佳版本爲底本，遵循全集校勘通例，對已刊文獻進行重新校訂。

第三，對以往全集失收的文獻進行全面的搜集、整理、考證和補充。新版《全集》首次整理收入《石頭記疏證長編》（手稿）、《蔡氏切音記號》（鈔本）以及《國文科講義》《倫理概要》《倫理學講義》《比較民族學》《心理學》《西洋教育史》等講義稿。演講類文獻新增百餘篇。序跋類文獻新增近百篇，另收録爲書刊展覽所作題詞130餘篇。詩文類文獻新增百餘篇。科舉考卷部分新增童生試考卷15份（詩文49篇）。書信部分新增550餘通。譯作類新增《教授法原理》一種。綜上，總計收入已往全集未收的文獻逾百萬字。全部新文獻一一按照《全集》編撰通例進行整理校訂。

第四，對文獻性質、撰寫時間進行盡可能精確的考證。此次整理，搜集到的文獻來源不一，有時難以判斷相關文獻的作者歸屬、文獻類型，必須一一加以考證。對作者歸屬尚存疑問的文獻，不予收録。對於原始標題近似的演講、論文、書信等不同類型的文獻進行明確的區分。對千餘篇文獻的寫作時間、出版時間以及數百次演講的發生時間進行一一考證，糾正了大量的時間錯置問題。

第五，對《全集》所有文獻進行全新分類編排。新版《全集》按文體分類成卷，按著述性質排序，分卷刊行，凡十二卷。專著、著作稿集中呈現蔡元培先生的學術思想與路徑，且基本爲其生前所勘定，故列爲前三卷。論文集、演講集是集中呈現其思想言論的單篇文獻匯編，故列爲卷四、卷五。其後爲講義稿一卷，篇幅雖不大，却爲蔡元培先生教育實踐的最直接呈現，列爲卷六。其後爲序跋集、詩文集兩卷，多維度呈現他的交游與生活，列爲卷七、卷八。其後爲書信集、日記，作爲私人文獻，列爲卷九、卷一〇。闈墨輯存單列一卷，搜集蔡元培存世的科考試卷，列爲卷一一。譯著依照慣例，列於《全集》最後，爲卷一二。

《全集》的編纂歷時八年，主要工作分兩個階段完成。第一階段，編委會在王世儒、郭建榮、張萬倉、陳洪捷的指導下對所有文獻進行編年、校勘，具體分工爲：劉喜申負責1883至1910年文獻，歐陽哲生負責1911至1916年文獻，王世儒負責1917至1919年文獻，鄒新明負責1920至1922年文獻，胡蕾負責1923至1926年文獻，錢斌負責1927至1930年文獻，張萬倉負責1931至1934年文獻，郭建榮負責1935至1940年文獻。此外，樊秀麗參與了《妖怪學講義》的校勘，蔡磊砢負責家藏文獻的整理，馬建鈞負責北京大學檔案文獻的檢索，王世儒和錢斌還提供了多年積累的佚文資料和整理初稿。第二階段，所有文獻分類編排後，婁岙菲和秦素銀參與了書信集和譯著的校勘，張樂與巫鋭、李慧、林霄霄、闞建容博士對《全集》所涉外文部分進行了校勘與修訂，各分卷執行主編對各卷進行統稿，並由蔡磊砢進行最後的定稿。

新版《蔡元培全集》的編纂出版，得到商務印書館的鼎力支持。蔡元培先生與商務印書館淵源深厚，緣於蔡元培先生與張元濟先生同鄉，同歲，又同爲光緒壬辰年（1892年）進士，同入晚清政府爲官，不僅年誼深厚，更是志同道合。蔡元培先生畢生抱定教育救國之志，張元濟先生則以『昌明教育、開啓民智』作爲商務印書館的出版宗旨。1902年，張元濟先生入商務印書館主持編務，蔡元培先生即全面參與商務的各項出版活動。他參與策劃編輯教科書，爲新書作序題跋；他翻譯的《哲學要領》《教授法原理》《妖怪學講義》《倫理學原理》，以及編撰的《中學修身教科書》《中國倫理學史》《哲學大綱》《石頭記索隱》《簡易哲學綱要》均由商務印書館出版，《石頭記索隱》最早連載於商務發行的《小說月報》，很多重要的演講、論文等也發表於商務發行的《教育雜誌》《東方雜誌》等刊物之上；在商務出版《北京大學月刊》《北京大學叢書》《世界叢書》《萬有文庫》的過程中給予了大力支持，還曾長期擔任商務印書館董事之職。此次由商務印書館刊印新版《蔡元培全集》，可謂因緣再續，意義非凡。于殿利和顧青兩任領導對《全集》給予了高度重視，商務的編校出版團隊對《全集》提供了專業、全面的支持。另外，《全集》的出版得到了國家出版基金的資助，在此謹表示感謝。

感謝北京大學教育學院爲《全集》的編纂提供工作上的便利，北京大學社會科學部和學科建設辦公室給予經費上的支持，北京大學圖書館和檔案館等機構給予資料檢索上的協助。《全集》在資料收集過程中得到無數熱心研究者和朋友們的幫助，他們無償提供了文獻的圖片與綫索，恕不一一具名。在此，我們一並表示誠摯的感謝。

新版《蔡元培全集》卷帙浩繁，涉及多種語言，如德文、法文、拉丁文、英文、日文、意大利文、荷蘭文、『世界語』等，内容涵蓋了哲學、美學、民族學、文學、史學等學科領域，編校難度極大，疏漏之處在所難免，懇請讀者予以指正。

《蔡元培全集》編委會

2024年10月

凡例

一、《蔡元培全集》凡十二卷，二十八分册。卷一、卷二收録六部專著，遵從作者生前勘定之書名，按創作先後依次排序。卷三收録著作稿兩部，依作者手定稿名，按創作先後依次排序。其餘各卷按文體和著述性質依類分卷，並新擬卷名。各卷所收文獻，皆按時間順序依次排序。

二、所收文獻皆考證具體日期。日不可考則係諸月，月不可考則係諸季，季不可考則係諸年，年不可考則置於卷末。

三、所收文獻皆註明版本出處。單篇文章、演講及函電的版本信息列於篇首題注之中；專著、譯作、著作稿、講義稿、日記的版本信息列於卷首『本卷説明』之中。

四、所收文獻均經校勘整理。凡底本有脱訛衍誤者，均予校正。補脱字用〔 〕括注楷體字標示，改訛字用（ ）括注楷體字標示。文獻引文與今通行本或有不同，視情况予以説明或校改。

五、所收文獻多有譯名，凡與今通行譯名不符者，一律保留。如原有譯名對照表，則以譯名對照表爲準，篇内統一。

六、所收文獻標點情况各有不同。《全集》統一施以新式標點，以國家標準進行統一。

七、《全集》使用通行簡體字排版，特殊情况下保留繁體字或舊字形。卷三著作稿使用影印排版，稿中貼條、夾頁均保存原貌。

八、各卷選取與該卷寫作時期或内容主旨相關的肖像、手迹等圖片，置於卷首。

九、各卷封面底圖皆爲蔡元培手迹。

本卷説明

本卷影印蔡元培著作手稿一種、鈔本一種。

《石頭記疏證長編》始作於一八九四年，綫裝手稿共四册，前三册爲蔡元培手迹，第四册除首頁人名和第二頁天頭的『以下見趙翼《簷曝雜記》』爲蔡元培筆迹外，其餘爲他人筆迹。

《蔡氏切音記號》係蔡元培於一九〇〇年前後寫定，爲教授紹郡中西學堂學生的識字教材。本次影印姚懋甫鈔録本，鈔本封面有蔡元培書寫的題記。後附《編印切音課本的説明》。

目録

石頭記疏證長編

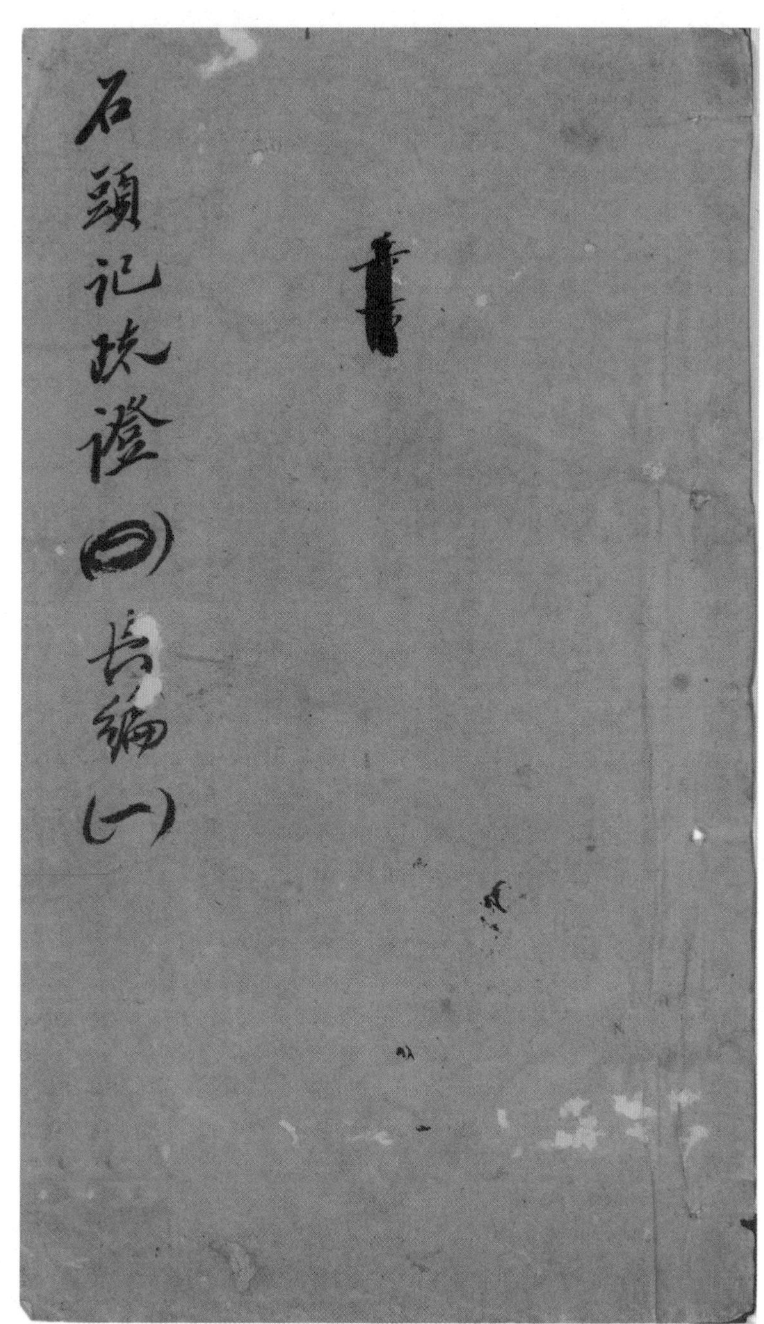
石頭記疏證（四）長編（一）

謝晦

釋名

甄 盛甄賦

~~元嘉三年正月，遣中領軍到彥之往北斷……檀道濟討荊州刺史謝晦~~

~~晦率親兵……二月戊辰，……檀道濟大破謝晦于~~

~~隱圻……晦單騎自無湖……已而為臨……送都伏誅~~

石頭記○金陵石頭城

情僧錄○情，情也。僧者，來遂和尚之意

雲横秦嶺 秦百卿指五横雲 横雲死後誰[illegible]故

先封龍攀尉

甄士 甄事也

封肅 風俗也

一僧一道 僧，傷也；道，明也。當以發言之，故曰此時惟一道

七回回末美僕弄謊
內分不直風

人

墨浪館史謂明也歐陽五代史每寫嗚呼字

從前無意中說出西廂記寶釵戒諸修明史時有滿反

滿洲人不美事寶釵所謂燒的燒了指焚私史也

修撰以攜僕鈔書被讒放有崇禎寫經事

第五回有風情月債諸風者清風也所謂開府直風

也月者明也明時見月錢讓亦可證

石獸子指南山集 詩曰節彼南山維石巖巖

撚扇子燃舊史也

焚黃玉詔 焚淫詞之陽文獻版事

三匹禪 訪禁王公將軍暫撫鎮與民爭利 明鈔 子弟雞 蔡齋 看戲

賜席 寵堂廟及曲江風度扁

怡園 栽芍藥數百畦於豐臺

徐元文 公肅 立齋

督標官學 占勝等自擬逃人 論宗師當嚴甚

庚 八旗家人横死之驗勘 論滿人丁憂勅萬鳴

風尸衣中挾鼓 嵩儲明中大 甲子

费天祥 假文天祥也 親持戲妝為之數

高士奇松亭行紀　自題　錢唐高士奇

康熙二十年三月廿六日駐蹕三家橋臣入幄殿燭光夜

深●西巡西成亭以為常●雪曉起入侍幄殿上問

●今歲盤山嘗有詩否●戊寅幸景忠山上登降行容

呼己絕巘臣無滕勝具上命侍衛扶掖而升●己卯西干設

幄殿上奉太皇太后臨觀臣侍衛操舟捕魚以奉太后

饗太后大悅厚賞舟中人上坐幄殿中命高侍賜紫金

杯臣是論曰今晚可不侍幄殿西俟此杯●四月甲申上行園

莽花山射得二麞，就山前張幄炙鮮，賜內大臣及近侍
諸臣○丙申賜鹿茸一雙，諭曰見爾頗能乘馬，亦善習射
○壬寅賜內醞一樽，因爾總不能飲，予數同行者○乙巳賜
宴蒙古諸部落，上坐黃幄中，皇太子隨郡王侍○

扈從東巡日錄

二十一年六月□日諭大理寺少卿士奇供奉內廷制當
扈蹕友人陳英次王士正徐乾學陸葇杜訥高士奇
嚴繩孫汪懋麟高層雲黃虞稷沈皞沈嵩蓉以詩
詞贈行○二月十二日上奉皇太子行，士奇從翰詹班次，士
奇與張英自康熙十六年十二月十七日同時入直大內南

書房按步隨之行將及五載若夕無間日已從行圍獵
皇上於山上拖射三虎 皇太子年甫九齡行子躍馬矢無虛發
見一虎射之立斃成子詩佳應從之時給官馬五匹
圍人一名飯帳房一架又之廳行李當官騎駝駄載李人帶
之 又詩曰伏前時見天顏喜龍飛態蹌鳴獨多
扈從西巡日錄
康熙二十二年二月 〇是日上出自於宛平城南百姓觀者
無慕賜以果肉老者銀兩各賞由金一錠雜子點獨制

清秘閣

駙尉曾進之有壽丹桂者在家中自言係數會七十上命
講飛龍在天利見大人及乾精為乾乾猶在倫勿講
畢丹桂奏言家貧不能為生上憫而食且而食餘
蘋果六枚諭之曰余嘗好方讀書開卷有益也○
甲午避暑種風若失重裘獨寒上解御服文貂裘
及麋鹿當有命臣衣之○
墨此小鈔
三十二年五月十二日庭駐蹕東直門外花藕坊上因諭曰且
向村落薪櫱頃刻為之上撤御前盤餐諭中使向村
中民共嚐之○偶值暑氣上命以冰水飲羞之數二

范曄　宋文帝紀

碗方解又崔御醫馬之駿診視○甲申上曰爾南人爾何

必飲冰水士奇曰天氣炎熱非冰莫解上曰朕聞南人殊

不喜著士奇曰南人從來畏暑著紗有寒中九月和佛

之語上大笑○丙戌上在舟中顧士奇曰聞爾素嗜酒何以

後來特曰此間風土人所難甚以之區從之此見識爲深

年上欲疑親王溫郡王回彼方抱病殊難支持爲念

諭曰觀爾氣色未佳當節飲食而回惜之肩調理○丁亥

士奇在上前奏嗚咽不止諭曰爾在京忠勤初無勉力隨

清秘閣

行令之勤慎朕素知之 今見尔病日增且此來屢屢危漸
少宜靜養之 國書遣命回京調理 去歲奏曰數年以來
隨從皇上巡歷嘉峪以 春天宿馬喇及滿洲出來當病
後出塞外出行人眾 罕已思奉隨來 參覽實為厚
幸 若中途先回於臣下庶然之誼 未安 上從吟允之
回前面有皇旨不勸住調理 會回臨行 召命仍當回
京聽命自後容還於勞松 日 辛卯命侍衛侍當 著去
奏回京靜攝 總命色名昂邦 遣撥什庫 一名披甲五
名圍人一名送回京都 沿途飲食務驗時嚴 命心
供給 又論去前天不 耐乘馬 鈔免遠途行 命太醫院

司馬順則　宋文帝紀

交目唐[illegible]奏同行○甲午[illegible]宗為己看諭著至宮
中著乾清宮總管內監顧問行存御膳房提調內監
劉[illegible]龍奏發遣御醫[illegible]戴元[illegible]來視病[illegible]戊戌中使
[illegible]諭曰宮之遣總管內監顧問行楊[illegible]即寫問[illegible]
[illegible]○同[illegible]四百中使到京[illegible]同[illegible]於御茶房[illegible]
[illegible]內監劉[illegible]龍奏帖[illegible]御茶批恩調[illegible]
欽[illegible]日精[illegible]傳[illegible]命下
[illegible]

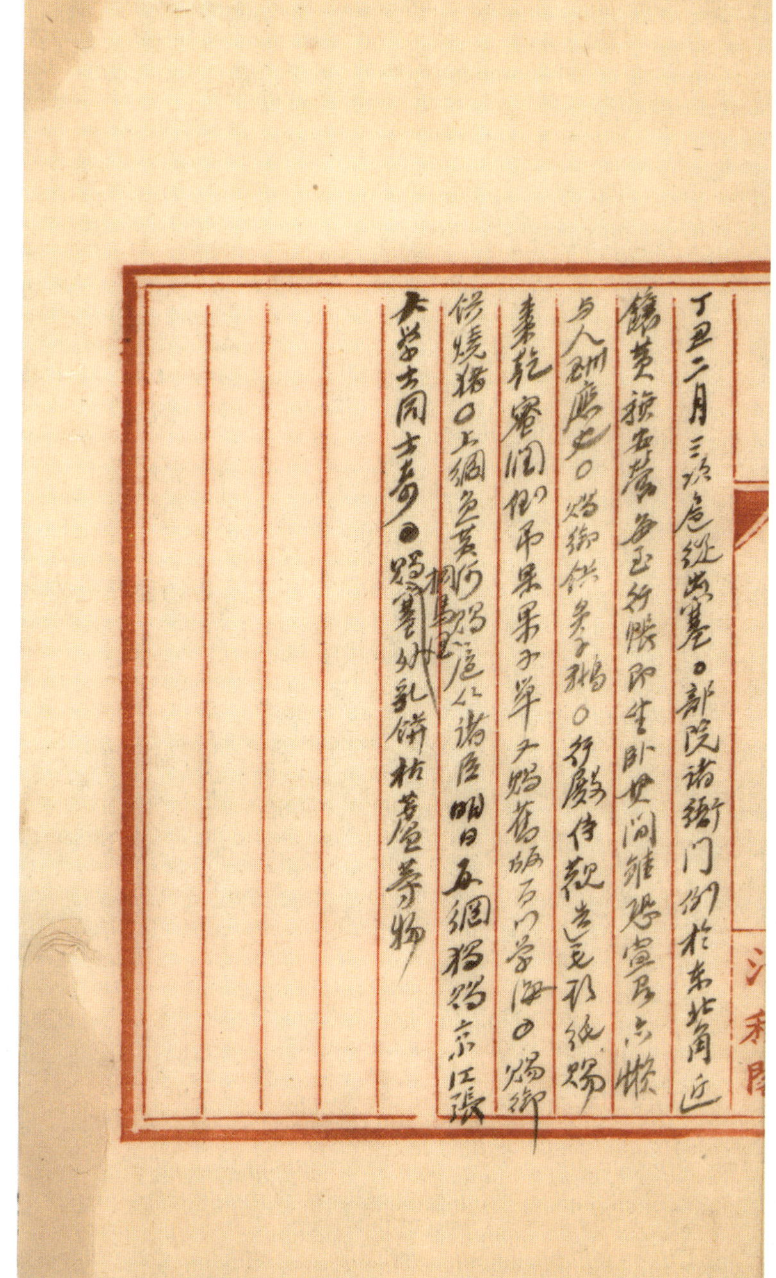

丁丑二月三次扈從出塞。部院諸衙門例在東北角近鑲黃旗安營，每至行帳即坐卧其間，雖恐當年亦懶與人酬應也。賜御饌羊子鵝。行廚侍從者送羊紙，賜棗乾、蜜閩、伊布果子單子。賜舊城石門學海。賜御餅燒豬。上網魚莫河，賜扈從諸臣。明日在網獵，賜京江張大學士同古壽。賜關外乳餅、枯茗屋等物。

長洲汪灝隨鑾紀恩

康熙四十二年五月，皇上避暑塞外，皇太子、直郡王暨諸皇子皆扈從。庶吉士汪灝、儲查昇等特奉旨隨行○六月初四日抵兩間房行宮。東宮行帳在宮西，入直一地在宮東南隅○初九日抵第二行宮。直廬在其左翼○十一日駐皇太子帳兒西喬山全虎○第三行宮直廬在宮門內○十六日上幸釣魚臺。翰林出屋皆從觀。賜膳畢，蒙命內侍引至東宮行帳，賜一羊○二十日隨侍看上幸東宮行帳。旁射，上坐殿左繡墩西向，太子南向，侍臣北向跪○六月二十二日查昇墜馬，手病十指不能屈伸，且腕

上傳諭制一筆乘机以兩手插入筆筒後時痛止稍揮

其之急○二十五日往喀喇河屯第四行宮直廬在行宮東

殿之東○二十六日卿孫親王病篤上往省視代筆皇太子

回鑾命翰林官留此地校書稿書雜出東宮行殿後○

七月九日駕至熱河稱直廬在於東殿之旁○十五日皇太子御

宴煙一路陽號此煙州出海外章奏旨取爾西洋人以秀葉

潤書之因敬謹之華間以山核桃密許以其好觀召愛

氣象賜紙書屏○程第五行宮上青麓高僧顯壽佛

留校書於凡殿後書籍於皇太子行殿之西○八月初

六日諭明當時府布等不嫻騎馬此為性命之虞或有

鹿既驚命內務府牽送官馬與騎○初旨羽林執事上軍
者許執役前行特命御侍兩侍衛導騎先驅諭
欽下○命隨皇太子駐於河濱○太子及諸王校射○初八
日度木橋羽林獨許詞臣先過曰奉特旨也○皇上垂釣
於命皇太子釣於古渡○皇太子入山射取臣鹿二頭各炙而
獻鮮於上並及臣等●八月初十日諭天氣漸冷命等
南人寒氣柔弱頗多著冬衣加毡禦寒○十一日諭
嗣後翰林官不必隨班逐獵各在直廬讀校書畫觀
大圍自有特旨召也○觀詞臣六人全圍一●又命來日隨
往觀勒蘇台觀圍仍登倉亭看獵獸奔騎或駐馬

督羽林禁士二百人番替長川防護詞臣○撤園命中
使同敬事已將殿北以所吳鑄花蓋陳殿北於二次
燕飲然後下山隨駕歸○八月十五日燃大小月餅香
以金彩飾為宮殿樓宇之形及繫挑蘋果西瓜都中御
園所鍾並諭常年中秋御看宮令以親王率以停止
樹賜百官果品月餅○八月二十一日傳諭明日往一日後
其分某等往某西嶺所尋仍隨行校書總中天氣較
寒可多帶皮衣○八月二十七日諭某某嚴為北地最
高處所望遠甚留等可從一高阜攜檯而往夜宿
日○八月二十日傳諭本日大令園仍勅詞臣往觀際

此後能騎射許女入圍射鹿。九月初九日射鹿因登重
陽莊賜觀園仍命免歸晚迎駕皇太子君示重九執
詩並觀獻菊召徽宮郡黃獵獵紅女小金盤緣鞭〇九
月十二日諭御史董猶警巴寧喇赴河南等不必沿河伴
從隨翁尾並往自多賑撫不遠矣蓋彼顧等侯於觀

魚躍鈞及觀射虎故有此諭○明塞外土庶人又既獻的
瘞瓢一山查根鎮紙一赤壁賦一○十四日駕發上京皇
太子十皇子十四皇子共一舟隨行五舟諭本欲飭令等
於舟以舟小不能載多人耳○黄山上有虎停舟上與太
子及諸臣據先獻等呢備不便步履命不必下馬○九月
十五日大學士賜蔡升元揆敘等各十束諭曰隨駕大臣每人例止
七束爾等係內廷翰林故特加賜○九月十九日西城行宮傳諭朕來
日宿湯山後回西暢春園爾等先帶官可從沙河回京休
沐二日然後回暢春園入直

徐健菴

澹園集

(二) 十八 婕妤怨

(二) 十四 懷漢槎遠戍 四首　十九 懷漢槎入獄

(二) 二十 漫事 第二首

(二) 二十三 贈崔暑谷

(五) 六 康熙九年十二月十九日上召對弘德殿學士臣

哈占 劉臣啟傳 臣在豐 臣乾學 臣牛鈕 臣搭濟

臣孫格勒 臣沈獨立以次奏事畢命臣啟傳 臣

在豐 臣乾學進殿內命立御座旁 上曰今日無事

汝三人各為賦一詩滿庶吉士滿書而進中涓傳旨

〇賜堂詩成並叢書雙鉤叢而出

（八）二　壬華與容若　九首

三　送容若赴梅嶺

五　八月廿一日送潘人　招同西溪方虎飲花下賦詩二首

十六　來游人一百高堂士夢中乃於雨賣風正廢閣之句

醉後之賦之明日以告亭口占奉和　九首

廿二　朱碧山搓杯歌和江都吳生賦

（九）十二　讀書日呈留別諸作　三首

悼生都作

十四　春和江都粉壁三絕

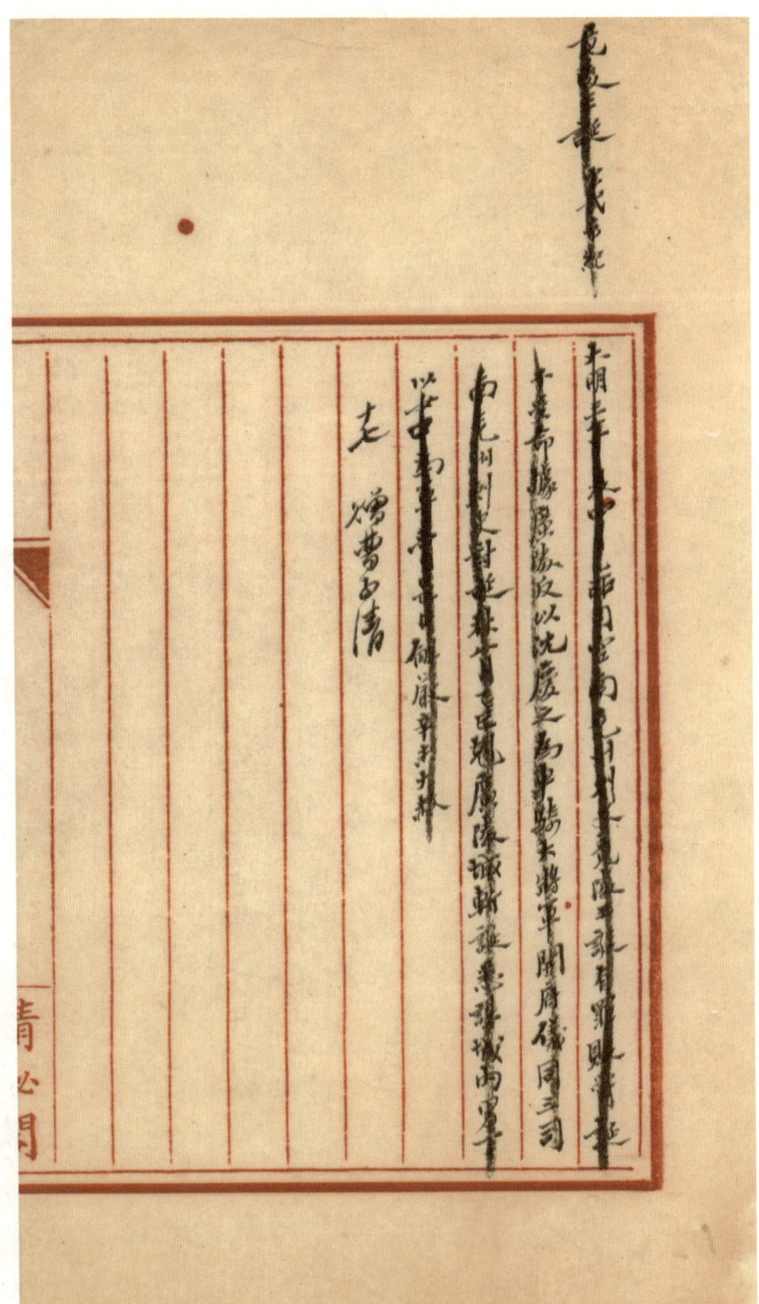

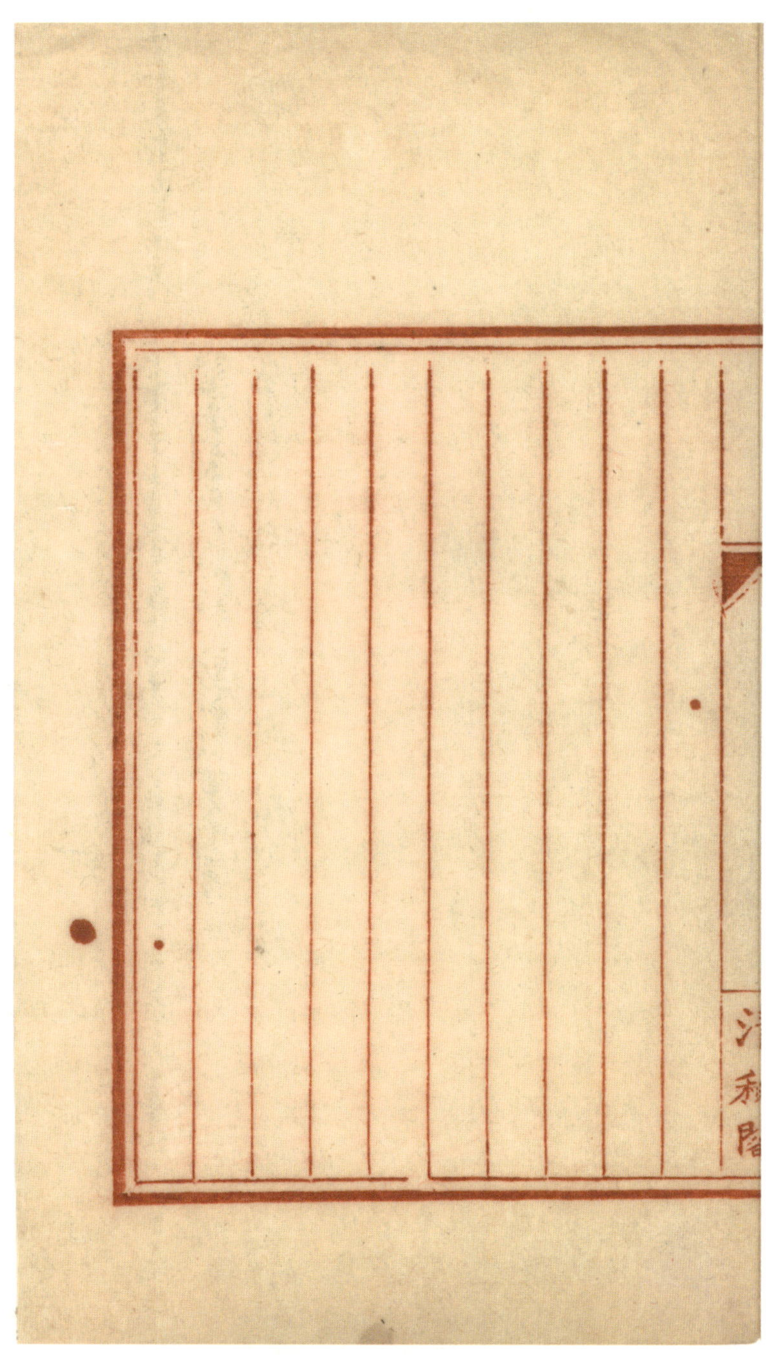

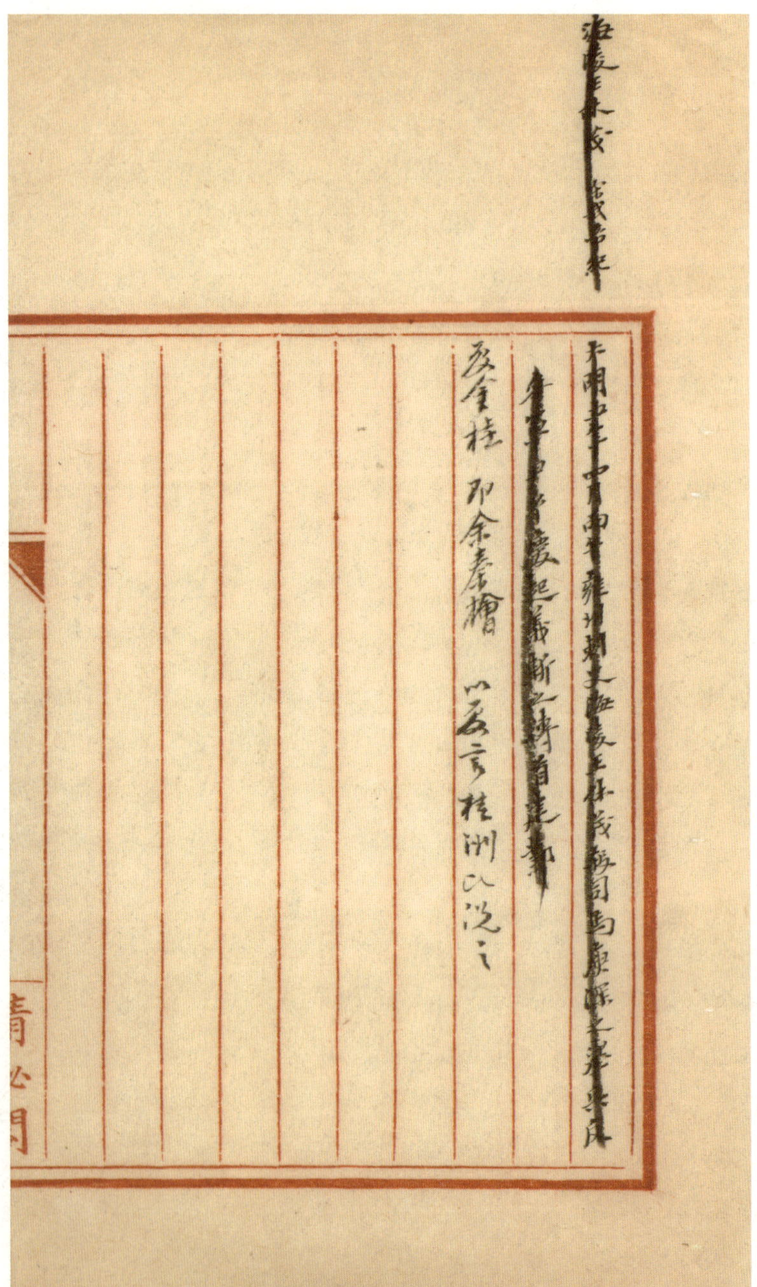

[illegible]

從園集

[illegible]

[illegible]

（十）條陳明史事宜疏

（十）文治四事疏　從明史

（十）乞歸第一疏

（十）乞歸第二疏　木石爲心　麼　施成性（著下寫）

（十）遵旨回奏疏　高士奇

（十）乞歸第三疏

（十）備陳修書事宜疏　姜宸英　黄虞稷

（十二）恭謝天恩疏

清祕閣

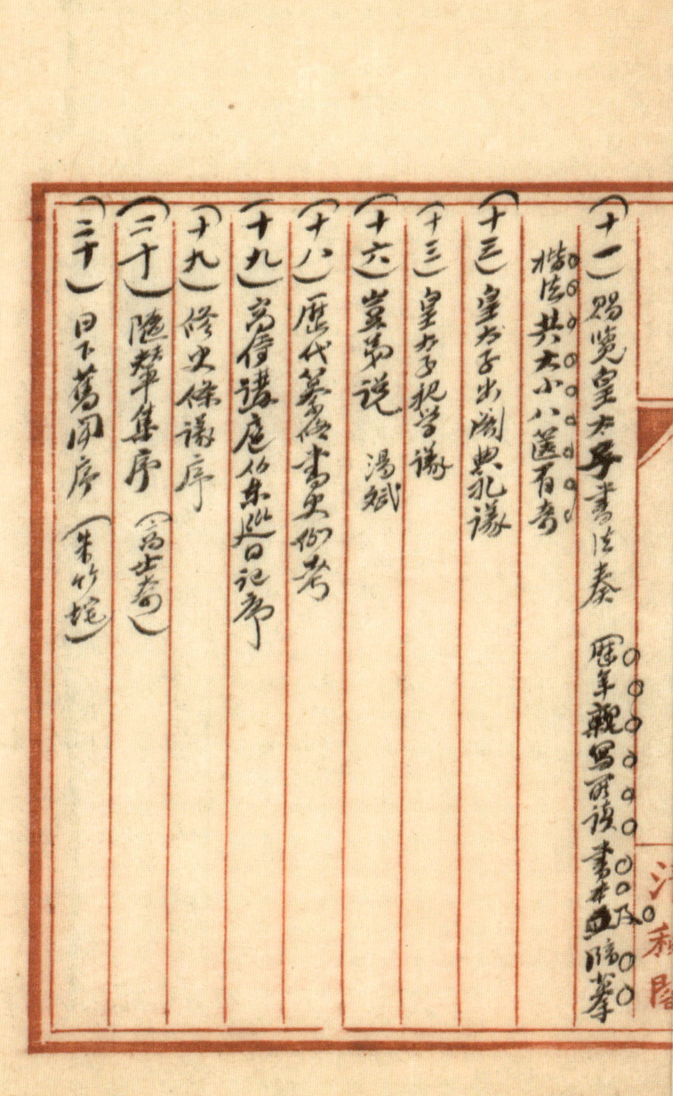
（十一）御覽皇太子書法奏　歷年親寫所讀書本及臨摹
楷法共大小八萬有奇
（十三）皇太子出閣典禮議
（十三）皇太子視學議
（十六）崇節說　湯斌
（十八）歷代纂修書史例考
（十九）高侍講扈從東巡日記序
（十九）修史條議序
（二十）隨輦集序（高士奇）
（二十）日下舊聞序（朱竹垞）

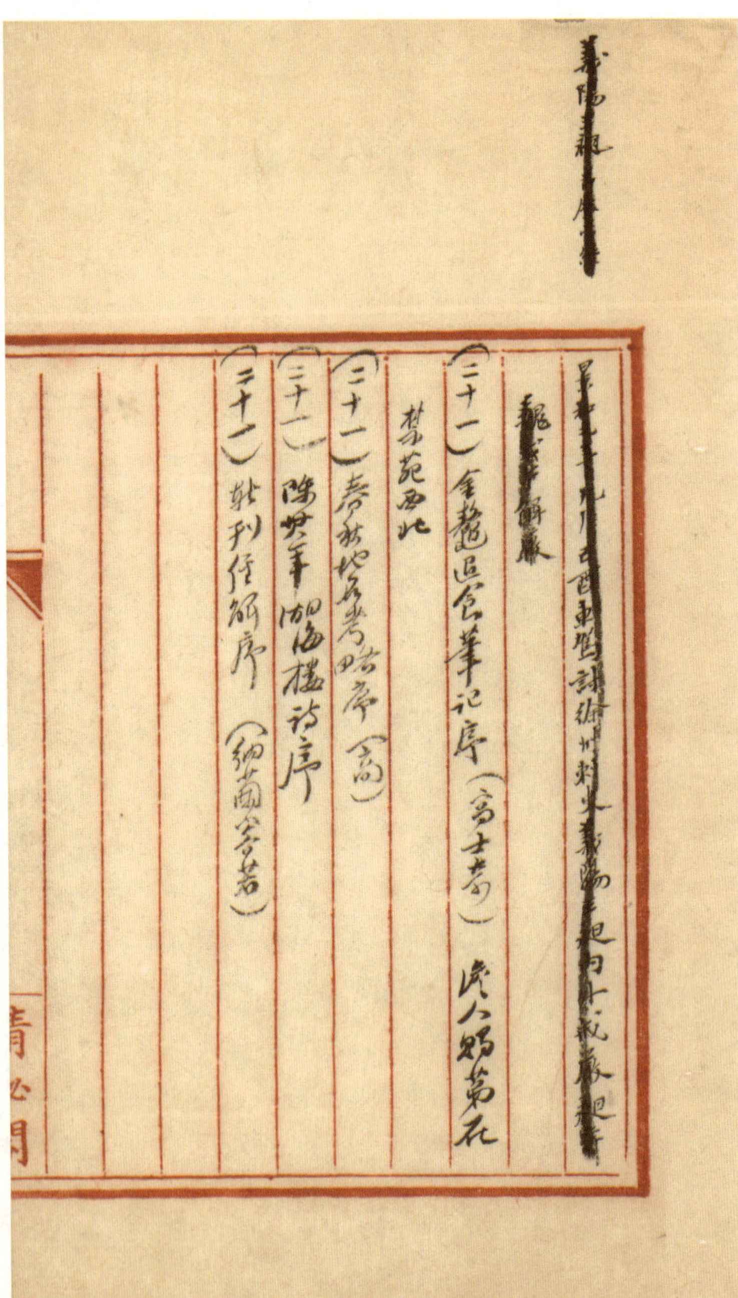

湖海樓全集

綠蘸花序 ○ 其年檢討陽羨貴公子，與余相識在戊戌

之間，當下榻水繪園，不逮數劉無淵（？）人，廣坐伸紙揮筆

立就，傳上書甚多，人中更奇，於家計益落，徒益困窮

舉業詩詞，落拓大梁，多與人宴宴，乃將所乞食

投贈，行年少至，累月當風對月感慨，惟一以文章

自遣。頗為王霸，並其之未歲，對語聞籍，羈鳴漓

於其年上時後歲遺，遂發其（凡）志，未成，猶能為當

之孫，為冒巢民之序　康熙二十八年冒辰序

異詩 ● 萊陽姜如須垓　雪苑侯朝宗方域　武林陸

青松閣

卷六十七　楚黃曹石霞文昌
冬日過水繪園作○時歲丙寅當如冒巢民先生時
年十五猶獨棲屏跡　同雲友侍子樹姬母杞桑○
水繪園三月三日修禊●移居詩為冒巢民先生澹青芸
賦三首○（三）　王大司寇阮亭先生招飲怡園同陸翼王鄭
考功毛大可田綸霞朱錫鬯李武曾周次修分賦○
奉大司寇宋（蘭）天先生○宮贊孫惹山先生家園有梅
株橫斜闌下今歲四五月中梅忽吐三枝適予節兩公及
弟雅高邑無何移從西苑別先生侍讀之命為高棲
詩同日下浣夏事文●比　恭和春院葉初蒼先

都夫子招飲王大司馬怡園（怡園修竹）○集曹荔軒
先生寓樓○贈曹荔軒先生之暮春禊感四首 其
四株連鈞棠一色相持此寺館賭日夜持無客居間窗內書
有人時獄亦難而時平豈異少中讀諜独從明皖此皆辭
兩姓不欲識豫壁會看錦繡踏隨附（懷方田東留數
晨兄弟也）○送汁南州入京 東上長安莫遲滯甘泉訪
戍待楊雄（時乾清宮初成）○癸巳前五日余夫繡石尚郎
許子公招集曹荔軒先生同全堂即席分賦○學荔軒先
生招陪戴務旃社集小鶴菴即席分韻得高人○春日
曹荔軒先生挈舟訪同務旃諸子過樸菴並同蔚梅菴

（花為董姬葬處）

詞　壽東皋冒巢民先生并一二舊游十八日一品稿小三吾（水繪園中亭名）　又皋境曾記卧湘中（閣名）

〇想相思　夜飲友人（所阿雲待余不至）一當詞而去　歸以和之

〇壽兒　獅兒　冒壽〇　過青駝寺感舊寄示冒子青若（冒年零卽隨于此亦攜此地遇青若）〇夜行舟月下泛舟水繪園同冒巢民先生賦〇

詩　四　贈冒巢民先生〇過崇川訪家蕃蒼原長歌　柘枝鷓鐵山奉贈　史家園上聞老琴師鳳調亦不惡〇

詞　四　隔浦蓮近拍　飲小三吾亭前古梅下同日宿冒宅問花

清秘閣

浣華堂與西溪夾水而居賦而西溪○夏夜懶園隔水聞
笛○雪獅兒 戊午秋西城獻菱獅子已一時待詔集闕下者不
下百人唱作詩韻搖揭燈下和松山壞詞一首○滿江紅贈西
涯人為表○春光甚好健菴輩我乃撤精舍小憩同儕次
耕弟韻賦（稱會乃先生紅綱所撰）○果屋辭果子會
人（為送說戲以贈蕭題其小像） 二十年前夢見仙靈鼓
花下 短蘭後換妃子曲聽罷又聯高閣語○紅情詠
半吐紅梅○題辭果子會人（應囑詩戲）○平生羨後
雨中過遂菴先生宅看紅梅○尋湯朝燈 懶園
弟君子一園作玉泉徐健菴太史執策）

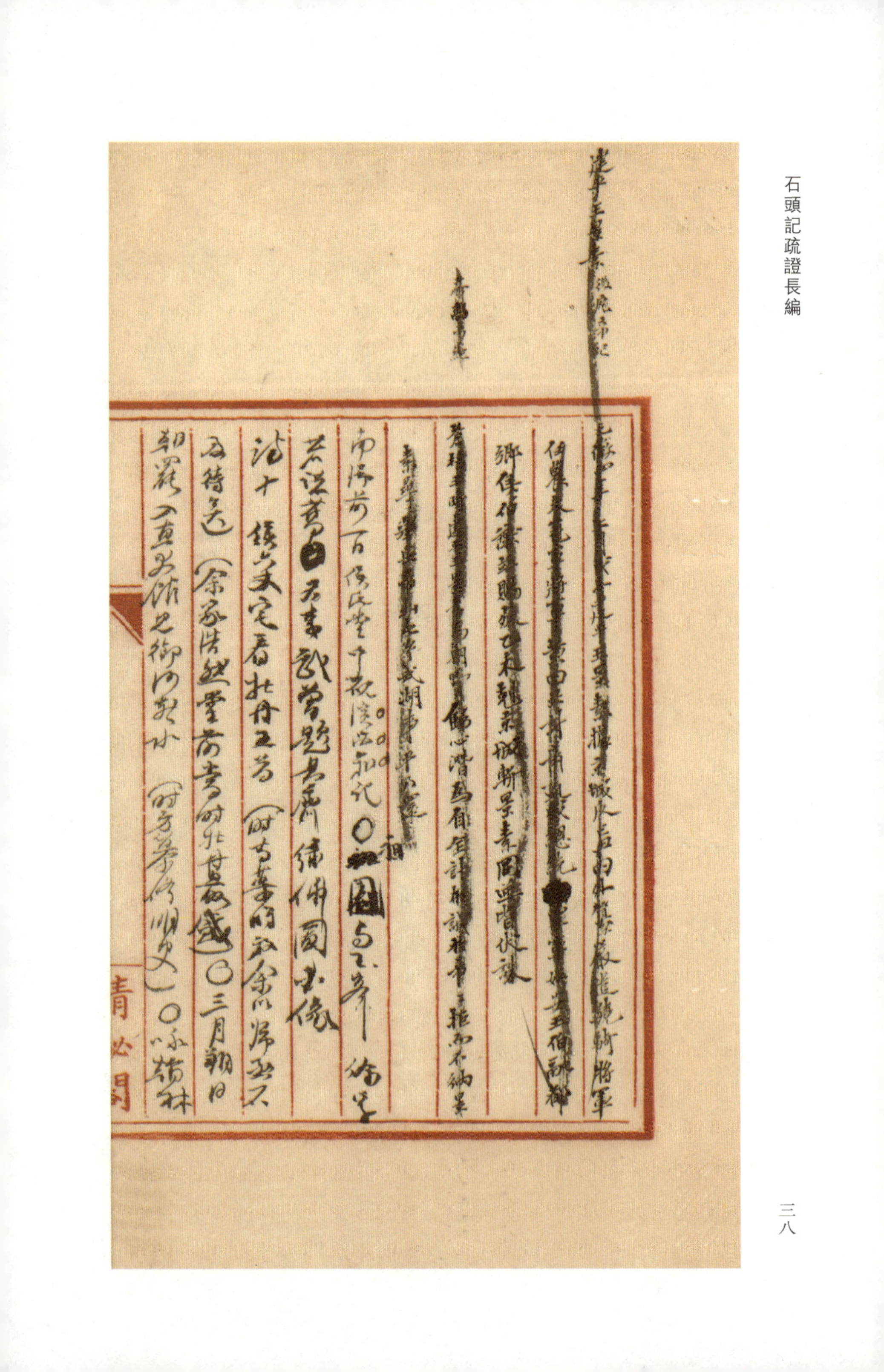

院中古蹟次韵惜花韵（附錄葬花詞） 第一首剖井

次第初亭〇憶過健菴先生為予作賦大作歎詩以

寄之（健菴精研書學又善撫古題詩）〇書漢樓入閩和

健菴先生原韵〇感舊絕句十五首 周進士顯儀（進士諱

世臣生平事業淡遠方外迷頭不羡若行僧尤精於繪事不

妄作白髮空門後以禪語林逕論之〇悵悵詞二十首別雲郎（

〇〇〇〇下邳徐氏〇同諸子夜坐柴侯兄生宅觀劉君明絕句四首〇

春日吳閶謝詩 君文與仙後凌華 吳市吹簫識君稱其

英姿振一時惜櫻桃花下与張云（書時越中處西錢宸英）

沈攸之　順帝紀

袁粲　又見後

劉彥節

蕭鸞帝紀

武帝紀

昇明元年十二月丁巳荊州刺史沈攸之舉兵反[illegible]

朝[illegible]鎮東府戊辰内外纂嚴

閏月[illegible]長史柳世隆固守己亥中外戒嚴假黄

道成[illegible]

二年[illegible]新[illegible]州刺史

張敬兒[illegible]荊州平[illegible]

元徽[illegible]沈攸之反

沈攸之平

見十四行

沈攸之[illegible]紀[illegible]

補遺　李仲容之書[illegible]五年未三日後有[illegible]今之後第[illegible]

[illegible]紙詩禮[illegible]依韻奉酬五首

詞十三　憶山堂聽樓作（集中雨聽樓處凡見於宸所本）○題於堂樓西墓示漢母夫人壽○澤州亭葉春同對巖韻友於艤舟次西溪飲谷飲容若送別（似憶）秀羹南歸憶似陰伶萌鮮曾輯梓風一編載給國士女詩詞略備如此半闋書如之〻新李武曾韻（吊風集中有朝鮮將〻公之詩）○立秋日懷園堠以前軒作○自嘲用螺蕤寬生韻同杜于皇賦有雨房○于皇回溯卅年中慨僕與其年最狂他不具論一日訪會風雨中與其年秋夜間談今因及首席○○決不當生寧點戲是一首事余常生壽送首席首新戲有壽春園在燕去到無蹤〻〻不知其數

袁粲

順帝紀

梁武帝紀

昇明元年十二月壬申司徒袁粲據石頭謀誅蕭道成事覺

覆滅

袁粲之據石頭黃回等之通謀至石頭發不勝耳皇考順之

但願底緒席不安是年云云嘗卜壽筵苦席見執

我有壽箏華以為吉利盈點點石無世無爭泣別底滿

棠不樂相與拔几大笑何而推不諱而今文曰余與于皇作

自嘲詞意之于皇後謂余曰忽憶一事大資嘆嘯番書甲

中闖賊之變迎降者大司馬某亦與焉其人臨官而樹

閱讌西湖名姬麗倩俱以命賓闖賊破都城故事數

齣以闖賊入城一人執手杖蕭伏道旁自唱臣兵部尚

書帶迎接璧鸞臺集卯堂上集也集悵然不懌云久因嘆為太息矣集何必是送羅風言○送逸齋中峰杜丹枯荷後生再讀此詞○遊玉峯尋徐健菴太史宅歌舞烟火甚盛○送蔡西溪入都○贈曾若石○贈高內翰澹人○送西溪南歸和若韵●（時西溪丁內艱）

○挽魚叟　家蓉石自雲門來小飲留笙長先生堂中閑白竹壁雙箴阿不趣之絃與向宜抱琵琶作詩酒數弄之文

小三吾唱和詩序　小三吾亭為大宗伯時工部●亭與時詩

水繪菴之勝處之○水繪園修禊詩序　水繪園修禊詩一卷共八人手跋序書　郎陵夫婿　冒巢民襄　孝敬手書

劉逵　順帝紀

駢文　大冶余國柱序。　世年入為近臣。余方自念得副

壽端。相與申綢繆之歡。甚切。擴園燈。壽徐健菴

先生序（五十一）。

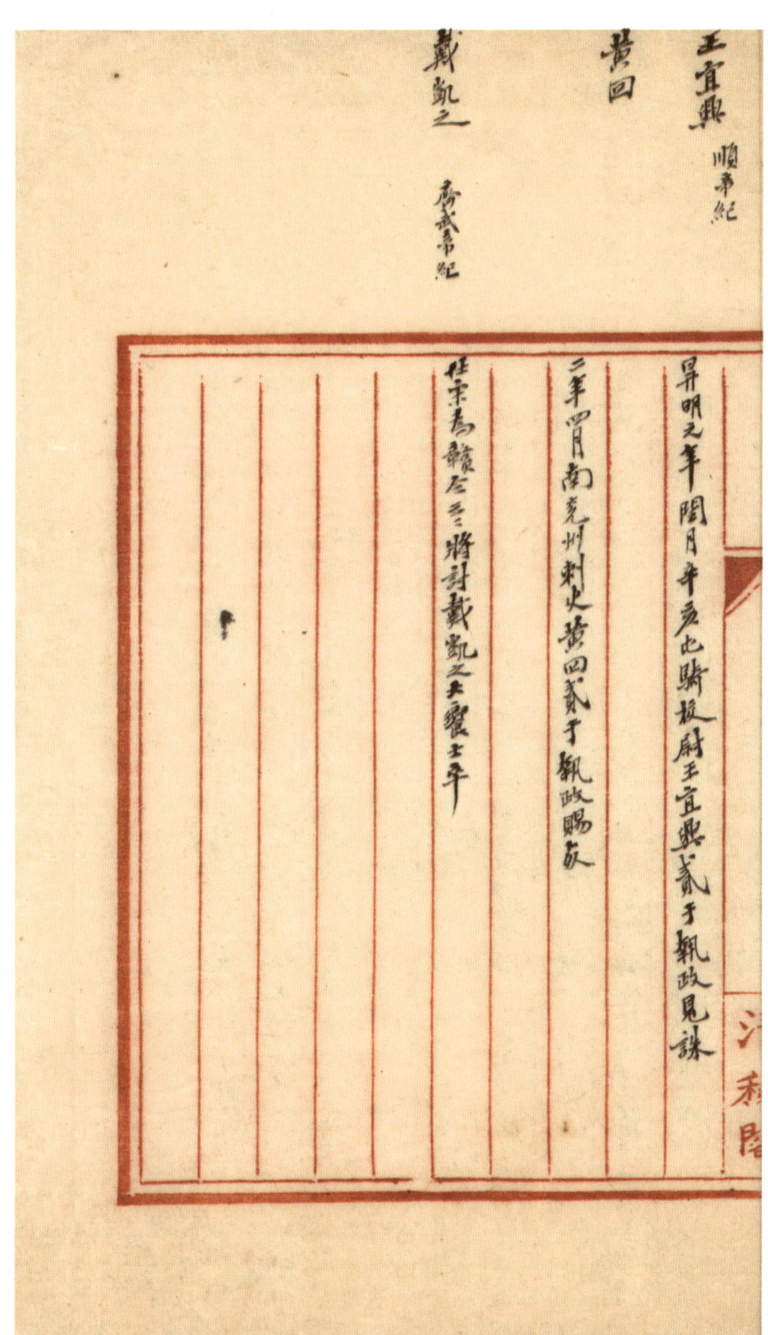

王宜興 順帝紀

黃回

戴凱之 孝武帝紀

昇明元年閏月辛亥屯騎校尉王宜興貳于執政見誅

二年四月南兗州刺史黃回貳于執政賜死

任农為贛令三將討戴凱之並資士卒

通志堂集

姜宸英題詞　今讀山志並湛園墓述容若求學於湛園

諸之願少施教色形其父李侍安三以園欲助湛園怒哉

與容若絕交令考湛園言詞以容若金縷曲兩人甚薄

謂石文明師生更結納黨等一局內實人館弟且所述容

若之云必非容若生平所肯言者○

徐健庵序　往者容若病且殆邀余訣別泣而言曰性德承

先生之教云云齊先生不鄙棄執經左右十有四年

自癸丑五月始逢三六九日黎明騎馬過余邸舍講論書

史日暮乃去至入侍衛而止　胡乃三十歲忽然逝世

余曾居杜門，稿其詩詞古文遺逸稿，太傅公所手授，及友人秦對岩、顧梁汾所存，蒐并經解小序，合而梓之。重光協洽之歲，崑山友人徐健菴乾學手書。

嚴蓀友序：始余與成子（容若）定交，成子年未二十，追溯蘭遊十餘年耳，而十餘年之中，於斯有事，廷對或罕者觀摹，先後而歐陸翻險之言，而官侍從，隨上巡幸，時時在鉤陳豹尾之間，無事則平旦而入，日晡未退以為常，且觀其意，惴惴有臨履之憂，視凡為近臣者有甚焉。其得從容於學問之日，固已少矣。夫成子雖處貴盛，閒庭蕭寂，外之無掃門望塵之謁，內之

齋
巴東王子響
[illegible]

五言詩
古
七古
五律
七律
七絕

永明[illegible]刺史巴東王子響[illegible]丹陽[illegible]順之[illegible]

金銀之[illegible]呼之[illegible]象燭之[illegible]風夜寒[illegible]若佛沐

定省存畧之暇游情藝林

金山賦（行南巡時作）　自鳴鐘賦

[illegible]春訪嚴四弟友（[illegible]）[illegible]錫瓷 ○ 早春雪後同[illegible]

西漢作

送弟友　芙蓉洲小芙蓉花秋風[illegible]

[illegible]茅屋以報之 ○ 送陪[illegible]陽[illegible]江華

秋日送[illegible]庵主歸[illegible]四明 ○ 娥眉[illegible]相[illegible]

西苑[illegible]和世弟友韻 ○ 東西漢　廿韻[illegible]世未容[illegible]

詞

本依舊寺門鏡曉，債來何處逢，家夢惟有凉風起士
松。○借春何遍，雨卻如塑。○歲月折朝，倚半山闌，次除世
年禱。○別前夜日長。○暮春見紅梅作前無了
金縷曲　墓西溪雲別燃此宿之　田歸西县添愁緒惆悵何
冷烟寒月，撼遠枝字，一事傷心君莫說，雨影翩翻未
遇。有都從古與安。素教不得空太息，信古來才命真相負，身
世恨芙社護。○又　好雲慶　何事添愁惆，但由他天公做弄
莫教磨滅失意無多，又道石少，終古幾人稱屈，須知道羈
困才林獨小莘，看此斗，皆高識。至留此或血祖鼓之
五微　丈夫事皆因人被且乘閒至處湖料理，偏無一

晉安王子懋　廢帝海陵王紀

明帝紀

延興元年九月，時江州刺史晉安王子懋起兵，中護軍王玄邈討誅之

此事敘於黃絨事[illegible]

葉瘦似秋霜，擇不出畫，兩兩野田黃蝶，須不慕沙(?)明院

列馬蹄車塵忙未了，任西風吹冷長安月，又蕭寺花

如雪。○瀟湘雨　送西溟歸慈谿　廿載江南猶落拓，嘆一

人知己終難屬。○臨江仙　寄嚴蓀友○　謝湘雲　送友

○

矣

與顧梁汾書　[illegible]

已定老父，其年出[illegible]手役[illegible]小子[illegible]○[illegible]

東宮官屬[illegible]表○

清秘閣

張玉書哀詞　玉書備官禁林，與君時相過從，爲家弟仕
可自舉京兆及對大廷，嘗附君考校，以講世講。昨歲冬，君扈
蹕，從廣陵舟過羅先人之廬，星夜南下，攜於兩千問舒
而別，距今甫半載，而遽聞忽已物故，可知矣。
杜臻哀詞　憶往歲大傅以宮保秉鈞，余以冢宰承乏佐銓之任，
遊從先子之歲，大傅以世舊忝竊鎔之契，時維容若實衛
大傅之命，以從游於几筵。
嚴繩孫哀詞　吾友成子容若以疾卒於京邸，時余方奉假南
歸，病箸淹於途，旬不獲一造其門之哭。　韓菼哀詞　余以文字交於容
若，時容若方舉於鄉，爲應時之文，而后從青覽古今詩歌樂

王駿則

明齋記

~~建武四年四月十五日南鳥會稽太守[illegible]遣鎮國將~~

~~軍劉[illegible]陽[illegible]軍東討已南靖歸朝傳首長[illegible]~~

府~~[illegible]~~說定於朝不敢附之讀書無常不涉獵覽稗

契合作者之意於前人書作皆有之利鄙續撰之外好不數條

字以為小詞每獨為之嘗其合作者諸名為不能道也或感觸

風景處於尚行時後有作愚相賞於當其時而對扶其所疑

芬不移心當於心焉初容若身甚少於世無所指意吃

而論文之暇閒談天下事無所隱諱此處以求究物情之要

然執筆無有所見稍有中或經附之者一有據其緒論未嘗

因後人不要然而自先也其聲為如此後更假以年意無敢其

威赫哉！夫容若爲貴師相國子，所居朝夕論思，以身繫天下之望。容若起科目，擢侍衛陛，無容近至左右，人以爲貴近臣無如容若者。夫以契勳蔽紱而貴近如此，世其風流寵異最親，凡人臣之情，必有所倚而爲驕，即無意，人不以爲知之。歲四月，余以將歸，入辭容若，時坐客餘人，相與敘生平之聚散，究人事之終始，語有所及，愴然傷懷，久之別去。又送余於路，然而別，所謂然歎其意若有甚不釋者，竊怪之而之別未嘗有是。余因自維嘉颯之年，遠一旦遽先朝露，以負神良友，而念余即未遂此匠，容若且從扈東南幸，當相見於九峰二泉之間，是時葉葉颯者爲余墓志，嗚呼

始安王遙光　[illegible]

永元元年十一月南東揚州刺史始安王遙光據東府反部曲[illegible]

華嚴道人領軍將軍蕭坦之致討戒斬遙光傳首

豈謂容蒸之施世步而先秋告逝即尚佳知其不以此步遂君行

猶乃攀據一物雖徐老疾交迫當不以殉土之之悉男此終哭

矣（下界）　詩曰　置　仰崇山之聳拜兮青雲以上

傍美景身於其巔兮情欣悅以懷舊躡高步於[illegible]之

兮秉以心之驚驚入金谷於觴既兮出詰難勤以雲集

謂華臨其豈樂兮為馬容君之中情竭惆歎以處米

兮周各春於天宣抗恥惜之高隅兮那以逶夫猶積假

玩物以永日兮其正月以亦心而為後[illegible]金題與玉躞兮

清心閣

錯鐘彝之款篆夢何金石之方偏居剡雲烟之過眼
長從洞燭手入世變何懷乎翰字聽紀羣之圓桂
若乃寬而生而莫補花箋墨之往說若或有託以資承
宣城前因之多味若魏遺跡乎塵埃嗟余生之淺
薄若塞行歎世誰論說未契於忘年若李中情以相
許歷一紀以為長若出相共洞洞之偕離會於百年若忽中
道而長辭（下略）

徐倬哀詞

翁叔元哀詞　康熙二十四年五月晦己丑成容若年卅一
先生捐館舍　余與君交自壬子同舉京兆始也方是

陳顯達

旨斬顯達首徇靈臺畫乎

時在未弱冠奉庭訓閉戶誦讀不妄交人故同年之士爲
二十有六人相與契合者僅數人而已明年成進士余爲節
君所遇繼握手相慰藉然後余其最多余時應蓉
民之聘不果就是歲冬謂余曰予久客不一歸省墳
墓無以爲擬歸於行吾爲子治行於是余亦客十五年
已吾擬以歸拜先人丘壠卜數椽居處卜春之暇也迄
余而後偉登第留都門往來會審君益肆力於詩

歌古文辭時出以相示邀余和余愧不能也

吴北宮言詞

董初言詞

嚴繩孫　秦松齡　祭文（上略）又於朋友小世間情人或謂狂兄蓋其真人或謂迂兄貴其清兄處貴盛門庭而儉離邑趨朝日暮下直一二故人明於藝性徵逐者懷兄為壽遷道余兩人先以歸又繼又為燕尊是相招下榻高齋情同漆膠迄今十年不忘久要松齡遊客秋惠問良辜謂以嚴君言子才而敬雖未識面与子為友吾何相見遠問始舊去年冬暮今歲春殘絕也奔偕齡則書農挽手書別此別最

曉雯識之

西積雪初霽，釣篷布衣詣君於第，君對歎，割歲以風劇
命我題扇，走硯而歸，是時鳥啼，瓶梅詞秋插草亭纖
以歌詩，覺錯補衲〇〇〇代人名僮，君而絕倒，召道論之，適解道維
蔡筆承嚴君傳，孫材綴出雜扇，我從豫遊，或陟曲宴館
別同朝各我相見之初，官晚滿，我性特迂，老雪病發黔霖
在晚君又而饞，謂我太膩，執手相助，另有以喻言之不
盡多感何似耳。自我交君，今過一紀，歡契披襟，數文
析理，蓄芸衣客，若蘭名此。君同萍叢，論水之亭，有文
有史，有圖有經，奕奕若進，或鍵而向，繼振之，秋君昭州
嵩月

周汝昌 [illegible] [illegible] 仙士著 [illegible]之 參文

王鴻緒 周汝元 [illegible] [illegible] 李國亮 蔣無邑

六[illegible] 參文

嘉[illegible]英 參文 余始見[illegible]之歲在癸丑[illegible][illegible]呼[illegible]石頭馬

賦[illegible]筆第[illegible]脫手[illegible]懷南宮[illegible]此斗之一見我[illegible]

語之時尚以此[illegible][illegible]人事多乖[illegible][illegible]秋南[illegible]

●旋後分[illegible]於年未同[illegible]而竟[illegible][illegible]莫止[illegible]時歸矣

館[illegible]蕭寺人之[illegible]之笑[illegible]多方之石謂然待[illegible][illegible][illegible][illegible]

孫植特[illegible]而[illegible]絕[illegible][illegible]歸[illegible][illegible][illegible]之[illegible]以[illegible][illegible][illegible]余不[illegible]

非直[illegible]然[illegible][illegible][illegible]余題庭之[illegible]今猶在耳[illegible]圖白首後[illegible]

斯所刻陵懷擊節者作之庭梵筵大樓止其室不遠縱談晨
夕秋席卷余於京師刹字淺識華致觴請勤見遺跌
兄頗怡然忘其顏駭數見知我其請由一秋常貧話對容兄
仲更不余傲知我作莫我時婦罵吾同高齊兄不余狂
知余疾惡解昂論事眦目瞪長橋兄為拊掌助之叫
號有時對座雪涕忠歎謂余舊志孤憤剛耶終何人
斯實應且憎余急拒之先門回扇　疾之疇昔信任余
往高略無違顯懷倩愴舉吾是顏　三年寅秋夜會之
詩余承同載詩書未就義猶細問七日之間至我蘭擢
顏多歡　祭文　嗚呼吾其無我也不棄吾先其喜我

此不壽以為別 蓋屢離而合以迄今茲十年之中，聚首數之而後聚，無一日不相懷，無一事不相體，無一念不相注。第舉其大者言之：無如太孺人之喪，三千里奔訃，而吾哥助之；以事毋吾友吳兆騫之厄二十年，求救而吾哥返之；於成後每每言之，數進在總角之交，者且謂足於執喉，而吾哥必曲為容納；洎讒言之見攻，雖毛裏之戚，未免致疑於投杼，而吾哥必陰為調護，必無知我之獨深，與為我之甚。若豈見吾之不負吾生也，今日而竟不靈。讀及吾哥返形容，君子悉心數讖，惟文吏不為世務所累之氣，而我震於我鏡而子等，是當余得籍之詞，非汎者歟

外之句歌，另無總而能自言而旁觀者多莫解其何故。而若
風期與豊情悵撫霄雲以外，無甲其猿悽吾意改门
解為一人解亦望處吾以千年。總之吾意胸中洪洪之蕩之，其
於世味也甚淺，直視勳名之糟粕、勢利之塵埃，其於道誼
也甚真，特以風雅而性命，朋友而肺腑。人見其綴拾其撰文
筆，步岳華脇潤出入，其纂集多後代容路事之業，勳翊
著作之累，固已氣轢夫寒儒，抑且身鳌夫吾數矣，而
無知吾意之所欲試之才，而不一展所欲達之業，而不一刻所
欲遂之欲，而不一抒所欲言之情，而不一吐，寬盡遂物之百新
乎。然人而有意也，畢達之於吾文者也，猶懷吾意之人

天監元年盜

梁武帝紀

天監元年五月乙亥夜盜入南北掖燒神武門總章觀害衛尉卿張弘策

贈之詞有曰一日心期千劫在以身緣恐結他生裏而回排殺

把來生視殺此業同生一處嗚呼人生之偶然之言而應人所

以白發者耶吾二人同病前一日兵南北之表係詠中庭

之雙樹余詩最以出論之鯉然喜見眉宇若恨其不肯

觀之嘉人以者也矣偉才之琴蓋自此終身不復彈矣

梁佩蘭祭文　我雖客卿距今四年比來見公歎信於

前留我朱邸以風以雅更築間館流水之下仲夏五月

花發後門西山飛來青翠滿軒拏舟容若南山萬

里不能即歸暫焉棲止公為相慰已於我三謂我明

清秘閣

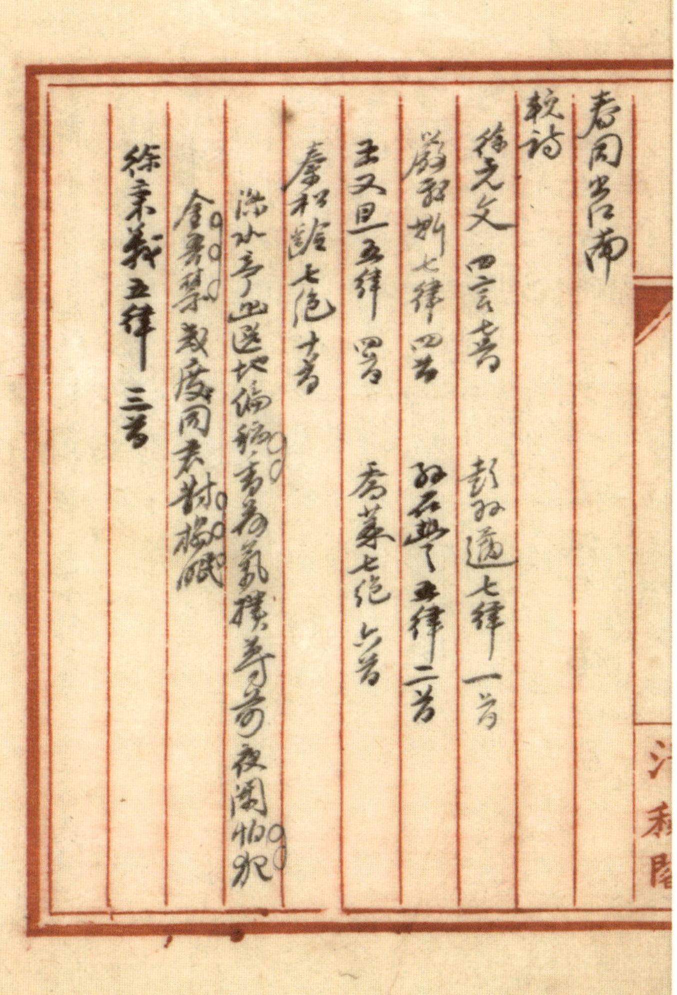

[illegible]

較詩

徐光文 四言七首　彭羽遹 七律一首

嚴翊然 七律四首　羽石興 五律二首

王文旦 五律 四首　秀藻 七絶 六首

廖和臨 七絶 十首

[illegible]

[illegible]

徐秉義 五律 三首

陳伯之

梁武帝紀

天監元年五月戊子江州刺史陳伯之舉兵反以領軍將軍王茂為征南

將軍江州刺史[illegible]

六月陳伯之奔魏江州平

朱孝廉等 五律 六首

虞務孫字忱 星餘十二年 題柳孫生竹枝稚

申允桐

姜宸英五律 五首 葉閎 五律 二首

梁佩蘭五律 十二首

佛從楞伽到草來自署花數草忘字號昇已張佺任

徐釚 五律 二首 徐嘉炎 七律 四首

周清原集句五古四首　李陟中五律二首
徐樹穀五律四首　徐炯五律四首
王九齡七律一首　陸肯堂五言排律一首
吳自肅五律二首　鄭由顯五律二首
楊輝五律一首　吳雯七律四首
邵錦標五律一首　劉雷恒七律四首
宋大業五言排律一首

艷詞

蔡升元　沈朝初　高爲　華鯤
俞兆曾

劉季達　梁武紀

~~去歲六年六月前蘇州刺史劉季達據成都居~~

~~上年十五月已丑荊州刺史鄧元起逸成都曲赦益州~~

華題滿江紅　生死悲歡總莫問先生信誤只應長孫

闌換錯來園如也窮世多閱餘想人業四先一念誤磨

題問息三三十一年中經何屢　定業果書信

舊債情債君親遺也遍他功名誤屢年間將舊書

處固緣都合卻本來面目今猶記過茅庵赤冷蔭

蕭園還歸去

俞北宮洞仙歌　天涯倦旅懷甚西菴陌勸多偈漁人眠

青白

清秘閣

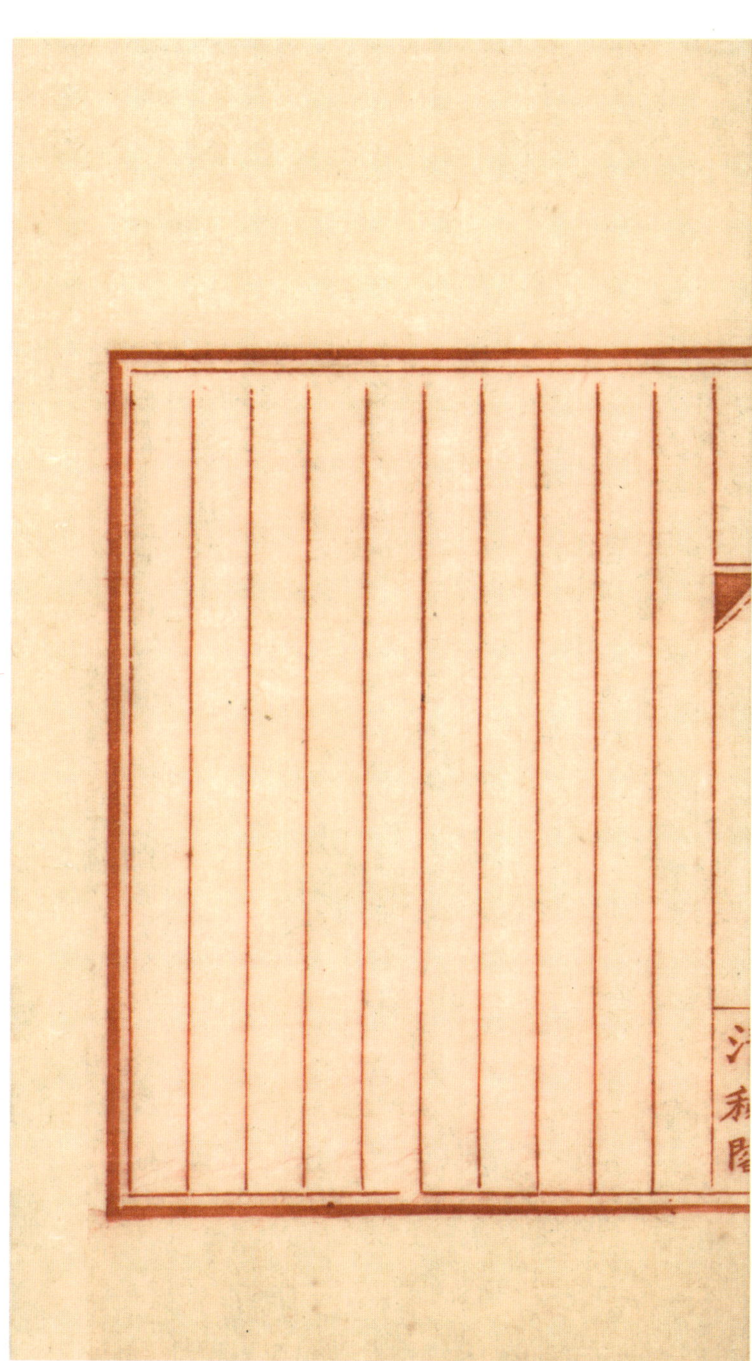

宣城盜　梁武紀

韓菼　慕廬　有懷堂集

送桐城張亭芳拂序　公倚石園林之之迴自作芙蓉

僕[illegible]陸浹園記手錄二十六首　○湛園未定藁序　余識

西溟先生三十餘年矣[illegible]　先生負氣自高，不肯除

從俛仰抑之，故有嫉而構之者，執相左而要之，文欲持學

鳴儒時延及海寧知余無嫌，以先生薦，遂長吏文敏

公約同署名會，公宣入翰林，待之兩月，余獨至求部

已而又期矣，雖州陽先生以京試斷中，款名諸同事，皆

清秘閣

中外摸學勿失，人為其竟亦不能得也。自是之後無積書

諸公無不以先生為法

徐健菴、祈、汪、王阮亭諸公有提公所列積不得漢

畢者皆降附揚　己卯後學官

隨園集

詩　金陵三學寓書（時識秀水第一以其藝林著）

壽八十歲生日　贈文學曾氏先生於方舆

編輯二卷　贈江南巡撫湯潛菴先生四言詩八章

題桐城先生贈金園圖　題高容居佛雨峰圖

贈儀舍人集後　一官解居拼孤藏

歸去集

半夢讀詩八首　蒿思兼遊紀書　逢海為憐眉

蕭正則

中大通三年十月 前樂山縣侯蕭正則有罪流徙至是招納亡命欲寇廣

删存隋詩平之

上健菴師八章 以既刊白香山集以存其身兩家 ○ 侍健菴

先生從遊園林卷二首 ○ 乾又岸罢御房等氏詩

六章 ○ 三月三日玉峯山園讌集詩三首 序跋

白居者年高宜更健菴師之是全也 莫悉未及

知壽招之 ○ 蔵書書樓六首 奏對吳高多失措

君遊野書久從宦 ○ 賦二園 毛路膳西山園識見罷

古器卷軸甚夥之人借望其上遺白石家參奉社登作覽

貴賤哉嘆之載耳之觀庵早嬌之皆請見也 ○ 南巡望然詩三十

劉芳勛 晨（？）

在園小集　卷五月　安成郡人劉錫紹　左道　文　二月戊戌　湘東王驛

達中丞曹寅　子　詩錫之　導　靳　帝

年弟二十九、章佳漢月多以漸人　秦字歸為書記　癸居慕

丹崙詩不亦書有據舊與達也　⊙　徐勝　學士時任歸

戲詩留別　故於來詩乃三首　獨許西清冠蓋替（時御書贈

真西清四字）●　神仙自結遠雲契　情雅知我識字深（奇

宗御詩有　神仙風度名孤標之句　又鴻博雅堂三字一匾款）

（以知名又陶隱居　以白懷詩已侍讀學士凡翰林岳謝之

官　著居編　家亦諭有廿年　蓋遇之深）○　南有見生振

飲茗茶多秋枝作倣序甚高下如膝傳如　樓情容

盧子略 梁武

鬱述集

大同十七年五月廬州太守盧子略皮刺史新渝侯映詩并序啟廬州
徐整的手圖之燬詩二章 手勢今行於北書飛翰從
節之平挹（近有花鼓兒今花子手鼓絶即鳳陽）○姜存
春康南巡聞說來弟 省今孫影一潸然（億西溪）
送相國桐城公致政歸里之作 溪上芙蓉上葉實（公有芙
蓉館海圖為查他） 時看已樹初卿的（公詩思 上回
卿去順 姻不忘見卿多文見卿也） 鶯花獨華 傳為當鑪孫
侍茶命草堂耕聲嘆時之偕野老東山今在秋庚桑（指
華 農長 偕茶 花名 園中稿田前成數百畦） 一爾路
古葉爐邊（公常謂已今猶在葉爐邊之句以自況）

另卷上

青草妨淡日下眠（公園有此齋）

東海公壽序○同館姪八十壽序○御選曹使君

壽序　三韓曹使君子清乃誠善讀書者其爲子博蓋

萬壽四初十工庫等衙門之事乃在臨衛同廣奉使此

南宮舍居盟帶之一釋也　情之事聲色貨財

之鸚鵡詩箋青鳥姓年眺之猿弟之一同也

余與使君同自吳中來舍與等擬造華其口矣○西陵公壽

序○楝亭記　荔軒曹君性已奇自其先公巷之暇

官來江寧於署中手植楝樹一株絕愛之爲亭其間後

十餘年使君復自蘇移節於先公之任別之亭故構爲

升世材加恩兄弟後寬之○戊寅十一月十四日侍直乾清宮恭記 上曰朕初親政時見滿洲每有鬪毆持刀殺人之事以後漸有犯者今如此風日甚可見滿洲習俗漸薄矣今命各旗中有犯此者必從重治罪庶淳厚之俗可兼也先是滿洲往往輕殺其家人朕以此風不可長立為定等三四則白此少息○己卯十一月 日侍直乾清宮恭記○御試乾清宮諸子弟記○皇太子 親試抄書

○諭翰林官出差遣學道稿子 康熙三十九年七月初四日內閣傳奉 上諭各省學道原不差遣翰林官向以各省學道官時翰林官一并差遣不等與翰林院會議具奏欽此著等

隆四十年 頁韓菼讀議 翰林諸臣嘗又四傳於宮府去
京師一官翔多議所有官之亦論猶不足以補報萬一今奉有學
道一等差遣之七年已一經辭命使不得其歡又數且僅及百一之
未離不對一三面目所聞深恐負我皇上慈恩擢用詢臣之盛意
臣愚不敢輕議蒙遣禮部具摺以聞（時宛平尚書人此篆呈閱
以為然稱，從此止之遠之復）○經筵講官工部尚書尚書郎
刑部尚書碑 方以之氣之書任于少者事翻告公受教之 吾以
孤忠結人之知 以君嘗為積議綱迷陽塞跡摩飛利天殺
喜不能容請至多謂[illegible]無祖謂惶悔已以時母不誤之情卷而
所朝盤居終不獨勝也○經筵講官刑部尚書翁以神

遺碑　公諱敏之，自號鐵菴，母黃夫人之姪也。黃翁人授以稿檀一序，襄袖字寶林，者異過，性和平，笑厚而薪理所花出此另爲奇。國子監生，精何者孤又國門即詢絕。（公三歲時見其）揮抱韜略氣，食其言行爲法下，每優器必對客夢，乳母問收回吾念，乃特其遠在刑部衙館，錄叶部聲，輒悽感以爲平生不快甚家。嘗讀詩對析，乃憐子無衣何處村之白，憐悵不已。初公窮約道甚，澹人世，罕值最不可忍者，六歲失贈公，十九歲喪母，[illegible]以隸乎撫迫辱，欲孔蓦務，承試第一部對[illegible]，福食菜根，糠覈無衣，禍嘗餓。夫人之喪，公爲文序其困辛苦艱楚勞之狀（邢妯姻）。○諸援先務

清秘閣

此寄王

大夫武英殿大學士兼吏部尚書李文定公墓誌銘　公諱天
馥字湘北号容齋時當補大學士之選是年一日上諭滿漢諸大臣
曰機務重任必不可用喜事之人朕觀李天馥老成持重學
行俱優朕知其決不生事遂以命公　公在位尤篤於人物尤
特籍所周咨熟察引進英秀如檢討趙齡等　公為學士時所薦
以博學鴻詞薦也從御史龍世卿舉識剛亮今以擢封
公卿名吏部所得門以論劾去官而在外省也　甘泉翠以舉
殷周學相思惟恐其不學用名章回四楓依逸馥詠去正莬
昭昭於以人事者慈和之誠而非有德也　公所為人材家　在
刑部尚書多錢數萬壽書畫教而吏持之急　公已郎

知其究以籍其子孫之任罪者　又有大獄下新議者皆呈在
先公案甚冤獨議　因石菴氏上意僅以議三信芹人慕語
録少詹事高必證　芹人之先好譏謂發以避於杭
詹事以只嘗簉非蔑宗部年母夫芹人以外孫屬於張詹事以
質故縱居城此家產當一舊檔冊既撥在江南
書後人實之以成集　時稱萬雪年門內偶而屬族上特遣御
覽承祝論曰此宮中皆自只茧笑頗有功

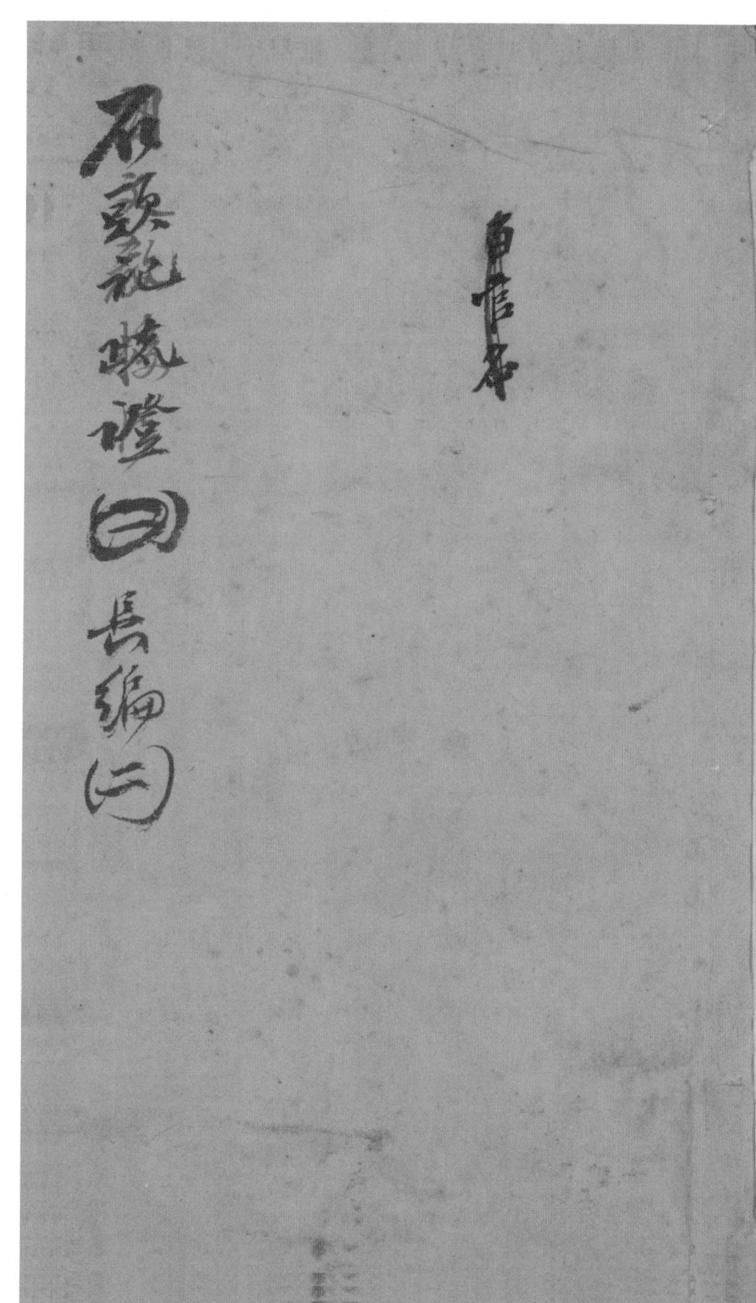

殷契說駢證（一）長編（二）

自存本

八三

賦

函

儋來繡堂遺和堂集

傳述狀（為吳漢槎作）吳子漢槎舉於鄉以蜚語謫戍此

荒居二十餘年贖還踰一歲死吳子與余介表兄弟相

善也

上更新碑　論徐雲臺而鄉里事詞意舉謀擇重

詹用摩鬱陵　特念老母年邁多病　曾留疾沈重

加未自[illegible]陽心忠怔忡　猶值老邁病情而由是本

最轄詳司府　綠奉　恩綸催速催送勤限就道而

請停[illegible]家以求[illegible]八月[illegible]書[illegible]知老母重[illegible]轄

重荷天恩[illegible]接職銜以奉侍明史　仰勸[illegible]慈元

冲持舁翁嚴述田里 ○遵議條陳疏代 方恪敏公 實學錄
有定式細民無知以奢華相競凡昭玳之表之類無不點其
飾靡財之道固多端矣即以優伶一事言之士大夫之家每遇
宴會多用優伶一席之費不下數金此優伶者身時裝場
所以過費人數倍於平等而又倡吳人也優伶厲於天下
最多者諸知其為害數十拘良家世家書甚留優伶不惜厚
貲招致教師教演度曲負長生子弟隸演者輒入豪門
驚為歌舞之戲稍有聲價即鮮者為逃匿輾轉影響此俗
師爺梨園之人謀生于求遠近頗遠而貴人官密閣通內
以招搖生事華奸人之尤者也而之意此風尤為尊於于

都下比於宴會多召優伶以笙(?)憑藉彌高放縱彌
甚而民間會飲於其之一都城之內優伶不知幾千人因
而優伶而靡費者且不知幾千金一擲而天下之大變(?)
國藏民產不知其幾矣臣請嚴行禁止其在於通衢
廣陌開設戲館者尤可用官客聯銜嚴懲(?)事妨其犯
者以重治罪士大夫之家蓄養有優伶者以不謹處分宴
會演戲者並加參罰）○修明男(?)議○上集總
載李書●隨山樂府序（言松遊）○李天生詩集序當
戊午己未間■天子旁求淵雅宏達之士御試高(?)師(?)先生與(?)人(?)重(?)
於公卿之甚(?)高者為通選疏選試於殿廷改授官檢討今每

老吳跋云歸養之道政司不豁以聞先生吳宸跋亦云竟奉

俞旨不許職而歸奉太高之曹是時同考試丁詞貴者五十

人先生與朱錫鬯嚴子蓀友及其四人者而以布衣列詞林

爲古今曠典○朱竹垞文集序○送曹公蓮菴巡撫江南

序　朱竹垞銘摯似公於史館纖悉之事　竊中而思焉經濟

合紫之）粗無其驗未（錫吳中雲賦）○送曲輪宸北部

曹守江南序　方子加之作人爲重學庭之送於江南者軼材

命出度揀擇四方者與試得三人　方子加意送爲陛見者每

年命工部郎德州田君以往○先妣封太孺人吳文行述

來讀書二十餘年　先嘗一應有司之試又數遭於稍　冠困甚

甚深離轉徙，一歲數遷，嘗移家荒寺，破屋數椽不蔽
風雨，終日呼索岸火。不孝思舊書欲讀，太孺人以爲然，
乃辭諸當事，此翁奉母南下，乃往以說諸孫恩接及清秘
迎請此來，太孺人同耕此來，不及見早歸而長逝。辛酉春
不孝乃直趨展謁太孺人，乃始世也。此上時還至今見人不孝哀
於資用之職事，墳墓無田，鬻書著稿，歸乘竭行書
常以爲念。若四方有不孝按以講道諸先生之以無爲
隆恩或侍養者追越，或託處於邪境，或頌齋移，或衞紳
繞繫，以至於校札閩幕直之語，每有負人譽於嘉之
事，太孺人輒告誡之。不孝不能仰承慈訓，以至罪戾

清祕閣

日積異中祕語錄錄〇意也瑞璜人中見行述　余既落
拓不同生舊孤藏書舊鐫古金石訓意可證以輒
書於此〇嚴箕文姚公文　常熟翁師吳縣潘師方在京
館於蒙古吾師在都　此後又入都　蒙高軒先辱惠
存未嘗日離左右而見人說爲畿風其諸公卿名未
生二輕語而已　吾師獨貴在劇談獨擇賓客
五次爲客於諸以賓爲之悵惜餘日既接賓當以吾師為過以
時時言論陰若章句歸對賓客而著作未嘗留門
數日不見輒問此君一何閉關也當全已微厭吾師時時
爲儒業星之事無以見數辭之於先達鉅公說

詩

西有銀漢傳講衣 按以來記丁酉閏日題畫三到

來思韓性成石語世於居甜耳挫轉懷胡詩往往擡

罰於先生者黨吾師獨標揭異飾之不遠餘力不絕

來干吾師者吾師一不耽過之金屬

贈朱錫老 五古 ○ 懷園 七律二首 ○ 重九階世年

報同諸公登高自娛 五言 峻嶒軍都山之西城南

小記懷 ○ 結寫懷六首 世情信有羊腸險宦跡真同鴻

示靈素心芳芳比蘭草當門先已被芟鋤

黃廬逝竹 過去水訪朱碗園並藏書園遇之天壽庵

壽梅

青松閣

高澹人全集

經進文稿

○○東巡賦 聖天子御極有十年 臣本浙東賤士於

四圍雍穆以徽告成 聖覽 ○南苑賦 ○懋勤

殿秋蘭賦 附石岩蘭開於內殿 臣侍御幬耿香

撫國思蕙生棲遲性殊自叢幽芳於納諸殿階

臣士奇奉召於思足西悲薄為以白樹上報

聖明有感別蘭揮筆賦之 ○喜雨賦 ○瑞雪賦

歲丁酉十二月三日皇帝自東陵回宮是夕大雪

聖明未出迎兩日直雪竟○日夜○增壽閣里賦○

養心殿石榴賦 養心殿前古石榴數樹三百餘年物

故宮中呼爲稻子樹向畫懋齋每念思錫○識也對

柳賦　庚申二月余卧病十餘日招吕超直過太夜也對

見柳色凌翠對黃春漸深矣年光易擲自余獨倚苑

西嗟嘆我久臥而賦之○翻○苑○芙○蕖賦　余與桐城張若

士同看直南書房之命賜第苑西日騎官馬過畫

餘橋見池蓮之秀有感華而秋橋也與學士思論客臣

滿作秋蓮賦自康熙丁巳至臣於今乙十餘年華宮

未逾老於歲月之上增盛年過之將薦過歸田有志乞去

聊寄清秋雨歌倚島橋上倚樹慕記欲等自貌○紅葵

花賦　信天葉將降之下偶植紅葵數株今年夏

奉御內直以步休暇紙食筆中○望後神武次○仇英
畫一十八阿羅漢次○謝賜書籍表
康熙十六年十二月十宣蒙賜內府
四書集注文獻通考共十一函卷首錫以寶冬之賚
○謝賜手勅賜館符表　康熙十七年五月初十
日伏蒙手勅諭高士奇以原官供奉有年凡一應講
章書籍及纂輯書寫甚多勞而可嘉特賜加
級表賞表裏十端白金百兩以旌爾之勤勞○遷翰
林院侍講謝表○呈進太清鏡歌款識表○擢日講
起居注官謝表　康熙二十二年翰林院侍讀陞高

士奇蒙恩以原銜充日講官起居注○恭謝聖駕
臨幸西溪山莊御製五言詩并賜竹窗二字表
康熙三十八年二月初十日 聖駕臨幸西溪山莊御
製五言詩云花源路幾重柴峯峯時臣士奇煙翠竹窗
幽雪香梅岸古綠蔭藏詩中竹窗二字賜臣士奇
昨歸猶被青綾猶爲韶年賦退乞歸未許仍留外翰
乃蒙首奉時遷簡授前官臣以數職旋隨鵷尾 臣
在家二十七年侍帷幄者十有二載舊業西溪已同
隔世○追春秋紀事本末表 此蒙恩賜歸田後風園廣
○御製文集成序 臣蒙恩遇簪筆禁廷凡

有雪作隨時摘々鈔錄歷有歲月老帙富多仍分類編

輯爲御覽全集四十卷○扈從西山南旋詩自序○松亭

行紀序　二十年夏四月出喜峰口至方俗見○扈從東巡

日錄自序○春秋地名考略序　乙丑夏四月奉命總裁

春秋講義○金鰲退食筆記序　明因金元之舊

宮西苑園林臺度濶廣僅十之三四然宮城之中所屬大

內禁地絕往來惟親信大臣得以賜遊宴於此賦詩咸自詡

爲異數亦有終身侍從未得一至者聞人說苑西之亭臺

宮殿以爲若海外三山縹緲世莫能盡繪居人所爲云

殿苑囿多不及明之三四凡在苑時扈蹕禁籞之地模

夫豁容晴日，細細瞻眺於其下。余自乙巳賜居太液池之西，朝夕策馬過金鼇玉蝀橋，望苑中景物，乙卯恩賜寓署。餘暇讀書，時時蒿制納署內之修岡，因筆筆記之，詳於西苑景於東西小南城葡萄園諸亭館，雖不盈存總而爲書也。余既居在苑西也。○塞北小鈔，成二序。○御選古文淵鑑成之序。是書始於乙丑，迄丙寅年，將告成事，臣已蒙聖恩以歸田里，皇上復念臣嘗與校讎，命作此序。○唐詩掞藻序。士奇朝夕趨事，迄今十有三年，其間屢制紀恩感懷，寫附後，卷帙頗夥，擇付爲錄。既以士奇近歸田里，追思疇昔之榮遇，命集其隨筆

諸詩又選西唐代表臣廣和馬世胡七公綸之作相為
那正多判然沃樓目而鈎貫之為數二十有二詩也
有餘篇名之曰庸詩樓存 ○菊澗遺芸叢序 纂
家本燕人當開國初客於浙南渡時錄萬臨安子孫散
居杭之海甯魏之餘姚 余十四歲時從先君子歸姚江
過上林湖佳墅柳讀書處兩月 叢書先曾祖謹學之
戚高氏家祠在堂之西偏堂成樓五楹藏諸物書籍
○嚴藕漁宦文直廣之詩序 我友嚴藕漁負卓
犖之才高尚其志獨得山水數十年而懷猶潔
新買富貴不動其意詩風華筆墨自勝而已果溪之人

春

筝以倪雲林自況及御書齋遺識於大廷,天子聞藕漁
名君器,而用之。藕漁值識一詩見志。九年,嘉其博通,特
命釋褐,官翰林院侍讀,修國史,兼侍講,充記起居注官
者五年。今特請假歸里,鄉翁劇。其後南歸,年及
西苑侍直諸詩。手其鄉人,余與藕漁相識於東皋之先,性
同鑄羽,寅姻共出於此,卧暨七六書識詩往來,以見名其藕
漁將去,而余為留餞,不忍之念之。余知藕漁澹泊之致,本
不求於聞達,感恩為仕,而終竭其誠。蓋以蒼翰廷,以詩來云
清豪者砥身之,請而其依細數,詠歌又書一日之果(?)
山泉石林而也,藕漁返遝,[illegible]室坊下,何期遂[illegible]

可舍之而去。　閱嘗竊論雲林解弢高逸絕俗之致，彼其生逢盛代，未必不屑一賤，而明季之主，奚啻當元末衰晚之世，舉不之知，大隱不之學，日寄情於岩壑，寄居翰墨圖畫，曰迂曰嬾，蓋者誠知而逃也。竊謂無瑕當此年，清麗奇宕不讓雲林，而氣似勝之。竊念江村草堂圖為別號山越，余早歸之意也。日扇母南下，遂與偕與，轉徙酒意山水，蒼陽叢茶，賸其處舊事，共相視莫逆也云耳。

○學統序

考呂公書堂，踐世事，登第，出侍講幃，日觀時敕，而劉若味道，遂清節名一時。退居白門，淡泊奉母，甚逸自

之執贄入請益者甚衆　汸著於龍朱堂宦刻力衛之
如此閑之不遺餘力　士奇風附門牆兼得緣名以聞末〇
江邨草堂園詩序　余少登宦情有烟霞之癖又愛吴
越佳山水間林泉幽勝藉先人餘業於廬蘇風雨營田從
鐘衛讀書賦詩務得以老焉不慕於華進利達也〇
每因端居遐想之念念年方壯歲必閱歷世途之險阻
事之變幻然後歸隱乃益堅因思以升斗之祿而忘義極禍哉
捧檄操歌致擊妻子營於郭下無就蕉已吳越佳山水動念
分歸進退綽然不陷危殆也乃操秘擬擷以序傳從德十餘
年於鄉之思日就荒蕪在我踈執言之康熙丙戌榮童常見

還英西園江邨草堂壹函余題詩其上甲子友人禹鴻
臚為余作第二圖丁卯春吳門王石谷為寫長卷余
自題其首一色精之以樹知遇之隆寵之深厚祿位漸光
懷隱居聊業世途人事險阻窮約日偏之致憤慵
錄世容觀未得世心思西廊之分日漸白雲之漸多余今
年四十有四○江邨草堂圖詩序 江邨草
堂者高氏就江邨舊業也康熙甲辰余年廿下第歲遇天
子之知壬子秋閏七月蒙召對乙卯奉授詹事府錄
事丁巳擢中書舍人其大內自此晨夜奉職無少休暇歷
官翰林侍講庶子學士及少詹事凡十有二年

賈雨邨湖州人

未我乃笑忍負之，是以推尊□言，石欲余附世俗人多之
振。忽然去之，既後接著投接，益加詮論，乃敍，夫子明無嫌
并論園田無躊躇，田雖薦許以解組，仍留旅館，□□□遠門
主人去，然年夜隨以出，視問饒，閉門著千年，時卜居於浙之平○
湖，以為歸老之地，仍與蘇切續為題作橫卷，余將卜居於平○
湖，亦因此切因不忘先君子之言也 ○ 是日葛閘序
余敍著亦以二卷一書，既錄合編，從□□□□□□夜□
庵是之出重闈者十二年，歲矣，□自同年友弟竹逸偕
侍自虞□□為此敍，為無以辭□□竹逸是日葛閘
之君或 ○ □□□□□記　康熙三十年三月二十日舟上

彝 太皇太后行幸溫泉 [illegible]戰在[illegible]進[illegible]

東之以越明日進程 [illegible]山上[illegible]林[illegible]進

之日繕訖 直太后見之異樣爲一小盒盒大寸有[illegible]

雕刻牙器百種 [illegible]九[illegible]年[illegible]匣筆[illegible]

升斗[illegible]於之[illegible]其[illegible]

共一錢象爲球[illegible]有九[illegible]九層[illegible]七層[illegible]

金[illegible]自九中藏之圓[illegible]活動[illegible]

中藏[illegible]一枚[illegible]

進之[illegible]鬼工球 共一[illegible]二十有四[illegible]

高二寸許[illegible]

契爲糧，靈氣觸而飛動，然緣法見○。夢回，翠羽悉化。余
幼讀書西湖南屏山下，因並世個擇爲此境，其[illegible]
夢寐。丙午春，游西山，得菜園於山之阜，[illegible]都中，[illegible]
應移寓焉，三楹○，顏樹軒名，余居之城之北，每[illegible]花[illegible]
其即其居，時先遇先人三載，奉母以居，[illegible]子，親[illegible]○
借平原，若馬遇者，迎而問名，對者云槐，遂名其居爲郭
樹軒。余少曾遇園地，其鄉以[illegible]，親戚於舊多寄
而不知○○。信天筆記。余其世當相傳，其居不信。天
葉。今變與月垂○。盧遇仙出告，此以[illegible]劉，以歸，歸別處
掃一室，日○○，臥夢。其右人事相接，余先世

瑀之志，余素以詩稿請為作序，隸書之，序存○餘蔭軒
記　余嫁居玉峰橋側，讀其集三樓，書史路長木成文
信國春書長短五雲餘蔭讀，啟曰餘蔭軒○谷
蘭齋記　余子無之，讀書於野竟之西軒，啟名之以自娛
娛請名於余，余名其齋曰谷蘭○雪林同調圖
記　余自庚辰迄甲辰將廿有五年矣，所居瞰此與古寺鄰
從歲時接識如門蒼林，於是有山林隱逸之約。蒼林謂當
取其喜靜之義，題雲林同調之圖，以見志。丁
巳冬十月，余以中書居人直，為主子所居太液池上。自明年
蒼林亦若屢歎入上方山，今歲春余以病，共蒼林言退休

上方山水維揚馬君之畢以倩升名都下欣無圖我兩人
於蒼松清泉間　蒼林名常細黄巖人○某跋御書
翁日摩高景山詩後　皇上以藏寶貴之月甚義修成此手書
山命臣英臣士奇纂輯侍從○某跋御札後　康熙
二十年六月臣士奇偶病時蒙賜御醫用藥之補張
鐫陳萬馬之駿日一詩記　二十六日上往瀛台使殿命取
摹御札命編修臣杜訥騰寫於晴龍小箋之上遣內侍
貴宣金五十兩命臣小楷錄臣尋倩春信之證○書
頁各集後○蘇園說○蘇書圖五箋說　寫寄
每學較五傷一錯綵之多一　某起較之加至五十二尺笔

算了蓄月之久矣之[illegible]時不逮[illegible]餘而已者更不易是[illegible]

扈從東巡日錄　高都陳廷敬序○平江張玉書序

皇帝御寓二十有一年　仲春既望乘輿出京師扈

從者侍從大臣內廷供奉侍講高君澹人及侍讀學士孫君

此勝與書為三人　自永陵展謁以後車駕巡視東徼書錄

新臣諸臣被命還留都祇候○揚州汪懋麟序○秉承宋

兼等序

扈從西巡日錄○　徐乾學序○扈從雜詩　書屋

米[illegible]勝稿[illegible]芙蓉[illegible]風蓬采春[illegible]沈[illegible]宋稿討算

戊午六月起
己巳九月止

壽移居書曰垣廳編修杜訥還墨子歸由閣存試收各有之

葵西集曰汪琬序昔元遺山論金源之文以為宇文吳蔡諸

人不可不為當代之士然皆宋儒之從金者（於）若於大定明昌間

文派斷自蔡正甫黨竹溪趙閑閑之振踔論李翰林之定若

常然若太倉吳梅村合肥龔公鼎孳為文雄錢為詩伯與昔前明

之遺老也以之嘗為絕宋四十餘年之間文章正傳耶

先生華卅年歸○王士禎序予和葉才甫偶暨

時列官禁近入侍南書房又侍講筵相國學士日進講經

史要義君益殫精殫思○戊午十二月起己巳九月止

九月廿　贈俗庵舍人曾以一日自城北騎省偶述○謝書

平接方斯質清風韵不殺豐豈蕭然被服倚裳

朝衣○九日直大内南書房同華蓋學士陪公侍讀學

士蔡衍菴張犇凝兩先生　杜近公同年　阮葵生宫言

字○与嚴藕漁朱竹垞夜話（時華峙方踞飛騎）南

北三千年多隔歲情（藕漁竹垞皆走年相別）○周纘姒

為余畫江村垂釣圖長歌贈之　附題畫詩　作賛　除

延叙　王鳴緒　張英　嚴繩孫　北平姜宸英　秀才朱彝尊

雪苑宋犖　十二硯齋江藩　桃鄉農李符　紅藕莊

讀藥欄　王鳴緒詩云　金鑾秀暖柳條斜　踏蕩斜逕

壬辰除夕用六人韵為
東呈公韵
和韵並大夫韵公除
夕韵二首

太倉庵封君寄懷高士奇釣綸之傳作無綸 蔽絕好詩
批畫曾題高士奇大成汝許釣魚 朱彝尊詩云禁垣
毛茸整暑日定情西清鈞輪一曲湘田九西氣從鸞驂會總
西鄰 君承旨入南苑住我阻竟別他園○李天生雍
討將歸留中同處批從朱竹垞潘稼堂李武曾小宗伯謝
○六月五夜同南書房直懷舊遊○[illegible]
五月[illegible]秋日思歸留耕草堂有東事感懷（嚴耕草堂姚江看墨跡）○華訪卷陵岩以○○○盆中作楷為詩見贈
職丰○宮壺歌寄海鹽年檢討○張韓後學士請假歸
桐城戴詩云懷[illegible]張敦復歸於二月六日南歸是日

廣公氏奉天府鐵嶺縣送區之○送徐果亭之官○寒山情

詣學士○漫苑光為余畫江邨草堂圖自題其上 題畫

者禹功棠之壽 濟南王士禛 十二研齋往懸讌句 朱竹垞

吳嚴繩孫 林甫南都有朱老無時從宛問手寄 嚴 全 繩 田

詞云甲辰前後奉容畫日記承追笑無繇共林趣

草堂畫功成 卻奉白鶴鐘 一西窗歸老見即計其春

早 萬事以人○吾今定斷○容光了○高士為余寫藤

香圖自題卷尾 郎中生承歌具桐園中偏種蒸松香

嶽詩者長洲宋德宜 棠村梁清標 澤州陳廷敬 崑

山徐乾學 立齋徐元文 雲間王鴻緒 桐城張英

題詞者

秀水朱彝尊靜志居詩話　說頤錢陸之　慈水姜宸
英　姜詩云：學士原無得絕志，金門偏懷慕杜窩　朱
彝尊詩云：藥欄白樹雜黃花，不向江都幕中看，蕉鄉僊紹耕
嘗有約　山居偶我鴟蔬方　姜詩云：學圃秋書霜
慕越乘車戴笠總身常——○御史大夫錢公五十初
度用杜少陵秋興八首韻　帶四首注：公寄序奉呈修明史
之命——○癸亥除夕在飲用兵部尚書徐公韻　輸卻安秀清
華職（是歲十二月十九日三天奉旨一日討辭講官起居注之命）
馬首年除四千春（余明年四十初度）○再和御史大夫
錢公除夕韻　閱邊初開報主身　五翁朝初四任人　附

緣原詩　此生何事向同身○甲子元日用御史大夫徐
公壬戌除夕韻○再和御史大夫徐公甲子元旦韻○居城北時無
遠盛名執生是非傳可以忘著鵝黃靈殿遠壽可治主人
盡不去方山矣、仲方拙遊甚嘉以懷之幕述舊事云○題
李明寄小像　明寄自題云己酉客海濱訪琅琊山道士者師
術謂余前身是廬山種菜僧居嘗自念不願爲富貴人
人於子今世僅以無蕪與壽年閒共言悅若有得作
結茅東林想道士亦爲有江湖之緣倏已二十五年矣何
矣　因書以數言廬興想是前生舊蒼鉢○題巖
耕寄之所于蕪江村草堂圖　歸去隸蕭和聲許橋

新候去點翻麻　題詩者何止吳汝標　廬州陳兵毅

桐城張英　白吳蔚德　秀水朱彝尊　錢塘高

士奇　朱詩回莫茅結屋蓋精垣不似金壇學士園　吳居

年之借借住後等後銅桂蒙門○虞公召江寧佐嘉蔣感益

公○燕子磯別張韶後學士○蒼徐果亭先生寄懷○摩蒼

學士徐公○丙寅二月五日直廬同韓慕廬學士和廬州陳公

除夕元旦韻○十八日巳公南苑夜歸寫四舊五言韻○熱藏

後學士照全園○立秋後一日常從中南竹雨亭風度

閣之內誰以是成之○秋懷寄討書宗伯徐公兄和同原

韻白髮疏吳（第三卷終　悲秋詩林雪亭之孫橘膝華晚）

宜敘館門

轆轤引泉滴之） 人人都著蔑州罽（雨中庚封著罽袍）○御史大夫徐公和十六字為公詠物贈并和前韻奉答○韓慕廬學士五十生日恰逢七夕詩以代柬○以龍井茶餉寇山徐公亭贈以詩依韻奉謝○重陽內直感懷○九日前御史大夫陳公張敔後既去屬返公編修○是日下直以作○生日內直書懷用前韻 自嘉書林歸倦鳥誰將金飾喻籠牛 遲信不愁嚴禁約重闈直待夜深開（歲大內門禁極嚴例當待蚤出後方許下鑰日以為常）○九日夜坐用前韻二首 秋風又促送年華（四十三又曰已斜前一日予生日也）○秋花詩 條蘂新隄地裡稍萃舟

戊戌四月起
至七月

秋來吐花各記以詩　草花　玉簪花　茉莉　秋葵、建蘭　又　秋海棠　桂花　西風餘（一名雁來紅）　淡竹葉　合歡樹　雙鳳菊　剪秋羅（名漢宮秋）　金盞花（一名杏葉花）　鳳仙花　夜落金錢（一名子午花）　牽牛花　雞冠花　菊　又　〇己〇丁卯除夕直宿持明堂中夜寫作上奉和崑山徐公作〇戊辰元旦和崑山徐公作時在禁庭持服〇丹墀雪後登山徐公：賦詩見意作此寄懷〇和張西巖逸詩十二首〇吳門叔門周姓寄謝辱韻　張偕書懷　謝張閣才（一）高雨雪中獲稱傳記　送徐良輔廿四首送大草西〇及回南懷　將同來許從書寄　計日還想動玉珂（附呈總裁師）

存埔弓所遺

書諸翁似欲留日一題內直　巖谷歸耕擬遣禮罷之足之兩
仰退　錢任首領吾自信來思指饒病馳然　進人去者
絕域書　劉苑歸來一事無（隔日一函劉苑歸即閉門）戒
以炎峰庭遺書弟夢雪藕塘西沿○為日杜門閱卷
盛然公起用大字佑宸山總管總御史大夫　君之吟留可觀
故散書堪少子臥簦策　陸氏金馬知氣補壽見麥報拜
手多○贈錢然先（答陸之桐城人明年七十八）半面相逢
十載前一歲壬子然先馬上相識）商山遺老髮膚播遷
當年附公證花原草此日雄談動四筵飭當猶傳之
秋公移驚此然說承言參年比郎而相饒觀日五嬉

紡織船○續哀詩二十二人　有葉少司寇訒菴（諱方藹
江南崑山人，加禮部尚書，諡文敏）　路檢討先年　沈太常
繹堂（諱荃，江南華亭人，加禮部侍郎，諡文恪）　魏少司寇
環溪（諱象樞，山西蔚州人，諡敏果）　仙崖謝拜賜嘉安殿大文
引年歸田歸卧恆山雲　富龍寒松字恩養代英分寒
松盡揣折蓉萃　但劉結　汪主事蛟門（諱懋麟，江南
江都人）　識古方懸遠　蘭臺甫軒華　後思秋曹改　于世
多與鄒劉及六名編　青鞋布襪混跡樵採　著書成
外史　織錦遺塊蘇○續秋花詩　夾竹桃　纏枝牡丹
野茉莉　金錢蘇　六月菊　月季花　野枸杞　紅姑

狼（一名燕子花草本似蘭葉長之）○偶以桂樹一株置餘蔭軒
中 此地高寒種栽難稀桂度蕊後移閣挽雲漫說紛團
樹那得移來寄館看 ○金中奉孝廉兗山徐公兄懷 ○吳若山
秋稅歎（時為羽林忠寧文哉歲月華第以從討化其事）以歸不來
隣宋荔裳觀察與錢思山曹頌蕃皆有長歌 觀察時方知
承德何可今年夏四月忽與錢家師市上寓來告余之急託友人往
贖乃得之）○任孩亭十二年無達五日輒衣楚適今年以請得
閒又病不能飲未與夫懷 ○懷江村草堂題陸白齋所畫第五圖
回選（為大司空南還）○新職以無過直廬朝時即出苦以務故
仍在直廬早夜二十餘日感而識此（明日以來四領國服）○南

書房以鹿角名者，木今年由堂移植野花瓜豆藤萬，其可觀亦

余解其以之一妻也。○張大家作手札悉桂樹賦蓋　城山卿館中

年心（余家園有金粟館）○九日雨中坐綠蔭軒喜逢重

九見黃花（字作九日菊無篇，今年閏月菊已黃矣）

竹窗詞　曹寅述都中與藕漁竹垞梁汾偶爲長短句自述入直

禁中風景夜宿此無聊閣壬戌春從奉喇達甲次爲成

六闋此以逸不復作所爲蕤香詞蓋失十之三四不意梁汾刻

於江南吹歸江都因居多暇詠物寫情謬不能盡爲記一託

之耳修　康熙辛未○點絳唇　和南亭柳伯武梅桃寓

南書房當含桃初薦之，以恩賞賜給諸翰學士請假歸

桐城於宅中作亭，名曰賜櫻亭，澤州陳公為記其事。余此題亦有

含桃數株，因置亭其側，構也，賜之名為學士所有也）

蘇秀詞　滿江紅（端午十錫瓷）文采風流，問當代誰為詞

壇近十載，論文宮格，屬君顏色。豔句魂消清苑柳，俠腸思

騎秦淮月。向旗亭曉唱新詞，人稱絕。莊一帶，空素蓋，隊餘

傾蓋處，猶吟箋，承霞鑣，卑帷葛，節學誶殺。才華憐爽

訓新安蒙筆，輕崇高，也省遠，天壤竹間人，昨青白

○今如騎送嚴翁友歸無錫○望江南（病中和翁友作）

○臺城路（苑西秋雅樓懷和成容若）○摸魚兒（臘月十二日成容若生日寄贈）賦九草堂十二春和度踏莎起舞扒講摩南飛（丙戌十二月十九日集貫思赤錦集下遣去李香作鴻南飛遣）○賀新涼（寄陳其年）○青玉案（題蘇台畫）○花發沁園春（和容若移桃）○水龍吟（春日直大內南書房苦紀）○風入松（丙日鳴宮扇紀恩）○滿江紅（中秋直大內南書房喜雨）○賀新涼（送成容若扈從

清吟堂集　彭孫遹序　今夫人春秋高，退養於家，郵書大官之餘，以勝較退猶以自侍，暇輒吟者，夕勝而舟歸敏之

復廣微之詩，執嗟歎不已，乞身歸養，值綸音許歸，金壽
鉄吾數有加。金壽門先生同年同館同備官於朝。〇尤侗
序：清吟堂者，皇上所賜江村先生遍窺文，及其歸，暨此
猶之山中宰相。甲戌冬奉召還朝，花西入直，既而承恩侍
養，將母南歸。
甲戌重九翻飛化恩詩。十月二十七日入都，詣乾清門恭請
聖安，仍蒙召見乾清宮東暖閣，面問南方米穀，遠問風
景，並垂詢臣母，且諭云：爾舊居已命修葺，可仍移入。自
辦舉，田父循溪遠五年。〇元旦早朝，召數儀於五鳳樓
前，驚出館堂，直送輦。次於朝賀〇。昔賞賜以送於京師內

有書畫山西春夜梅花記其人數之過半矣嗟歎殊甚　七字

清新和藹而纖然風度未與鄒一葉步司寇行步錢歎歎例

人裡乃之形迹　舊文難有歲朱存性硃林露同鬱官去行

容而精鶴笑而無讓與從釣竿　前過惠山藕從而竹塢

送我亦加譽　獨嚴宮來相訪也　○　侍從暢春園宴遊茶紀

昔爲三日　蒙命從過蔚暢春園　松徑遙迤　洞廊曲折　命中使

以為可行度於林而徐徐迤堤達軒階　路絕纖塵　紅荷珍花香

右石左花　材堂山曲帶階　龍雲之　春夜繁艷　數株天上館閣畫一端

精緻當西臺中以月洪而隨侍御面分霄漢天級　且又知足上遊間

之地　畫羅繡帙　細書細論之　時　每念煌煌而筆　弟七首

節庵足安

蒸土風仍在閲圖意不忘林深聽布穀花密映佛桑　野人
情穆擾王土又春光○蕃織增合圖牡丹　獨者人叢檀印茂
朽衣黄之与鈐等○儲蔭軒青花丁香刺梅　蔣蘭年子
枝今成兩樹開花甚多○青宮千秋節座今　附蔣跋御
書高山流水四字　康熙三十四年　皇太子春秋二十有二五月
四日要惟　寶節　宮庭協慶恩容文德　皇上特賜天章
題高山流水四字○和張大家侍讀菊蘗　在魯插換燒
年之　南書房非菊賸花兩叢直内閣待是風插瓶換
其聯四之花○壽庚子之歲余在熱年　惟喜書　蓋是先春花
友丁秋手以之亭僕一與畫一蝶蒹花而見之○下案　傳真鴨春

清秘閣

國御書之臣等謹案西漢莊詩手之句刊碣臣恭紀〇〇恩
賜御書存問鐙齋室匾恭紀　臣世奇等捧讀之下卓稱廣材
耀蒙　特達之知　恭與編摩之役　地寵華之命　分頒楮墨
之紛承　荷蒙我　皇上　曲賜孫根內逸帰田之願　終收教養作
於意關之誠　[illegible]是月二十五日乙卯　特旨命臣周之翔為
書臣廷敬原任左都御史臣　鳴鍇　於南書房　賜臣御書
横卷一　挂幅一　字扇一　翌日兩臣恭詣　暢春園　謝恩　復命
臣周之翔為書臣廷敬　禮部尚書臣英原任左都御史臣
[illegible]　鳴鍇　內閣學士臣蔣　太常寺少卿臣杜訥　兵部郎
補理事官臣　會恩　翰林院侍讀學士臣　廷瓚　侍講學士

月愛右春坊右庶子月岳飲鳩以宴飲（古蔥青擇菴之
歲在淵鑒齋以賜日佩文齋○去秋命五十生日出茶廣學
士用舊韻見贈之詩隨意并韻送之此士今又直南書房並
在直講學士今下從菴之并韻○御書佩文齋額賜賜
并記（康熙三十四年七月二十三日）（古雍正乾隆樓印
今夏之命系也）○放德大宴用賜桂樹和采韻○唐徵詩
丙子二月三十日 聖祖親征噶爾丹若蒙萬歲命恭紀二十韻
○端揮騎送到春草并記○蹕沙陀安撫賜鮮魚○行
戲萬歲賜恩樹○賜西域恆河沙佛并記（新疆西域之貢
諸佛像意賜恆河沙佛十四尊送鷭以小人工真是歸時與爾

青[illegible]閣

老母供奉○賜御餞邊瓜（諭曰塞上此瓜不可得故特賜也）○塞外偶成（七月一日於暢春園日同諸公入直並與諸公坐苑晴柳下待內監引入新松軒）○賜西域貢印庵以香○賜御餞安素菜○賜御餞暖鍋○賜園中所獲雉兔○天馬行（驛騎從幸嚴蹕將發凡奉班列行宮門左上騎白馬顧謂臣曰此大宛國汗血馬也）○題老蓮香奩圖（李竹懶六研齋筆記云吉安春人一侍兒體態翩翩遇有重綦靴從身露足丁其上書於擇鍋令生客鼻端無不旋團衣三回香奩（余詩中用此意）○絕塞遊紀○窯名昌縣東北地形圖識略方向（部院諸衙門俱移東北角近鎮黃旗安

蓋余每至行帳所坐臥其中，雖蒙寵之亦難與人知者也）○

賜御饌炙鵝○行獵，傳觀選毛禮終○賜棗乾○賜食

潤御用果○行獵，賜花翎爲門常侍（是行在與時蒙賜

詩，有行秘書禮）○賜御饌燒豬○黃河鯛魚，賜詹

從諸臣○明日有鯛魚於河中，獨賜京江諸大學士同

陪士奇等也○賜桐馬乳○賜塞外乳餅、枯芝屑諸物○

絡繹傳命賜御果○觴秋軒侍直，和諸大家伯韻（歲

戊寅元旦雪，奉敕畫屏風四幅，今爲在浚常居御座側

（乙亥夏日，與諸公賜宴淵鑑齋看荷）題詩書四筆承宸

刪）（扇中繪青蓮義鷺白鷺，取蓮之清廉之意，屬臣題之

奉勅各賦五言律〕　侍臣小憩思三味刻扇北闕第

五聲〔根據畫扇用西洋法又西刻鐘鳴五聲每過兩時

一聲報其時云〕○蘂廬四方士來自四遠紛紛　每夜

苑門與公言語〕○㊥苑中侍直和親樹峯寮恩韶　林亭園

趨出小東門〔暢春園正門南向東列西東門再北為大東門又北

西襟奧菴側之北東門新隆諸臣奏事入小東門之西即

澹寧居聽政之所居後韻松軒又西爲西隔小路古藤回廊

樹陰森叢樹之過橋有遠香亭北多白蓮山半小亭了名蒼

然前植古藤延此古秋生初花小倒〕○蹊藕澤菁代恩

十首〕茲思海著年世南分扌情八章尚朝門欽篤

(恭錄御書雲窗二大字如龍行)〇熱河山玉皇閣壁(余少時讀書其處)〇封山聖德詩

隨筆集 徐乾學序〇徐元文序〇姜宸英序

余昔年癸丑入都楊世人溫雅文詞善談詩法嚴重氣象舒沖穆同邦雅然有古有道君子之風君既為婿款

恩賜御書存誠二大字恭紀〇懋勤殿侍直命賦晚晴〇懋勤殿侍直蒙賜金盤時果八種恭紀 桃二種 玉李 朱李 蘋果 蓮子 鮮菱 銀杏〇懋勤殿秋蘭應制〇恩賜初秋書扇四端包金五十兩恭紀〇懋勤殿侍直上親灑

賞御書寫春字一幅拜手恭紀○養心殿前賞
榴花殿上賜鴿一枚歸以奉手携歸舊園恭紀○聖駕巡幸
回宮晚刻蒙賜醉佛八寶茶紀○上在迎春苑射野雞賜臣
吉壽茶紀○養心殿侍直蒙恩賜荔枝酒一壺晚復賜一饌內
府之端茶紀○晚刻下直蒙賜珍果八盤恭紀○上幸霓裳
境回宮蒙賜鮮銀魚紀○恩探內閣於文中書舍人專四六
之作撰拜雲城內給賜房屋供奉內廷感戴隆恩恭紀四
十韻　含毫今之翰（康熙五十年）蒙恩考取翰林院編修次
年閏七月二十五日召見懋勤殿賦七言律詩五言各一首應制
與臣明蒙恩召歷今七載（代）　賞賜書三番（康熙五十五年四月初

三日翰林院奉勅考試（前甲十一年十二月十五日翰林院奉
勅再試十四年十二月初八日勅旨于起居注考試三次試卷
進呈蒙聖恩優擢第一）（康熙廿年十月諭詹事府詹
事擢侍讀學士高士奇錄事）○同侍講學士臣張英和起南
書房侍從月下退朝○趨蹌殿右詠梅花恭紀命題
應制○恩賜禹穰貢新茗制○賜御書南書房恭紀
○南書房梅花盛開恭賦○上元賜宴恭紀○養心殿
看新從山來花恭紀○孝昭皇后輓章○恩賜大表恭
紀　戊午年閏三月二十日臣士奇同翰林院掌院學士臣
陳廷敬侍講學士臣張英侍讀學士臣士奇直南書房

蕭娟手勅云朕名御筆編輯通志[illegible]山從遊[illegible]天花鮮集十四千
有樹娟卿等佐〇如若山風去也叢紀 重修四年嶠同金策
長勝銀[illegible]御暑蘇〇男娟御用宸翰一通緞[illegible]一匹[illegible]
一段又行宮書卷[illegible]茶紀〇思娟杭州[illegible]二[illegible]茶紀〇
男娟人[illegible]茶紀〇男娟[illegible]山銀[illegible]茶紀〇[illegible]
[illegible]山茶紀 上御製[illegible]山詩[illegible]中兼書
同[illegible]時[illegible]本
者[illegible]御筆[illegible]〇[illegible]
寺[illegible]世祖二年[illegible]御書[illegible]碑叢紀〇[illegible]
[illegible]山甫[illegible]茶紀 上[illegible]臥佛寺御[illegible]娑羅樹[illegible]

庚英庚吉壽各識（一首） 廿九注（上駐蹕碧雲寺龍淵亭書
敬誠二字命庚英書殿額二字庚吉壽書枕流二字） 廿十
一注（寫自然道出洪光寺命庚英庚吉壽各識詩一首） 廿
南注（上命實珠洞識詩命庚英庚吉壽各識詩一首 普覺寺備
海也） 廿十七注（上命戒壇題誠戒二字復命吉壽書空界二字）
廿十八注（上命吉壽於馬上聯句 首韻御製集中） 廿二十二注
（上於南苑射鮮鹿進 太后之太寢） 廿二十五注（上於園中觀射
野雞麋鹿矢多盡發） 廿二十六注（溫郡王年方九歲上於
園中觀翁騎射） 廿二十八注（上於南苑於小冊文日多亭乎（俄）
乃命諸臣環列觀之） 廿二十九（是日合園摩鹿戎孝

上親射一日康熙偶釋之 共三十九箭（已總之路鞍馬賜銀
供奉人恩賜給） 共四十箭 鳩曉日●皇考端慶年一色●御
書子孫恒富永寧都寺 與上同前十壽硯二方 蝴蝶傳春引御
題（以前俱賞給諸王等俱前）○天恩因皇考四宮壽誕三次恭紀
○十二月十六日奉旨 皇太子大學賜諸中和樂章紀○恩賜御用字
韻書恭紀○恩賜居所為第恭紀○南書房侍直謝春
雪○懋勤殿侍直恭聽 皇上親臨鼓琴恭賦○書耕座
制） 康熙十七年三月初一日○御試博學鴻詞科於太和殿
命以英人士壽以內入內南書房賦○賜宴西苑恭紀○
恩賜珠恭紀（御史四方係用時官中書舍人識異數也）○

上看耕田宮蒙賜水會諸物恭紀○皇上萬壽節在熱河恭賀蒙賦○丙辰元夕后舟侍宴恭紀○蒙賜杭州新貢岩茶二器恭紀○恩賜御用青圓龍紗袍宮羅紗緞等恭紀○恩賜御林苑侍讌恭紀○后舟雨花命孫中丞蓮實攜歸○恩賜鹿脯四匡御用梨櫐一簍恭紀○恩賜鋪攤常服朝服恭紀○庚申除夕侍宴乾清宮恭紀（蒙口勅賜御撫辭題）○辛酉元旦侍宴乾清宮恭紀（臣是日蒙賜蒙賜金巨鯨石覺大璧）（是前牡丹併桃時已盛開）（恭後殿前賜觀烟火）○萬中紀恩（臣生辰六月十一日賜題齋匾藏石（前識膺齋匾作誤要孫遂蒙皇上

青必閣

稔念吉加回遣御醫劉裕鐸視御茶房總領調治及叢選中
使照向擲孔怨論恩綸頤養之資以榜樓月餘事獲應
可也○壬戌上元節前一日賜宴於乾清宮命做柏
梁體詩御書房文叢瑞芳偶成集以次賡和成篇臣士
奇亦與焉慶宴得第紀○二月初八日第進恭賀太后七
十壽詩○第和御製賜臣士奇詩 四月二十七日上於行
殿披閱前史命臣士奇 御製拟送千山詩後賜臣士奇詩四
六御舟巡海上四夜罘懷古供奉之間秘書日日隨行盛事也勤
前移路華秋○恩賜鮮龜鯽魚第紀○扈從登北固山叢
恩賜御服文綺表裡摩瓷雲御筆第紀○恩賜御用緞匹

秘色團龍紗袍恭紀○甲申夏西暑月臣卧病乘寓蒙撤御
前香果羅千盤上凡一等特遣中使傳宣口敕詢問恭紀
○南苑烟火歌○恩擢右春坊右庶子尋轉左春坊左庶
子恭紀○五日侍宴西苑恭紀○又隨從登岱蒙賜拄杖
恭紀○由丹陽赴江寧上以所乘馬命壽乘之無錫御
賜貂裘恭紀○春日瀛臺侍直命乘小舟循苑諸勝恭
紀○冬日恩賜內緞綾綢表裏各八端是日又賜白金及
法郎合筆物口勅唐泰恭紀○行在傳回賞賚鹿尾大
諸公品一無錢賜同高士奇識討恭紀○恩賜白玉九螭
福壽杯恭紀○恩賜御筆對聯福字恭紀○乙酉除夕恩

賜黃金小勝恭紀○做宮人端五閙門帳子（和禮部右侍郎
臣乾學原韻○六月十八日賜宴豐澤園編下三教命中使
撑舟出玉帶橋歸寫景紀○七夕後二日奉同左都御史臣廷敬
禮部右侍郎臣乾學翰林院學士臣張英編修臣杜訥賜
宴西苑秋雲亭又遣中使頒賜御書屏幅蒙諸卿賜金
燈並瓶各一枚恭紀（和左都御史臣廷敬原韻）○命入為
政治典訓總裁恭紀○命臣李天馥同大學士臣徐元文工部尚書
臣廷敬禮部侍郎臣乾學兵部侍郎臣英[illegible]西陵和
地震徐孫碑恭紀○臣子之受畢姻恩賜黃金恭紀○丙寅
除夕再賜黃金小勝恭紀○三月六日賜九卿宴事壹

有宴苑西勤政殿前命臣曲英臣士奇宣召勤篋宴畢後
命臣再覽之恭紀 ○ 閱畢 康熙丁卯五月十一日乾清宮
御試闈臣戶部尚書臣張玉書禮部尚書兼詹事府詹事
臣英禮部右侍郎臣乾學少詹事臣介侍讀學士臣
嘉撰論德臣湖中允臣嘉炎編修臣錫璨臣杜訥□夏
日敕賜夜宴景嚴 上以臣侍直歸遲命守夜諸臣護
送歸寓擒臣門候臣出以下鑰黃敬之恭紀 ○
恩擢詹事少詹事兼翰林院侍講學士恭紀 ○ 大行太
皇太后挽辭六章 禮部左都御史臣乾學原韻 ○ 暢春
園和御製 上命敬之恭紀 ○ 與暢春園樹景詩恐

於嘉穀軒恰滿縴出上所賜觀覽殊知民事之艱紀◎

疏請歸田未蒙恩許五載內直年少乃居禁城同臣

臣敦臣乾學總裁兩館事務四月一日直廬恭紀

隨筆續集　臣於壬戌疏請歸田蒙恩未許然念臣

筋力衰十二年內歷內直南書房總裁兩館編輯諸務今歲南

巡召南齋扈從內蒙特旨仍令隨筆　臣隨往返八十餘日因事恭紀

匯為成帙謹名隨筆續集

上之明良時手將啟侍上親裁訓諭翰山東明年想賦◎扈

從東巡御賜扇柄一幅四字御書松風水月四字恭紀◎扈

（附天將赴真相寺）○秋日書懷　不遇文章達時虛

（閏七月廿四日蒙恩召見勤政殿問籍貫年歲命作大小

字賦各七言近體詩並制明日獻東巡賦頌各篇蒙錫文

綺鵝茶）○次原韻答蔡訶庵編修　附編修原詩　麻

衣獻賦玉丹墀喜見龍顏一笑時內府飾禮題帝賜

天街官馬任君騎侍臣書識銀鉤體宮女爭吟壁月

詩自是九重稱特達從來不藉[illegible]吾知○又蔡廿弟喬見

過○送編修綠谷歸花山　襆被蕭然出鳳城○滄夜以

許鐸竹各體[illegible]脫已除（是年某鐸竹）○宋均宗敬散

訓荼林○戊寅蒿荼蒙余近詩書以答之○閩蔡荔友己

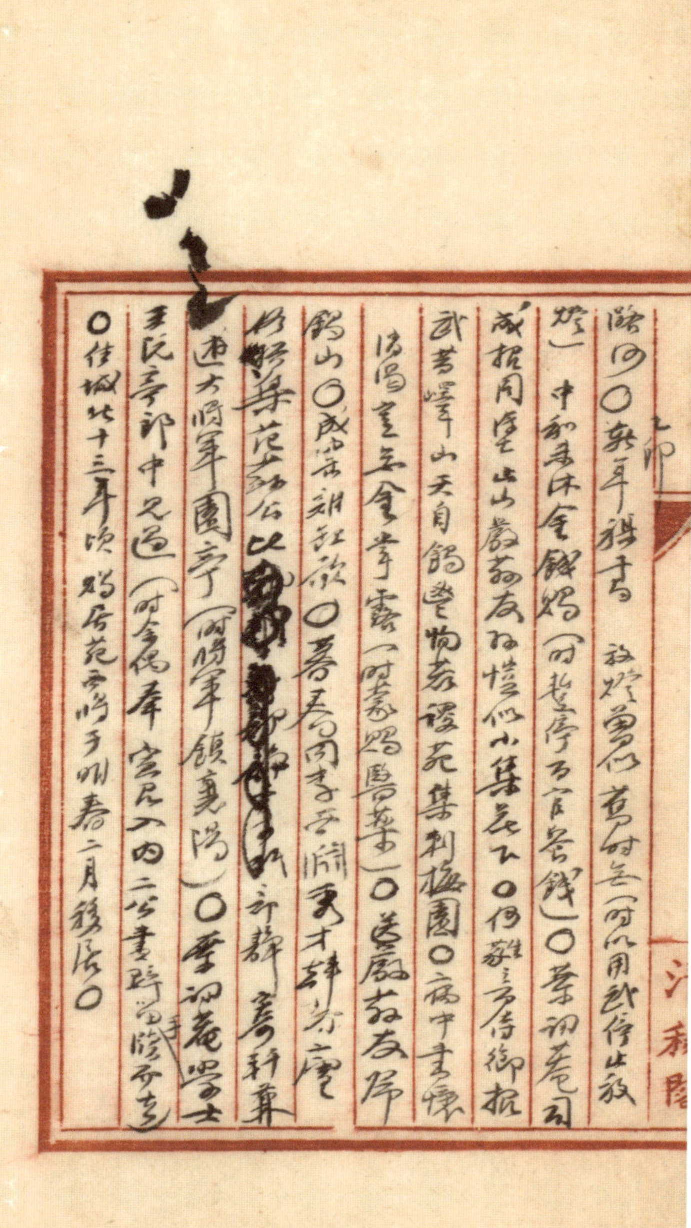

獨自集　康熙壬申雲間王九齡序 ○ 長洲尤侗序

○ 顧國河序　毋江錢唐公歷官華聯以序名中柳之

侍 壬申五月高失儀共的年未五十六 ○ 壬申六月自序

余於康熙二癸卯四月廿六日畢婚今三十年矣　之妻年十八

歸余年十九隨余此游　昔年寄舍天寒一燈相守讀書

相練為此夜分　戊申七月大兒初生三日值秋雨危壁倒壓余

及大病之甚抱兒之救其下　余未遇時丙寅甚篤之

長夢遇前親侍湯藥　己酉余入太學遊　天中情丞大興

辛亥四月初八日奉家　御試第一是年五月　皇上親御殿延見

集翰林為帝命余一人篆寫　季同七月二十五日　召對懋勤殿

明日敕書四幅　賜內緞表裏　乙卯六月余病初起一子一女同

日而殤相從夭逝　乙卯冬日設庶吉士館　特旨補錄事和逸稱

善以三公全名軒　丁巳八月以錄事隨從南苑　丁巳冬日余補內

閣中書舍人　戊午二月賜居苑西　庚申五月余以中書舍人

兼攝翰林院侍講學士門從征孔萬科說　自癸亥余下

直無已三載戒閉門三載者　余居以松亭　囊北盛京烏喇

得詩百首浙江吳興為句　辛酉三月送雷星啟　衷在烏蘭岱

余家恩近讓周邊無澤夜歸卿瓶以明日祇遊為義探季丁也

以為亦假　除夕元旦一月四內安以西端御鏡也家　西苑官舍鄙

本光明殿，高閣插天，珠之列，余所居堂屋後窗此可見。亡妻今
第三女，乃第十姊也。閏月初旬，西湖四節，亡妻病中爲余縫襪某
居山館卷。亡妻今年草堂牡丹開時，交綫一綹，卻又爲峯不果。
亡妻三月望臥病，四月初已，金橘苗葉花插瓶中，和對云：此花
稍予叩爲感，何時再得一見。○以晨後茶寄李十九武曾桂花
兵部賓客寄懷○癸酉新年雜書八首　余自仕宦以來，絕
無婢妾之奉，即家之庭蕪變，不暇修葺。○雨中對草堂牡丹有
感○長廊古樹上纏凌霄，開花時，因題曰藤花天香水長廊
○白寒閣之後，石屋兩楹，窗稜下東隅一區，柳始眠，角庭葬公護
以簡靜名之○偶憶五首　始於某年少話之節，草木傳生氣

春仙卒未送吳船（余與總憲書札往還寫之四紙）

竹林并方

畫册（先大夫所積收、屬公未半，新嘗為親友攜去，書之屬子虛）○再題卷（石谷摹大癡江山清曉圖）懷儀齋總憲　妾袍翁為遺墨橫目證，舊風之光隨肩（余官中書時，畫僅假歸，其儀夢人去（余自京之功名為主，共相隨，題時即以請諸段後學勵近公同年，時總憲為官贊善，文通數年，總憲以太庶子闕出，因此學士之任以侍讀，諸君右庶子缺，以為然矣，又數年相繼罷官，良無夢境之可耕耳）○紅雨山房雜花○詠雪齋蘭二首（明余方依儀之稿，刻人名曉，字德藻（姓侍氏）旋見畫蘭而增感焉○題留學士薛瀛丁巡政儀齋總憲兄和七夕感懷之詞，並詩，寄余，時方送雲人秋，律固賦十韻奉懷○

妹網簷花　和古司寇徐公　庭院花飛春又過，離紅點白惹愁
懷。從今莫薦飄蓬閒，不耐風高罥網羅，細雨園珠重濺濺
殘花憶影傷傷，殘收半面猶堪愛，撩曳冰綃幾較多
○柳絮　和古司寇徐公　隨堤三月撲花綢，雲隱簾回風
隨浮舞態網幾迴，雪如斜波爭免化萍愁，屏當御膩
古離亂白引傷春，疑曉訴比香腸斷，愁思詠好秀手，季曾伴
鳳城搖遊○題趙松雪苔竹枝，今作蕙蘭圖卷（曾見內府藏
苔竹枝畫竹石詩云：內宴歸來未夕陽，錯云猶有御爐香，傳女
用輕揮扇使仍蕭蕭生嫩涼。蓋竹姬所蘸墨，字實也）○
猶思前歲軟宗侯相對無殊松雪翁（自去年暮五月皆亡

西溪多桂花，故有桂花
庵。家譜爲宗，姓高，庵號
因故以庵號爲

云稻香無恙三十年，與前人相對不曾移。雪後園牆枳）○西湖
贈畫二老髮老人，背手持杖，隨一童子，戲而奇之。老人回
首返顧，天真怡然，名曰返老還童圖。以花爲稿，由前筆壽
之。徐寫壽圖題，因賦二詩。○九月朔，此地桂始開，二
首（西湖寓齋對桂花感）○四十九生日感懷 相上無寓寒
歲暮薦才，身受錄屋讒之○重九 相約孤館登樓持
（西湖寓齋感佳）○姚雲亭畫鶴鶴竹樹圖題詩，其上云鶴從
急言云：晚風孤村竹樹自成叢，不知鐘向斷鳥，老何寒山野
水中。朱竹垞指討以此爲生日，余爲竹垞著，時同直翰，每
有泳，各以歡書之，答今花寒山野水，時而因加重爲詩

題畫二首○再柬竹塢禪師○金粟徑桂花開畫詩以情
之○秋暮雨中懷徽齋總憲　怕天涯浪說同舟林野相
仍算春秋　冥冥遠夢還鷗鷺路路鐵豈上鉤　暗喜食稻
得惠疊古井名陂自覺安西地情懷應向夢回勤劍爲更
閣　原注休云與大行無隔情事　萬人思量於月低倒原
小夢莫只余低數只向陽　未能無憾默低仰苦平心地且錄
耘　附徽齋侍郎見寄之詩　生涯同泛五湖舟　宦途三門
能見放　年年鐵羽不成舟　數載同懸雨解愁　北方萬事
戶應雜言古柏有詩淡霜相迴自序○三　君以竹塢禪師詩邀余
靜齋相對之竟日無雨見懷之詩　編爲蔗七絕和韻以肥　附竹

旋討 ●悲乃蒼書風慢底桂花不露蒼秋山 ○ 顧綱儀之
武后碓山樵叫叫 潞水縣（江郭以山又陀迴）晏 蓴鱸稿
繁于蹄仰如秋無何人騰西寫 ○ 念己巳十月十六日出都已四
年十 悵無者作 自同野浦楊葉店雁幽射愚高可擊 ○ 過
栢堂（平湖魚山 北距七寺城岭十里無好人其處）○ 圓中水仙不雪彼
或由者之 稍瓶吹角清俊 ○ 野草一發 細葦深條 冬來結子成青
金石又一種菊際大有董 結子成珊瑚粉之粟亦可佐寒窗
之玩 ○ 諸設役大宗伯春同禧和音韻見憶以病失未及秋仲代
柬寄懷四首 ○ 秋同恩返還朝紀之之信 五載同楊木之慨嘆
儲夫渡可憂搖風波斷近歸言解 款尾攝高回更淡 ○ 録墓

廣宦學士周甚日稱其五十生日翁之贈學士詩附錄蘭因花簪
翁覃溪贈（天語褒揚學士曾同年余亦與之○未嘗見）
蘭紀恩書懷兼別故鄉親友　根固國士無何有恩若家人
古來罕　金門謁下鶴和章（今年三月老母七旬九月為余五十初
度）　怡將肝膽達人許慢殺形骸與世疏入官有擬窮愁
矣書門　會署羅公書　為寶本承喜愷（衛珩一生喜愷
多形於色）　吾今收拂元冠　書珞皆知會更那公承手章
未嘗多干　商量求生安見寄（三年來頻書敘交往不絶
前手迹）　秋風相趣不當遺　鴻唐小傍波以為君儀禁覺○
瑞末來）　新衍翁庵花學出佛邊　秋延袖底攜

清秘閣

歸田集　嘉興高氏年譜○重□錄序　顧□彥

事詩文數十年以草廟堂之殊好相見逸爲通且余綜踪所

遊太平吳匡廬麻姑黃山白嶽中讀書爲多今冬從遊三卿

以當湖道定十高氏陳君爲文字交過而訪之而後事道休

明吳道爲內一學無憂讀其所著集作深樸刀刀晚也　康熙辛

未○青浦○王原之序　錢塘高公事高公與時與澤州陳

書陳公○桐城張公○張公以文學高徐公○閩官翰林諸卷遇

直南書房公與張公承李相國第在西苑侍從奉禁

近晰夕出入華戴卒陳公徐公翰苑又從臨幸外廷趨直日數閒日

係直別相聚首，詳無史訂，扶觚息管，是時更以同直者不止公四人，惟公四人共事最久，相知為尤深，益摩挲條閱翰相顧，嘗共眷有田園之思。綠公重築七柳，州廣於所居之谷間，以奉其太宰。公既之歸，公吾以一氏賜金，營園于一在桐城龍眠山中，一在平湖城外十里，謂之此墅。公有太夫人，思奉之績，未獨歸公志也。然三公既乃未遂其志，皆著名籍無差。又讀徐公名之記，徐公之記有四種，蓋山園在馬鞍山之麓，公之時時託諸夢想，既而寫之。公誠遠懷歸之情，遂自寫其鄉躋嵯峨之意。寓鶴園公又自名綠草堂，在無錫山水之勝。

康熙甲戌七月 書 曹禾序 歸田以來

感皇恩之思深雲厚者之射影避人海時隱得藏身同此野史時舉相樂於以研其中之嘗謂野史中花竹草木蟲鱗華夢之餘為花底餘又仿輞川所作鹿柴諸詠為竹鶴詩紀於窗生平不蓄姬侍自夫人歿以後即偶居斗室所圖紙帳香一爐茶具無席繡佛之前儼然一退院老僧也

歸田四首　曉行　石記此爭游俠事寫少年入都喜談任俠既習之矣○暮以天寺用晏叔原陽韻○和晏叔原陽進山韻○初識歸田何自所步足陽出和小謝山迴憶與足陽又二十餘年今看老去無題亦試於後　飛揚之氣今之重見記得此某隨少年○嘗曉方觀樓和足陽韻○自題

銷香圖　唐茂業孝由詩有句寒林銷瘦梅之而其用
王右軍擬之銷香卷事文余達藝錄里之日亦作張瀛校園
畫梅後將之矣有感程茂業詩之繪以為圖并題四詩
句　自答冀香閣歲晚冰心耐可伴閒身◎除夕在都二
十六年及發三十五除夕◎冒鶴民年八十寫書寄
詩集以字卷及金女君畫冊見寄◎江邨茶壺贈今
年所叙猶多◎有前送孫伯南歸見私函書降題壁
記造後寫字而用尚新代東　澤路張待鋰姓名寫而
將題壁多不留者在◎平湖依人勞修白水存今盧言寄
承青山代事◎嚴鶴逸完之過訪江邨而余題畫贈書

清秘閣

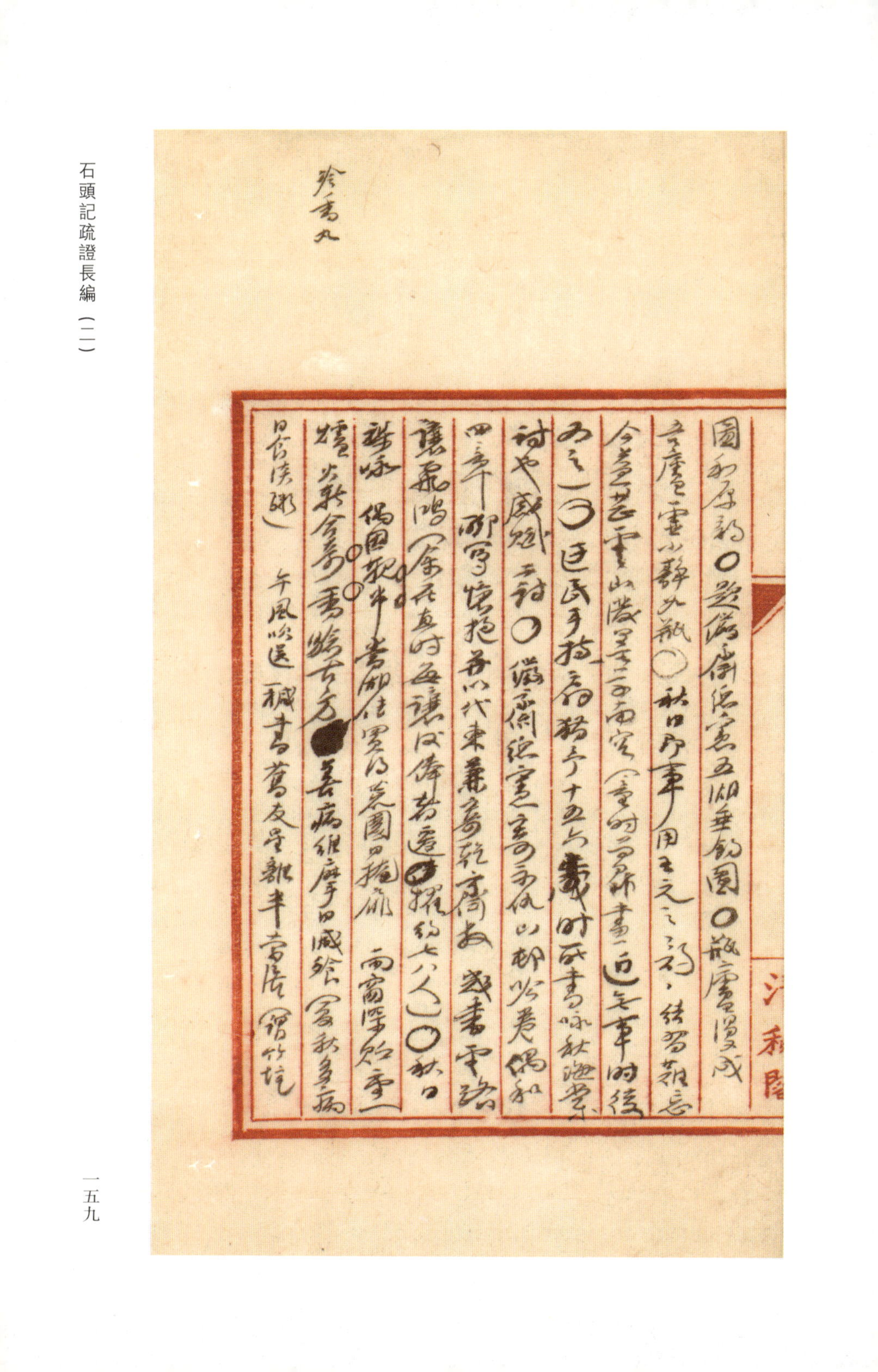

薌園（寓齋詩鈔）：新年日課還從佛，詠絅新詩月未初
（丙申丙戌雨停元旅館懷舊詩。猶記同余在燕西寓舍試蹋莊
事）。 二十八年前癸卯試林甫入三場（余癸卯年初入棘闈
以申戌舉於此試）（案鶚御書石識忠孝二款，懸朝闈堂中）
文通詳輪奪孫甜卿和笑言年長有詩，餘者皆爲識珠璞報可
吾人情震手矣（此多係丙余年生客去客辭易同乃言表
良平新遇忠孝一息之念無之（今大苑樓中）。○中秋以六日大
司寇徐公相遇此路長事寫懷 千樹偶開金粟綻（時桂花數
百株已盛放）。○ 吳山徐公和予緒錄先過湖曲最四硅遊此路也
余以病未陪侍，謹用詩然賦詩云爾。○ 楝亭詩曹寅初析戶郎

青松閣

素紙 〇生日 半生歲月老西華（余寓居西華門已十三年）

〇觀劇有感 莫道紛亂事可嘆 爭先爲勝豈因中山狼性爲奇毒纏賴金軀任噬人 〇儲義才知余種菊不爲花種菊有討君人我依韻答之 〇孫鶴亭送菊並序 〇紫種菊爲修本開花甚佳以其半移以瓦瓶置中手書記之那節君種時余病不出户日倚几案覽之 〇紫藤詩 江都草堂（江都舊有之世姚仁蔚書堂也余於仁居平湖因自立之園不加修葺草堂之側牡丹數本仍名之曰江都） 荷渚（草堂之東軒三楹） 瀛山館 紅雨山房（紅雨者梓樹名花也） 茲南

紫然之亭（由山房成湖山之勝於其之廊廣出岩橋有亭跨水） 甜

春谷（在瀛山之西上有海棠繡毬） 疏閑（在甜春谷側） 流杯亭（路之中河水環流此亭中有桃亭前臨為大池池北曰問花塢東曰藥香園皆丹梅乃通） 松雪山 雪香亭（路有大梅園小梅園凡千餘樹舊有八角樓在大梅園中易之為亭） 金粟徑（桂樹數百株） 餘翠塢（自金粟徑升而東上） 晚花軒（新前以多薔薇） 秋杉坪 擣月樓 香芬澗 抱霞陂 蘇香園 紅葉畦 逃禪閣（踞瀛山之上） 巖耕堂（用之襄陽歸來指此情多秋閑處耕田） 漱晚磯 漁書樓 芙蓉灣 蘊嵐泉 碧梧溪 菊圃 薑溪 問花塢 白老巖 鶴巢（野有二鶴） 東含妙 〇司空徐

不知吾自今見爲時歲寒閑之八硎以代東○挽鐵翁（鐵翁自
題所居曰先花塢）○少宰何公見懷之二章次韻奉東小
人由於錦者子直於矢錯之成隣來憐恨候厥狀脇以有妙言
銘骨因憶舊戲罷罰羅滿高面空讀猶有夕然○見贈寄孫
芸圃居題○鄉里好舊問少年少爲遊事時知道辛宋叁之
情懷蕉翁聽情而花金街倚馬玉馬穗葺之華挽雕橋過蕉
雲亂罷千紫錦壓枝千紅香趁蝶穿街百戲艷盈霄
壞邊仰悄稱年少樽所歸來鬢斷華　旗亭歌館
事迷奔錦相逢思易傾直氣向來多傑　[illegible]心自待
點綴模糊袁崇衛蒼雪繼所亂停匡劉鄧情今日共

蒼翎横仄藏鋒斂鍔不耗鳴（云云◎余未遇之因前名寄
都下舊年也）寓齋書生路會鄰麻衣凡對上金鷹
紙召鷹隼恩偏重（余以儒生蒙召對特用不由吏薦
引上齋講余孤植）嚴親曾根志不刊玉堂名藪拜鴛鴻
紅綾未嘗敢封遞（寄呈）（時年書舍人直翰林院侍講）平生亮
節必何晚容膝南窗夢亦安小島稍（?）葉入禁林（時居苑
西）玉街騎馬任駸駸（蒙恩許乘馬入禁中）麟經講罷天
顏喜密詔頻承午夜深（歸晚勅人啟天衛送（甯府夜禁方
嚴余常至直廬封勅甚張騎秋送因寫[illegible]日以為常））病來寂
遣御醫臨（常時抱疾蒙賜御醫用診脈侍家人看疾亦

清秘閣

四息堪悲（句）讓言錯骨遺多忌總爲孤無奉白心　者

方諸武書隨行馬給天閑不緣兵（原注：時乘上駟從馬廷）

行素叢情房當有甲士綠羅（句）塞上大風遠（原注：丁巳）過中山嶽得

題名（原注：西山清涼寺塔踏雲泉各許題名）御衣猶沐深

恩解（原注：承恩宴小山天寒蒙解賜御裘）班列當朝最數

更甲子上元賜觀燈內太液宴蒙恩（句）一醉下金魚歸

綸扉逢人只作老儒生　讀詩田間摩展送平生心跡

在林卿過翰廳事合晉髩（原注：奉命直翰）過朝序以圖贈

白狀過蒼老黃花田點綴詳（原注：點綴黃花田園館）見未成

君安計樸耕耕餘勤作喜歸休太攜有夢然敢談輕攜

賈雨村

推敲与救證〇 高宗茶名与一詩 龍井新茶 岕茶
紫笋茶 徑山凌霄峰茶 閔茶 普洱茶 武夷茶
日鑄茶 六安茶 西溪東山茶（花塢芽茶今名花塢
花）〇 太司寇徐公自洞庭山寄餉枇杷〇 雅坪編修以道吾
苑書懷詩見寄依韻代柬 原作 姊妹鶴菊 近兩年哉
春日吳正客樓得錢俊錄及原詩 丁秀 數正字爲何異〇日
從西溪道訪原詩 〇 薛慕廬學士以高秋芥〇 種菊
數〇 秋樓一盃賴同傍新〇 南菊 雅坪編修以北菊詩
寄懷 余歸田兩載多病 杜門 日華 樹菊 因以南菊各邊
人臥病 哀伏詠 試茶〇 余步橋街以迪村畫卷乃直廬

敘後學士兄有叢叢和其從父詞令歸仁村兩閱寒暑以此寄
懷并題其後○戴莫堂隨州陳司○四日大司寇徐公花
遊此點亭時棣樹棣花同藝和侍御王令然任士靈素治奏
才遊屠亭園賦此紀事　附錄詩　莫仁邨欲遊此點
時之和點亭仁村　此點亭訪仁村　吁嗟乎君昔　華林蕭瑟卷
季余與同陽牛馬走氣象心路之然訪知霧雨身雲甚不有閑
余問陽陽危境鶴鳴鳴聲暑猶嘆以周旋患難風義深數問
寒暄慰君於○零遊大司寇徐公歸武壤　附徐公詩
○韓慕廬學士過訪此點亭竟日盤桓歸於舟中夜深
乃别　附韓學士詩　棣樹花和仁邨韻

曾王孫稿

曝書亭詩 孫銀槎注
八卷 送閩亭先生 嘉宮英周侍郎墓志 庚戌五
祖補書燒世家墓迴後紹終身不偶者也物也
送汪六部 還長洲 宋犖汪鈍翁傳 字苕文 由户部
主事 舉鴻博 改翰林編修 入史館 僅六十日 鈍翁
年譜 庚戌先生詩 假回歸 還長安邸之英蔻宅上
古城西州望甚華 書屋
御試省耕詩二十韻 帶經堂詩話 康熙十七年 詔
求博學鴻詞之儒以備顧問 其作內外薦舉者百八十六
人 十八年三月初一日 試體仁閣下 中選者彭孫遹等五

十人以翰林用開局編修明史以原任翰林院學士徐元文為監修官翰林院學士葉方藹左春坊庶子張玉書為總裁官開局東華門外其舊名最著者四人浙江秀水朱彝尊竹垞江西魏禧冰叔以病辭盩厔李顒中孚范鄗鼎彪西洪洞人輯明絳州辛全復元先生之學與應者亦以理學著於南北　劉廷璣在園雜誌云康熙己未召試博學鴻儒於體仁閣試日先賜宴後給卷題為璿璣玉衡賦省耕詩二十韻讀卷為相國高陽李霨寶坻杜立德益都馮溥學士葉方藹取中一等二十名二等三十名卻

遠平授侍讀，湯斌、李來泰、施閏章、吳元龍授
侍講，彭孫遹、倪燦、張烈、汪霦、喬萊、王頊齡、陸葇、錢
中諧、袁佑、汪琬、沈珩、米漢雯、黃與堅、李
鎧、沈筠、周慶曾、方象瑛、錢金甫、吳任臣、曹禾、
李因篤、秦松齡、周清原、陳維崧、徐嘉炎、馮勖、汪楫、
朱彝尊、邱象隨、潘耒、徐釚、尤侗、范必英、崔如岳、張
鴻烈、[illegible]、龐塏、毛奇齡、吳任臣、陳鴻績、曹宜
溥、毛升芳、黎騫、高詠、龍燮、嚴繩孫授檢討，俱
又詔外，其年邁者杜越、傅山、王方穀、朱鍾仁
申維翰、王嗣槐、鄧漢儀、王曰天、孫枝蔚俱授內閣中

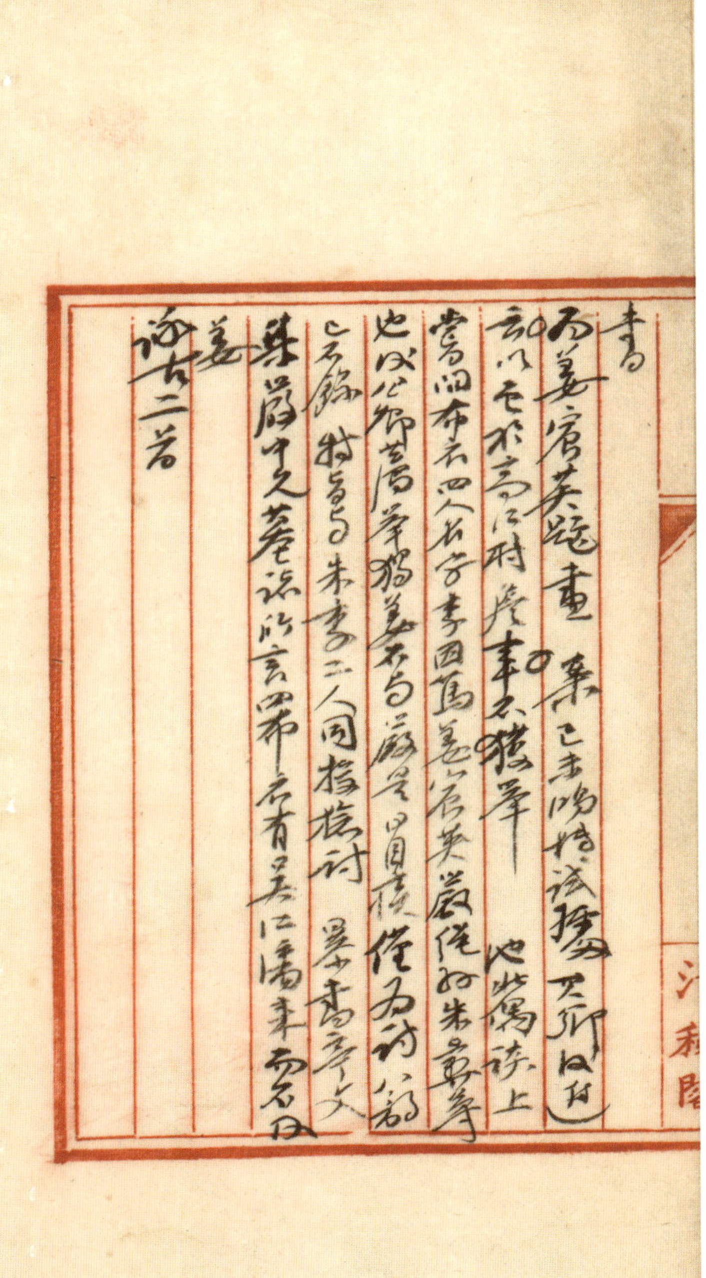

鶯脰集 雲居寺得五言詩并御書竹齋二字恭紀（六月木橋刻下馬登舟從騎盡止橋外獨與內大臣諸巾舟遊西湖覽久之）○駐蹕杭州織府蒙賜內織龍緞四端恭紀○扈從惠泉御書白香停亭秦園觀雨○駐蹕江寧府賜內織甯綢細緞等物恭紀○

城北集 朱彝尊序（康熙癸丑）錢唐高澹人工詩古文辭其所為詩未嘗蹈襲古人（本於性情而諧於律呂澹人君子也其遇也不為喜其抑於下位也不為怨必若斯類不和集·觀其所發不出於敎宜其詩之動令予古僻誦之

清秘閣

鈔二

者志之言內廣焉⊙予既慕渡之為人又愛其詩序其詩

並弁之其人合乎記之所云可謂得其要旨序而石愚者已⊙

康熙庚午頤園自序　乙巳至戊午

移家瀛城北○初冬直移房前巷○夢醒草堂歌　西山漫長

篆草堂三楹蒼藍發樹亦有佳處因以夢醒名之○旅

懷十首　丁未秋日坐雨鄰樹軒偶憶舊遊頗多感懷、武

林談書處　江都舊草堂　說六四樓　湖南別業　濟京寓

城曲茆堂　蔣二菴師梓竹郁居　外舅園林　吳山

精舍　張氏南屏山莊○過舊蒼林里舊書樓○憶初

寓院中書事（附蒙恩初選翰林供事上）○贈二鮑二人

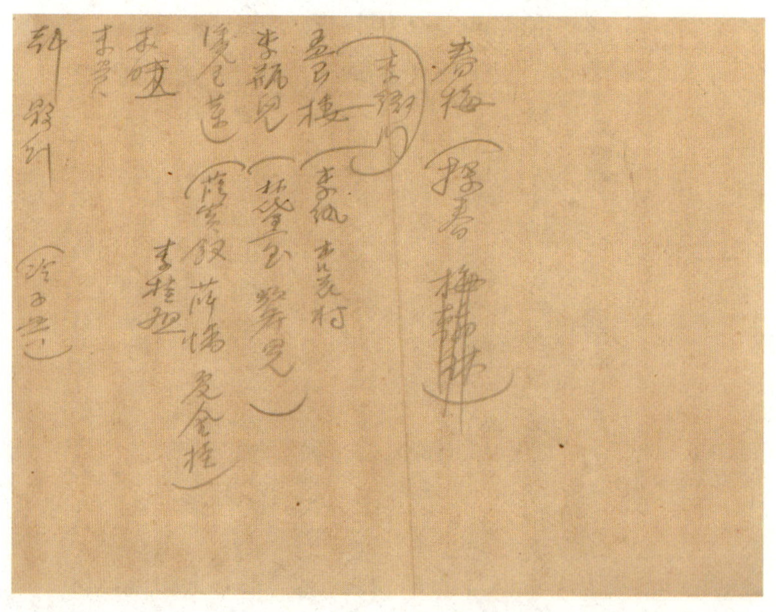

石頭記硃評長編（三）

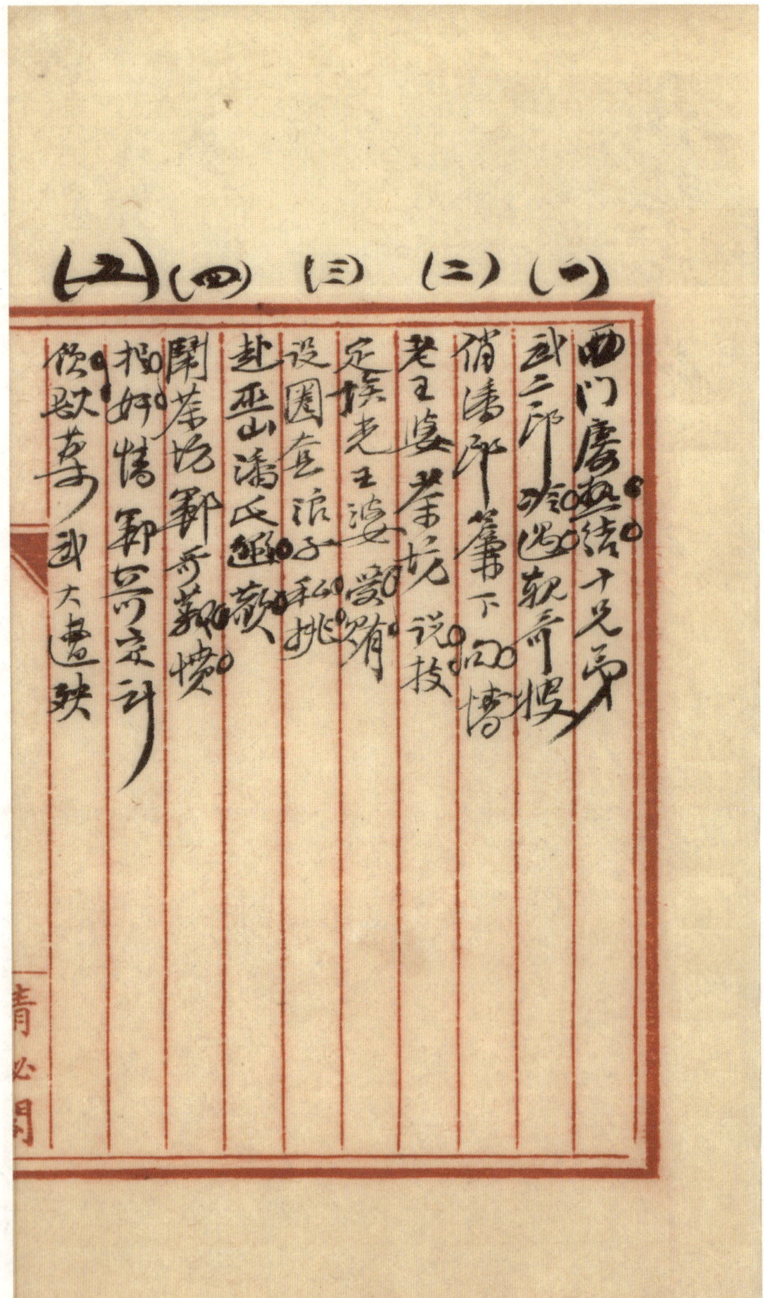

（一）（二）（三）（四）（五）

西门慶熱結十兄弟
武二郎冷遇親哥嫂
俏潘娘簾下勾情
老王婆茶坊說技
定挨光王婆受賄
設圈套浪子私挑
赴巫山潘氏幽歡
鬧茶坊鄆哥義憤
捆奸情鄆哥定計
飲鴆藥武大遭殃

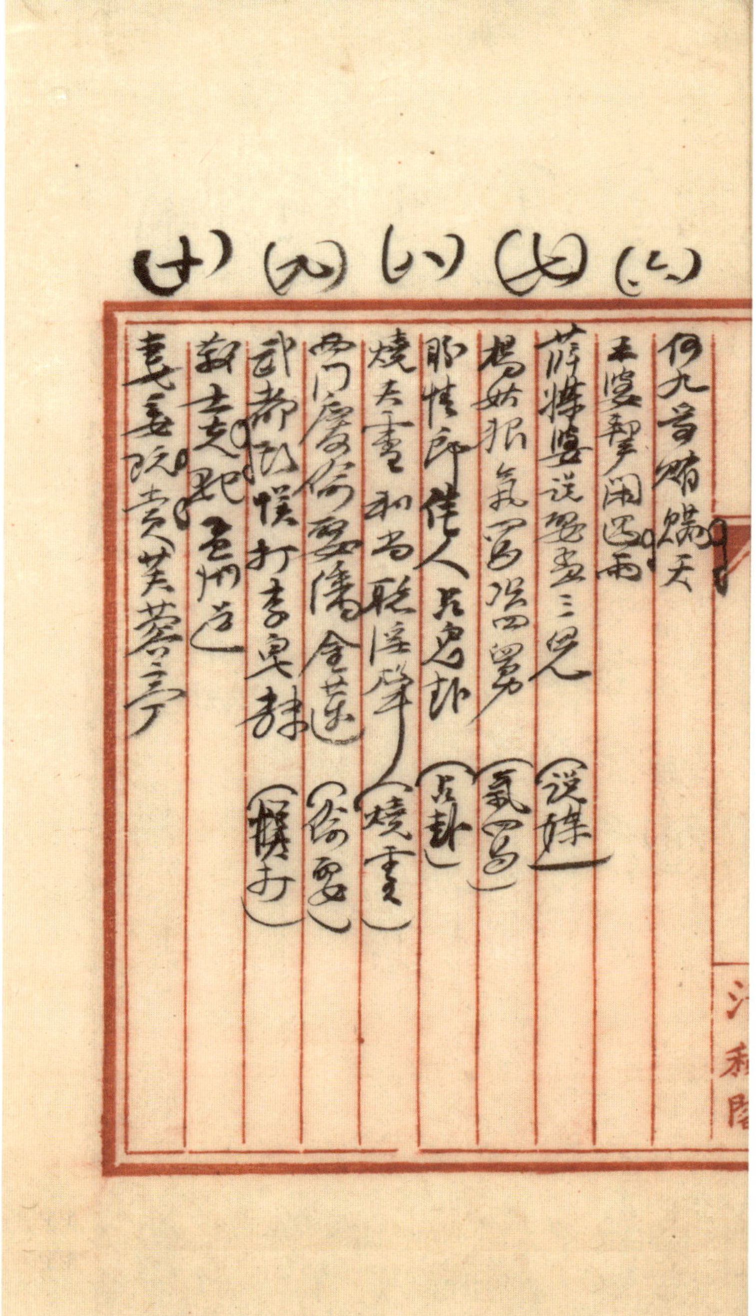

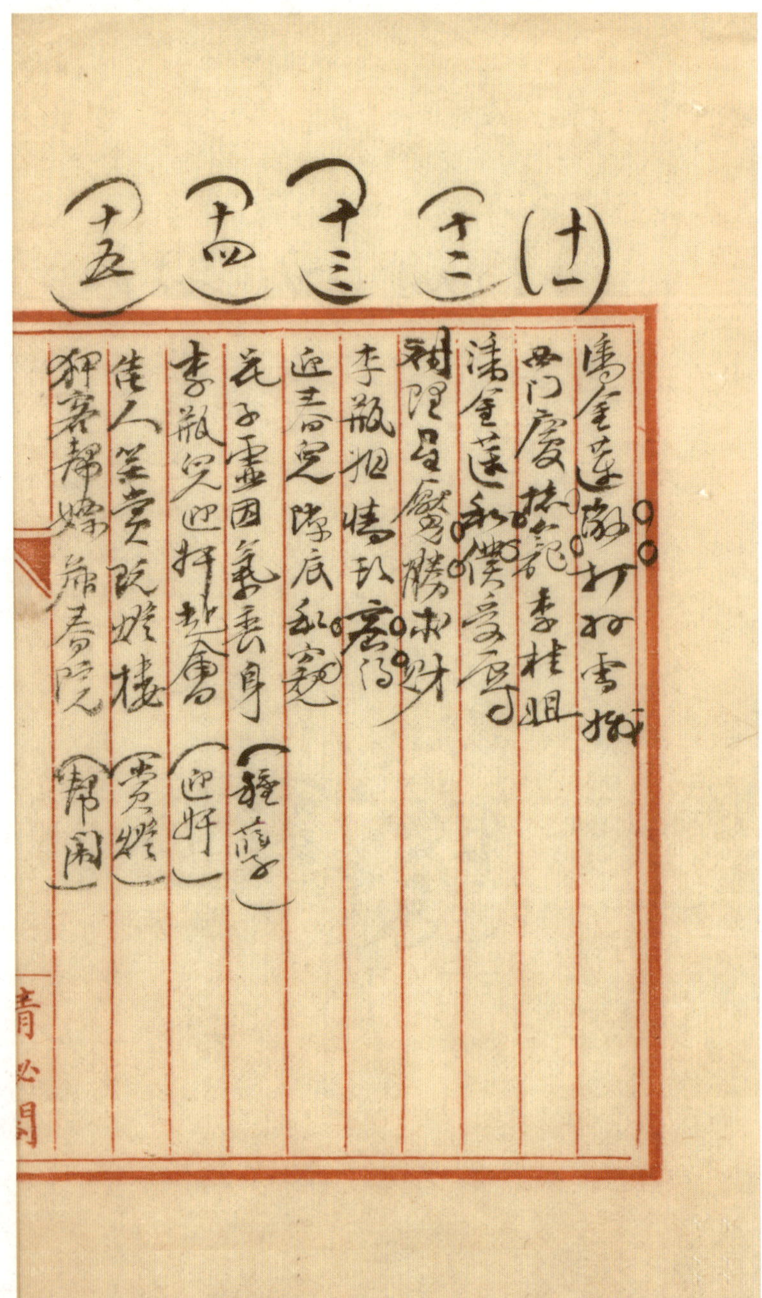

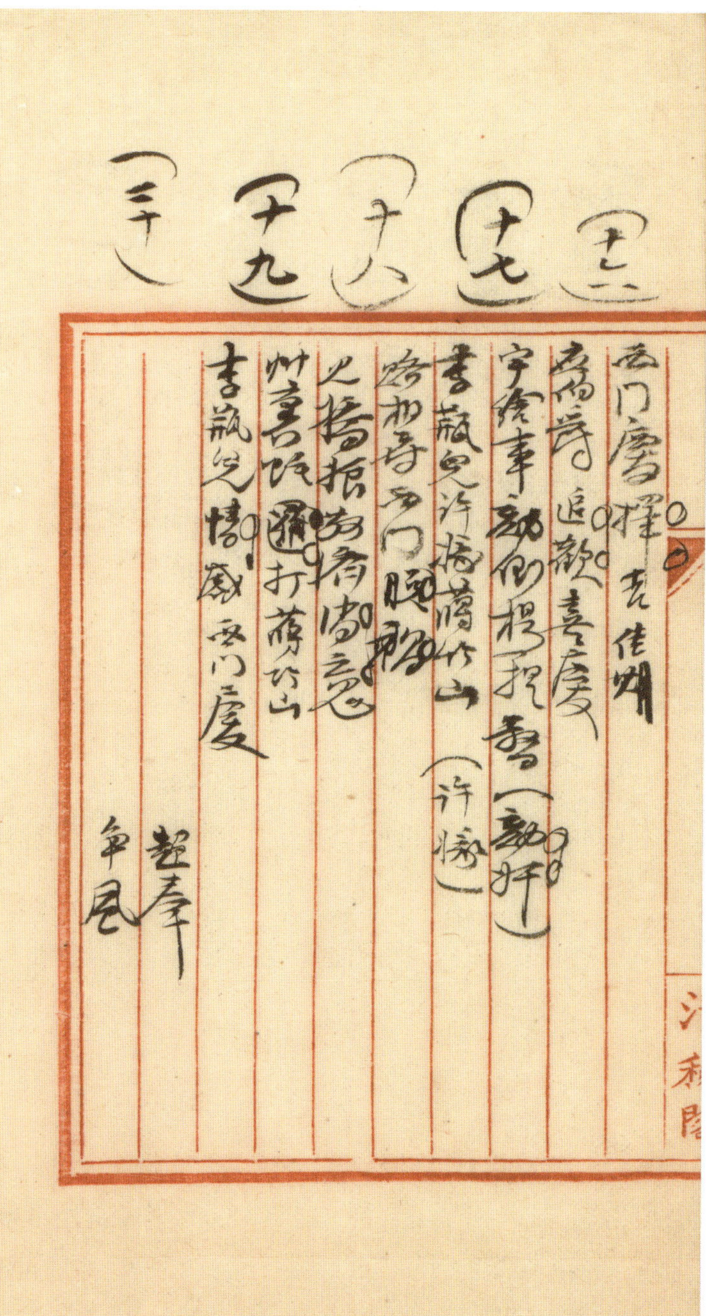

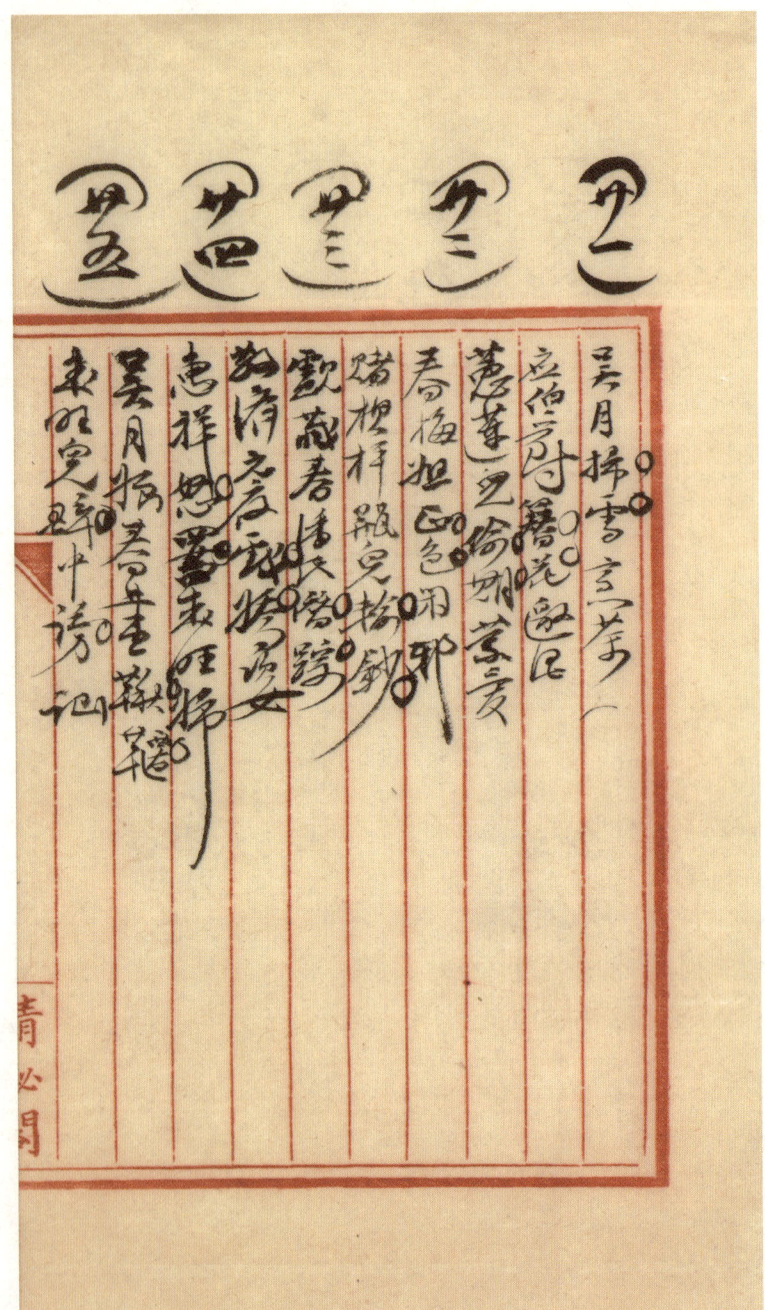

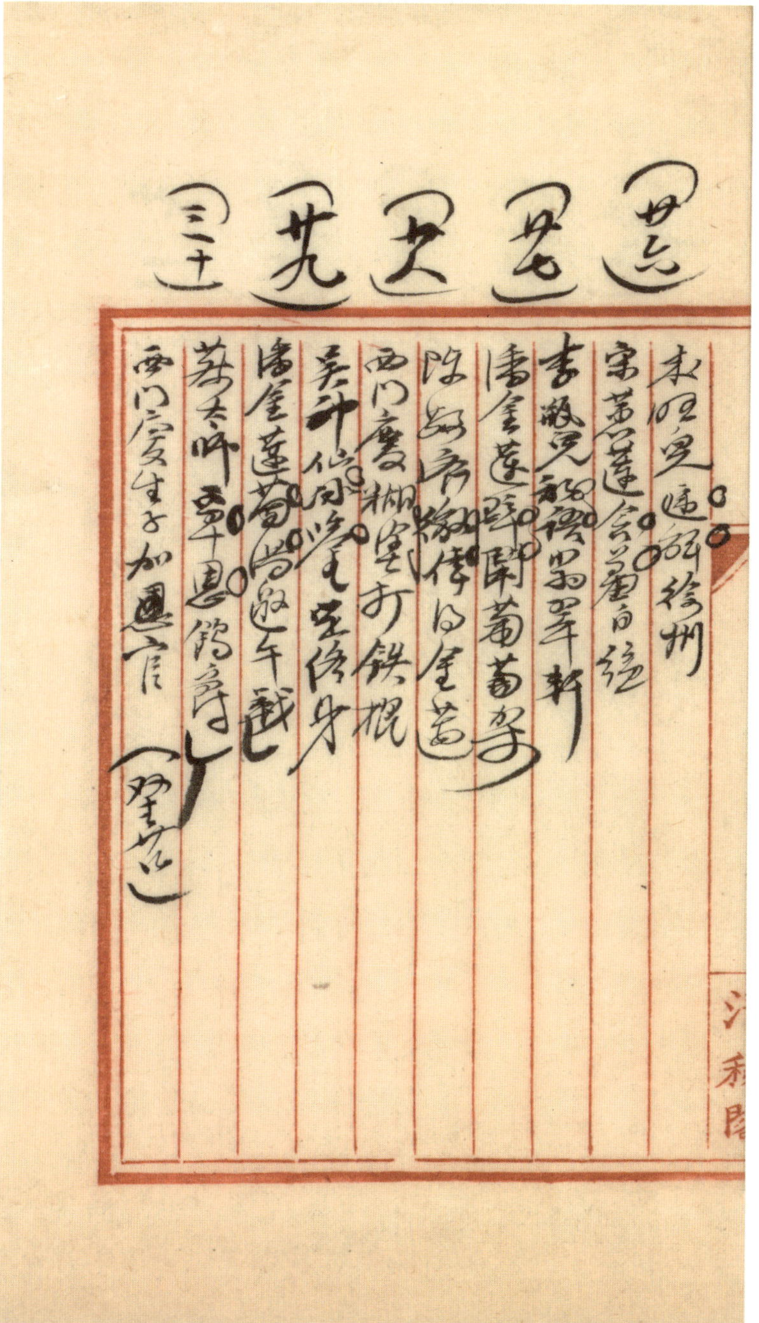

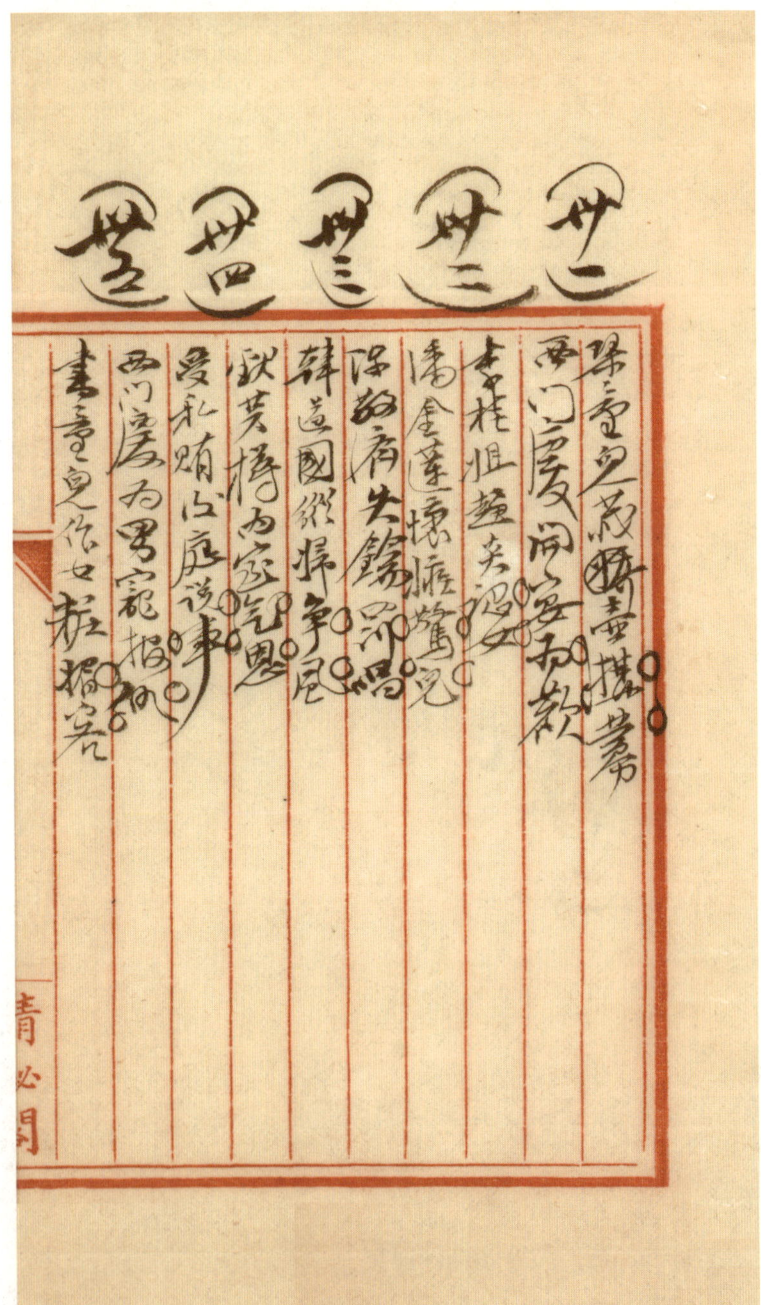

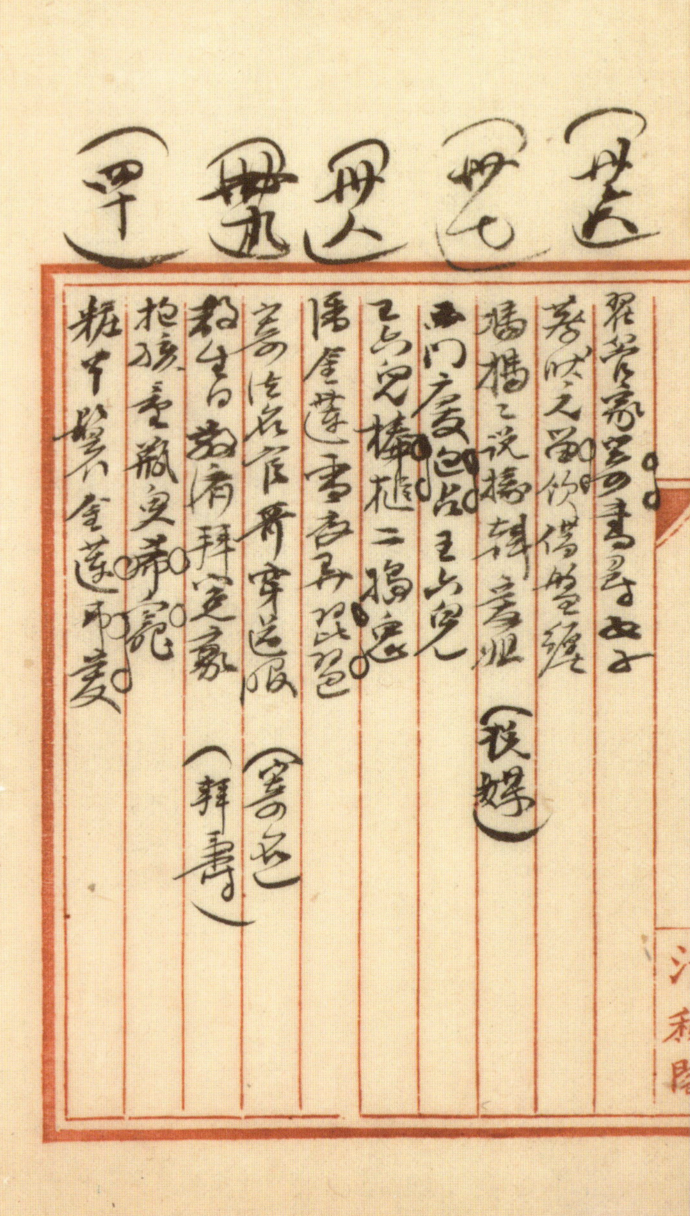

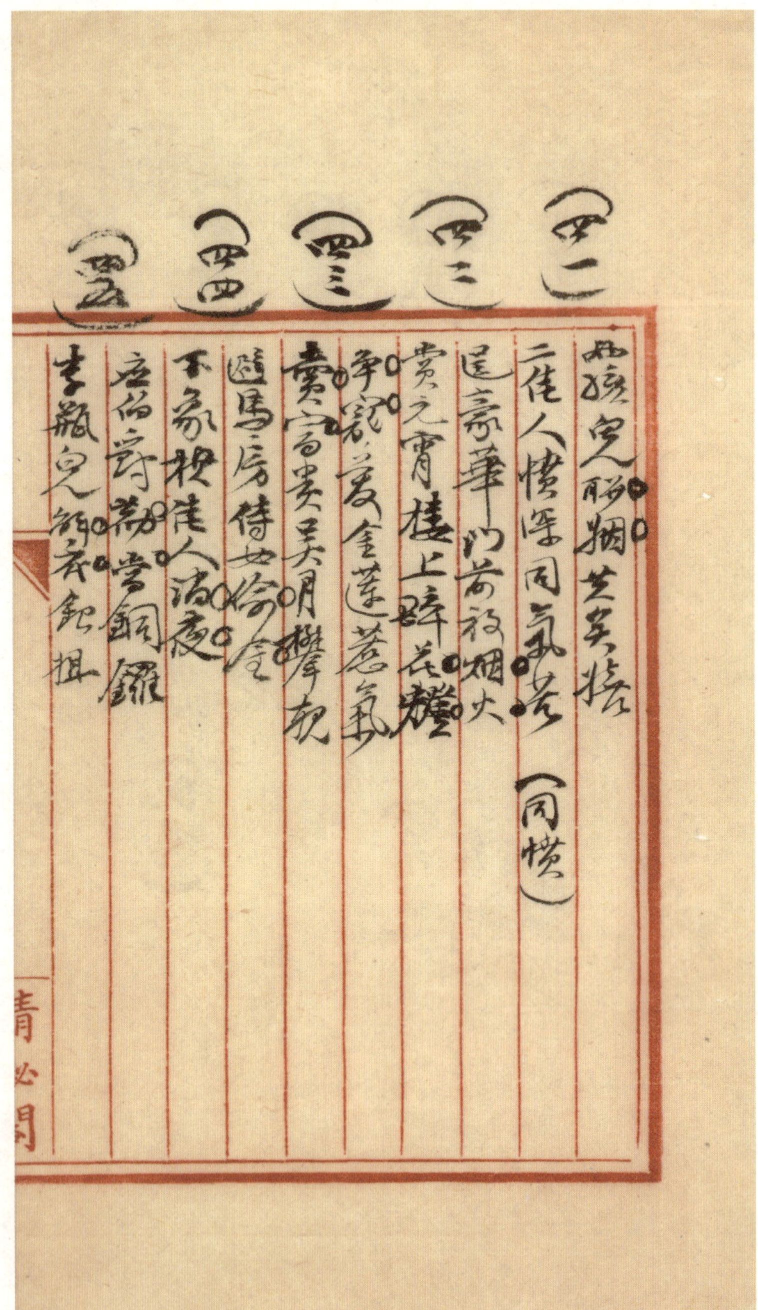
（四一）兩孩兒聯姻共笑嬉
二佳人憤深同氣苦（同憤）
（四二）逞豪華門前放烟火
賞元宵樓上醉花燈
（四三）爭寵愛金蓮惹氣
賣富貴吳月攀親
（四四）避馬房侍女偷金
下象棋佳人消夜
（四五）應伯爵勸當銅鑼
李瓶兒解衣銀姐

青必閣

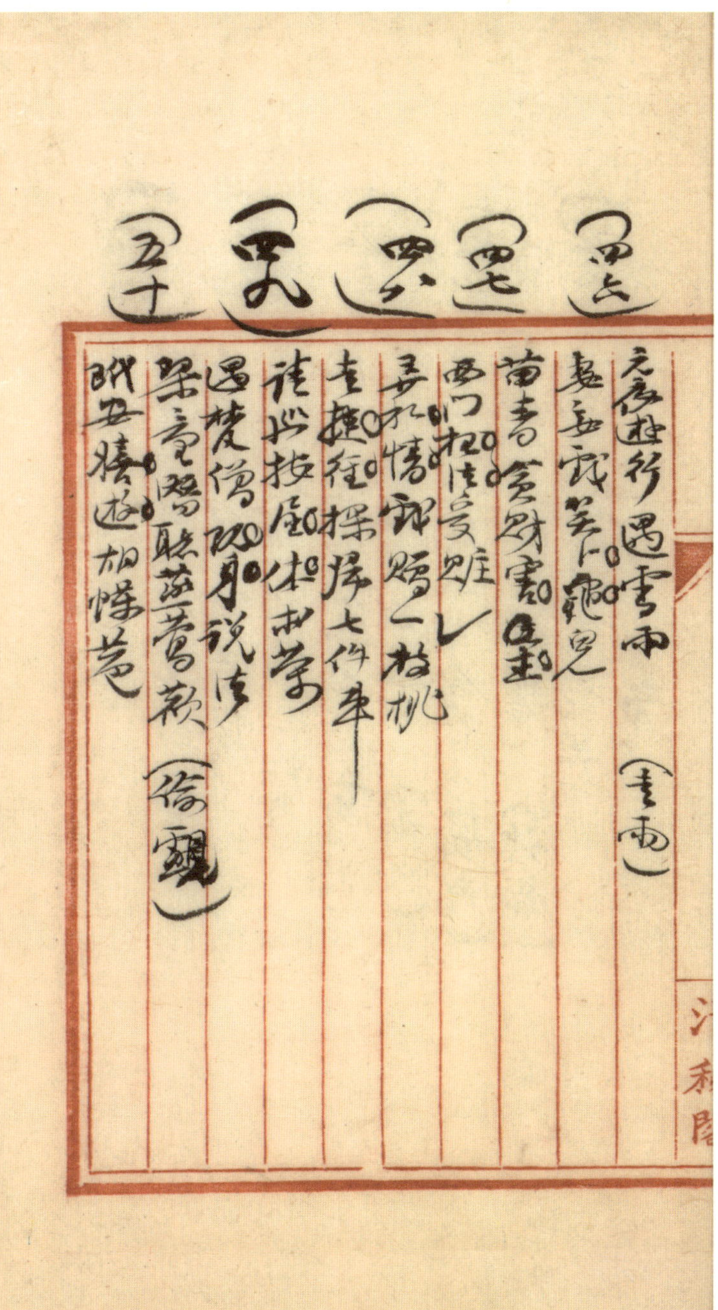
（四六）
元夜遊行遇雪雨（書雨）
妻妾戲笑卜龜兒
（四七）
苗青貪財害主
西門枉法受贓
（四八）
弄私情戲贈一枝桃
走捷徑探求七件事
（四九）
請巡按屈體求榮
遇梵僧現身說法
（五十）
琴童潛聽燕鶯歡（偷覷）
玳安嬉遊蝴蝶巷

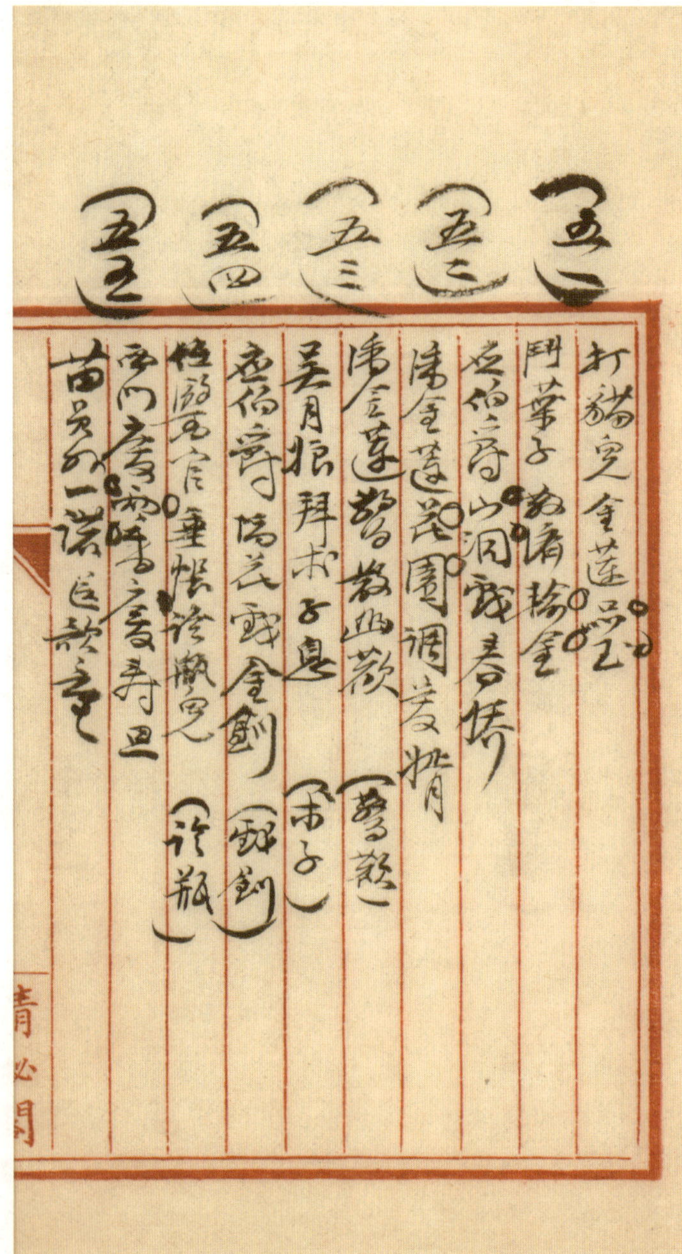

（五一）
打貓兒金蓮品玉
鬥葉子敬濟輸金

（五二）
應伯爵山洞戲春嬌
潘金蓮花園調愛婿

（五三）
潘金蓮驚散幽歡（驚散）
吳月娘拜求子息（求子）

（五四）
應伯爵隔花戲金釧（戲釧）
任醫官垂帳診瓶兒（診瓶）

（五五）
西門慶兩番慶壽旦
苗員外一諾送歌童

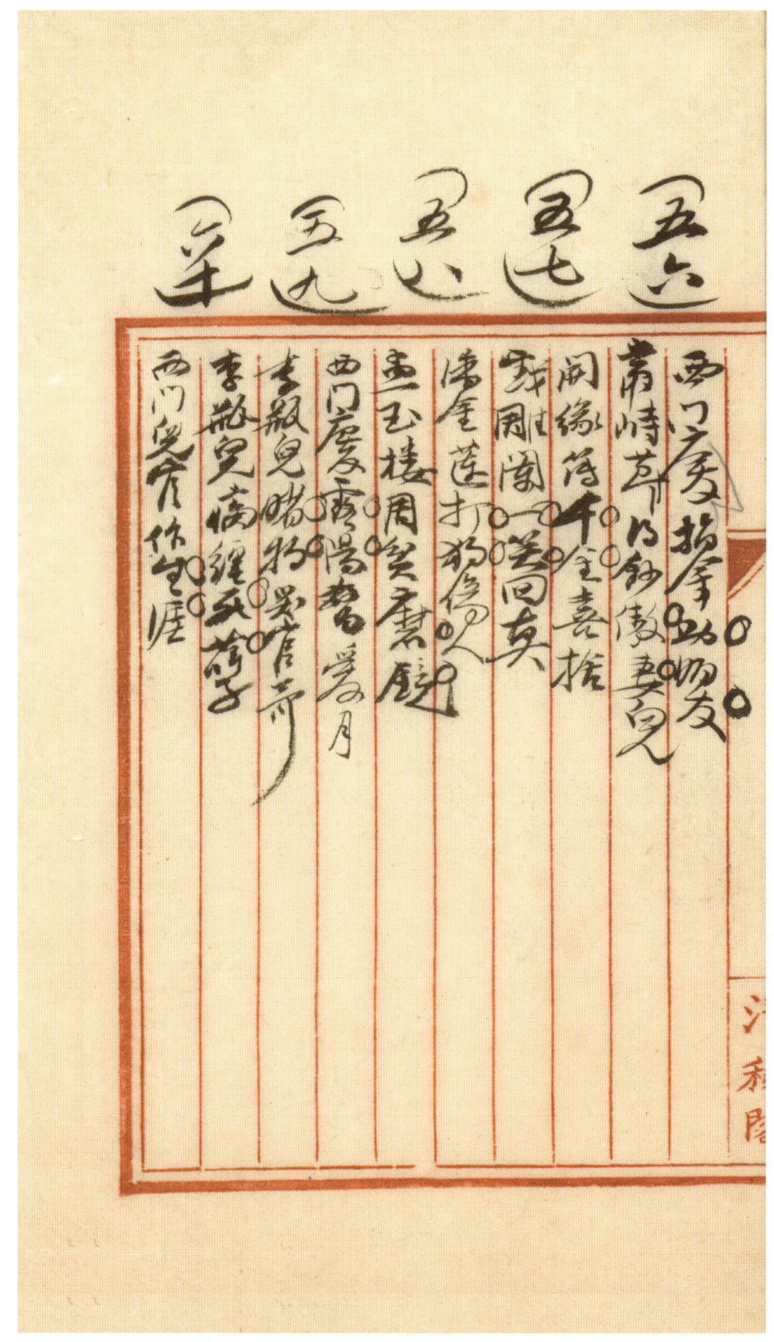

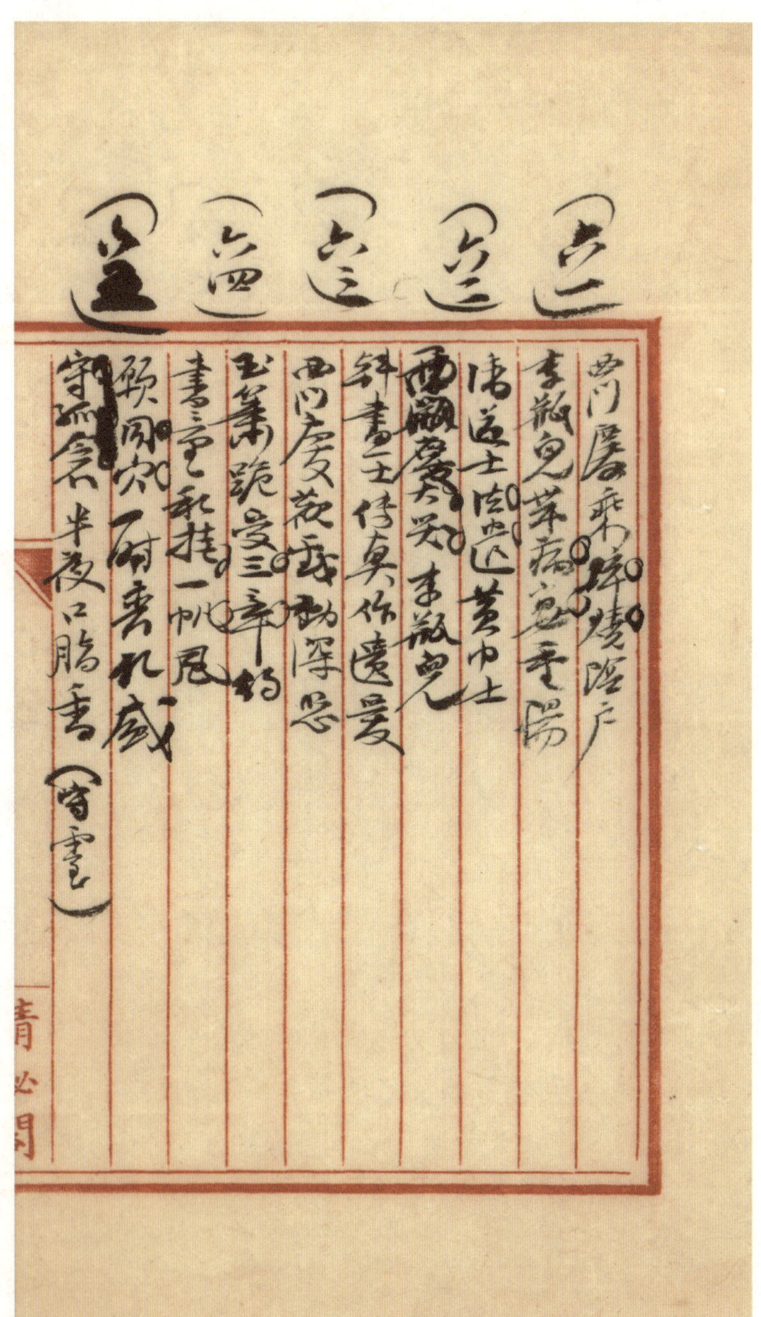

（六一）西門慶乘醉燒陰戶 李瓶兒苦痛宴重陽

（六二）潘道士法遣黃巾士 西門慶大哭李瓶兒

（六三）韓畫士傳真作遺愛 西門慶觀戲動深悲

（六四）玉簫跪受三章約 書童私挂一帆風

（六五）願同穴一時喪禮盛 守孤靈半夜口脂香 （曾雪）

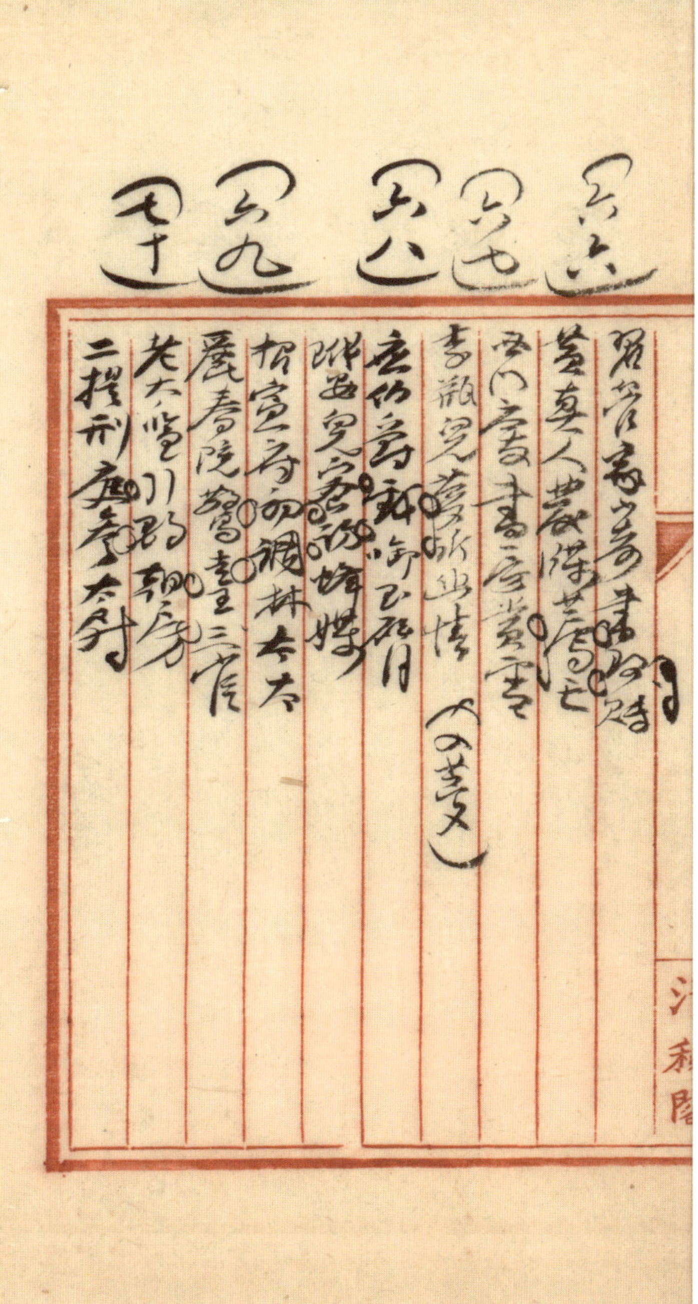

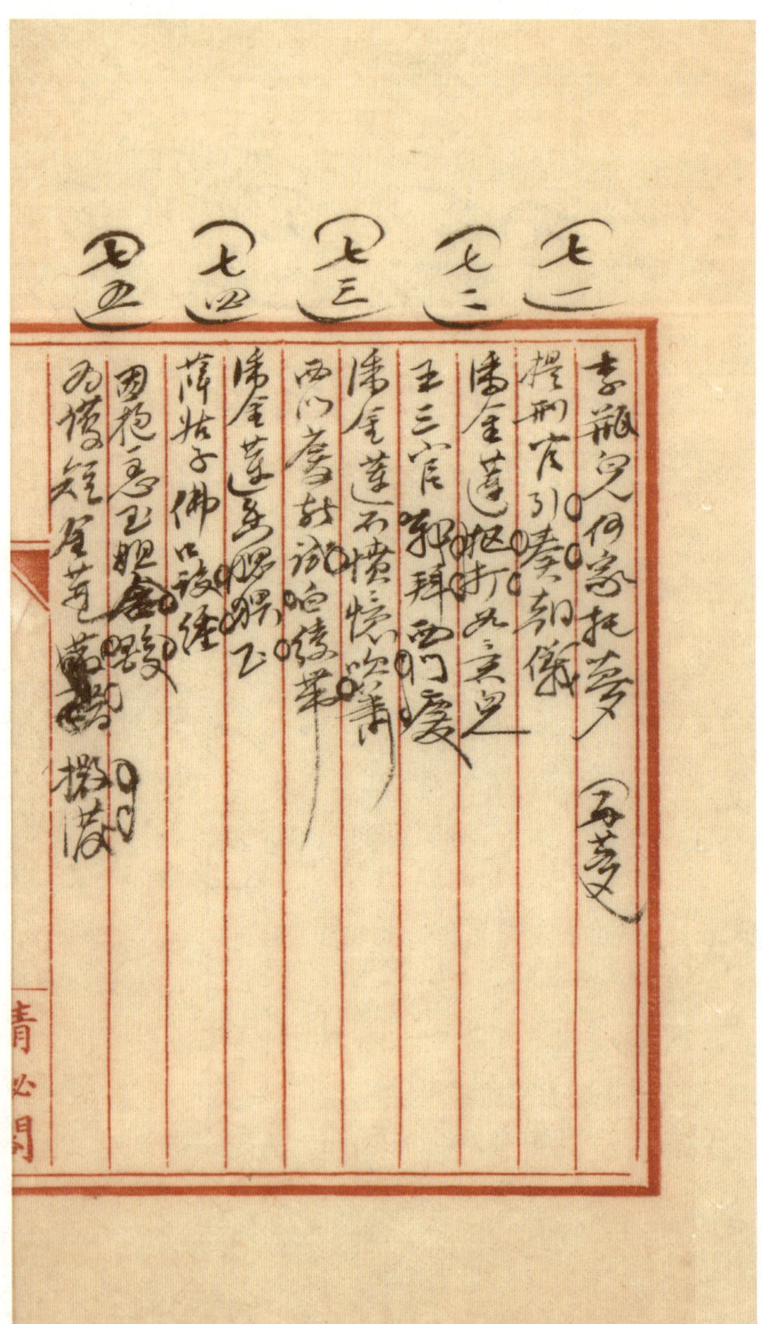

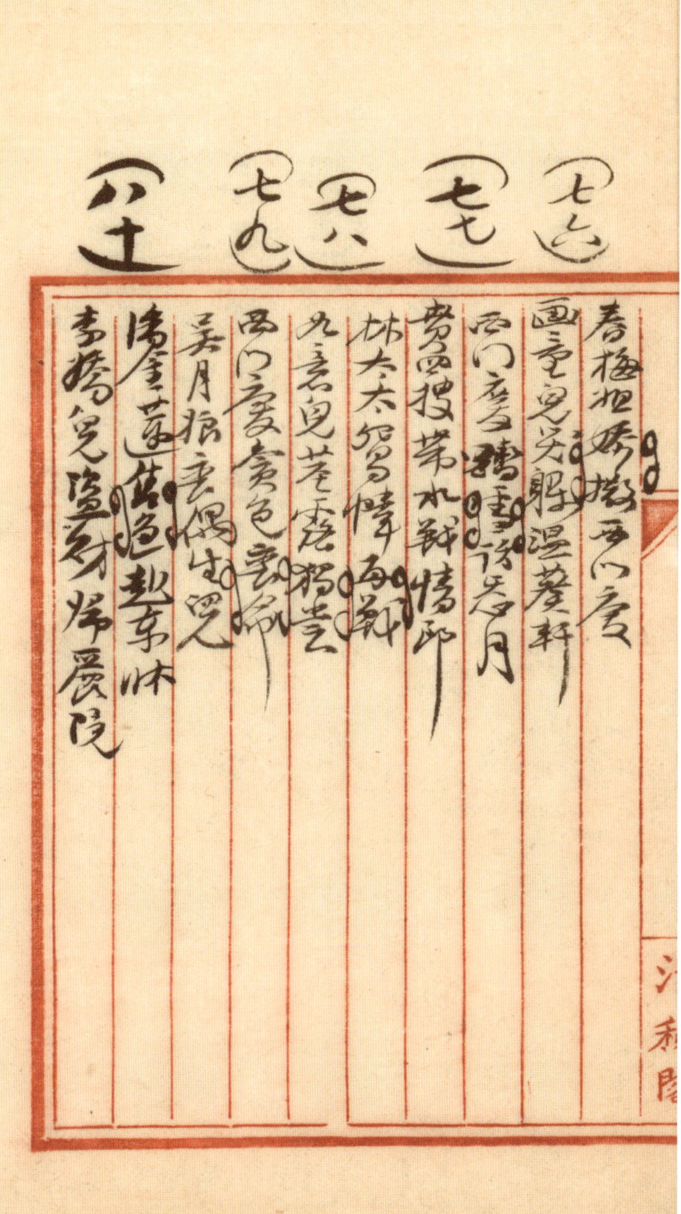
（七六）春梅姐嬌撒西門慶
畫童兒哭躲溫葵軒
（七七）西門慶踏雪訪愛月
賁四嫂帶水戰情郎
（七八）林太太鴛幃再戰
如意兒莖露獨嘗
（七九）西門慶貪欲喪命
吳月娘喪偶生兒
（八十）潘金蓮售色赴東床
李嬌兒盜財歸麗院

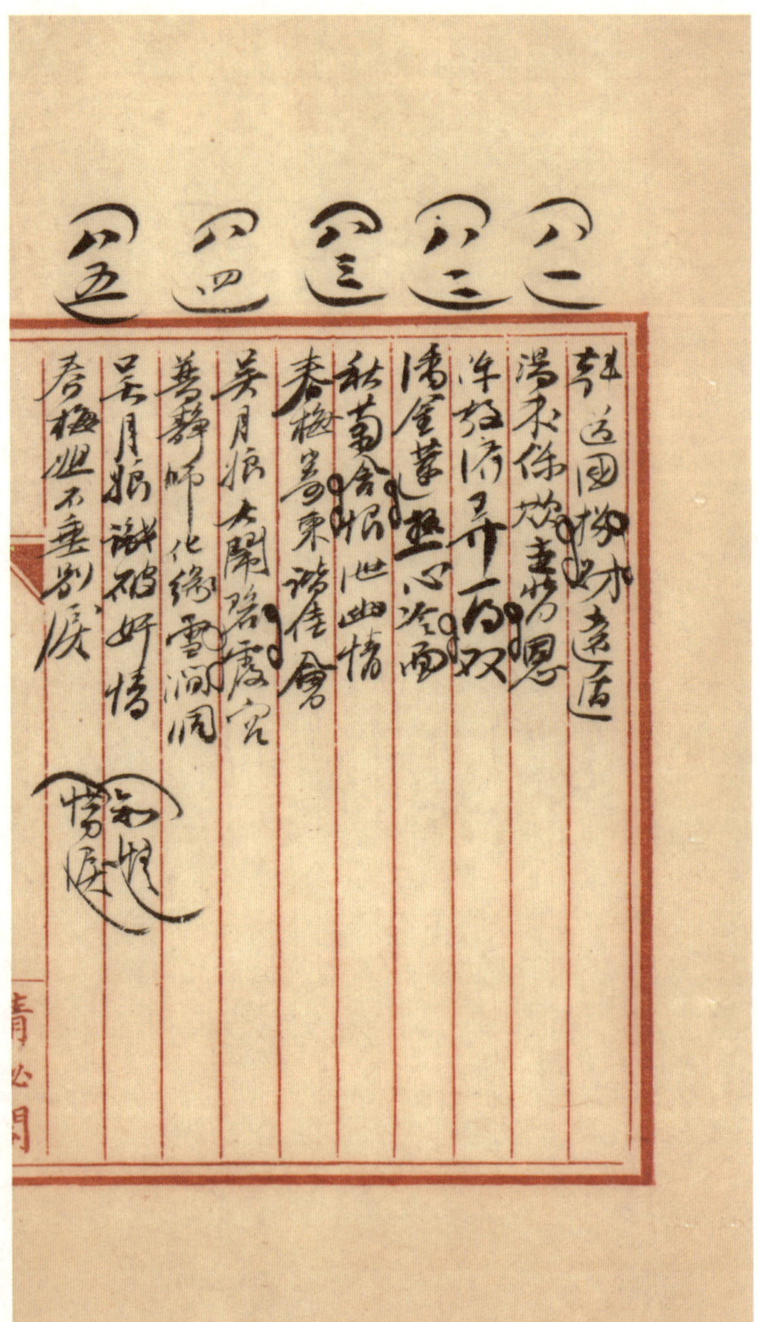

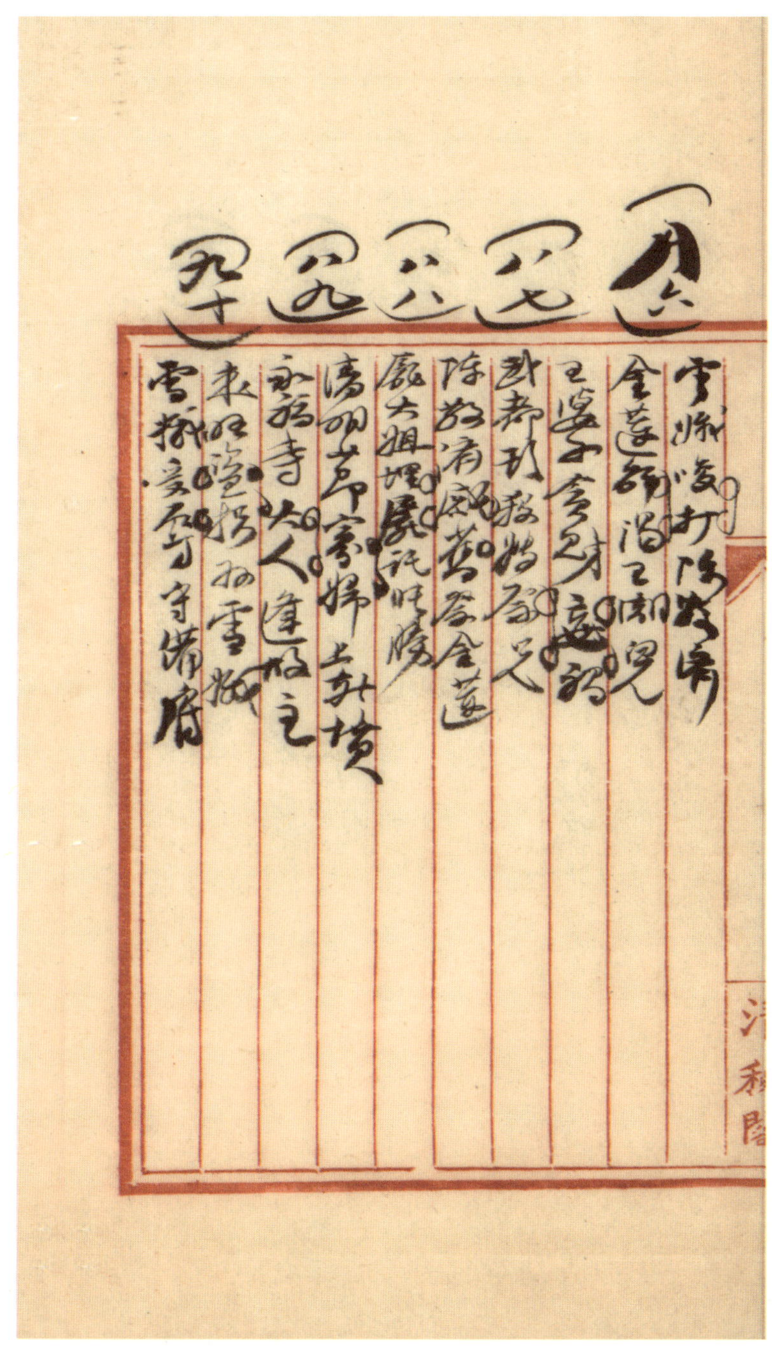

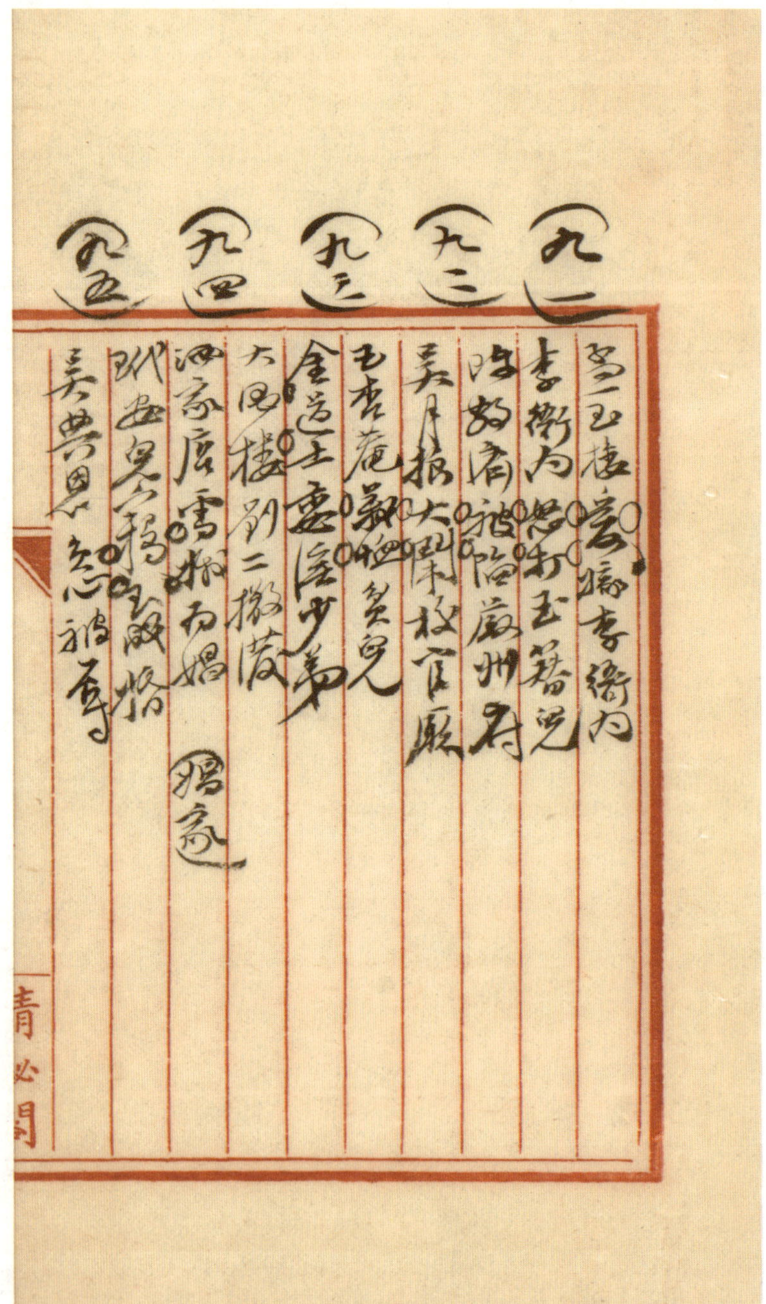

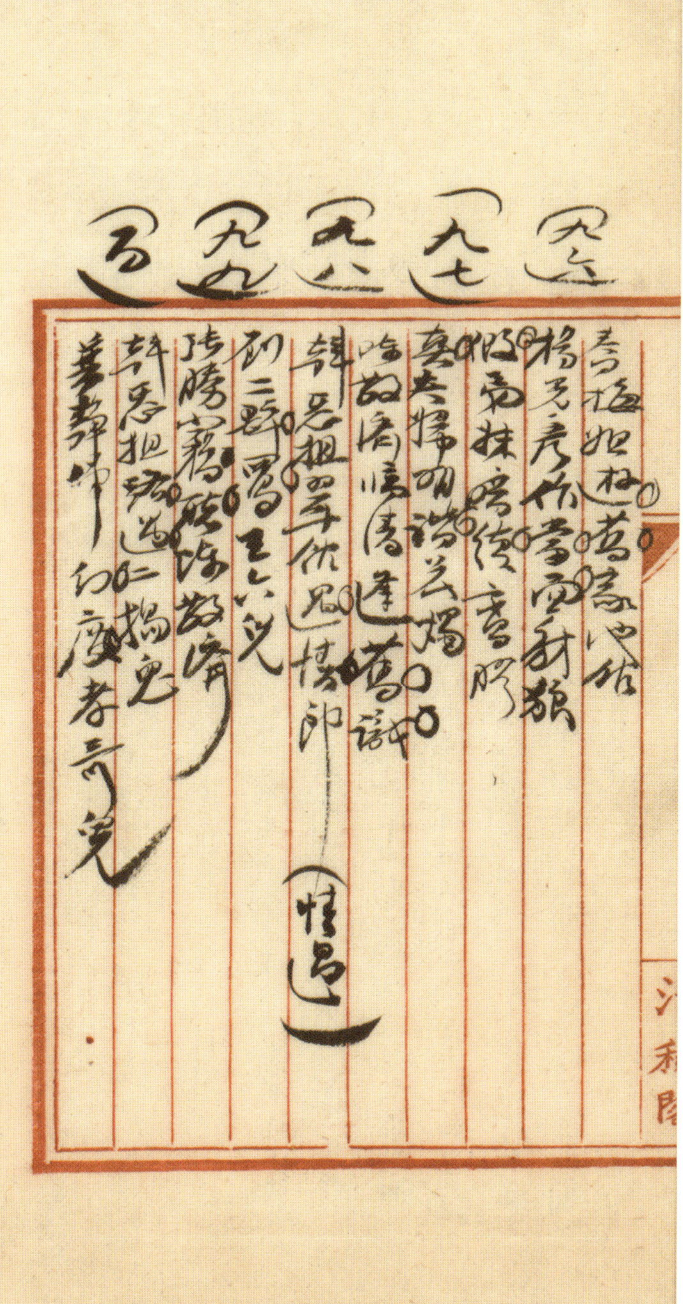

韓慕廬所作徐公元文行狀 八旗家人投水自縊刑部報聞者一歲中及千人 公請下部詳議驗其有傷痕及一家中前後續至三人者酌定處分 此影小說石頭記金釧投井鴛鴦自縊本事

崔廎遺筆

劾僕補蕭鳴鳳居喪與妓遊讌又不回旗坐革職 此影賈璉本事

徐健菴作陳樵討誄銘 所居在城北市廛庳陋纔容膝蕭然王鍊擬書其中而觀之嗷敖嗟飯沈思經籍有餘無問所從來時時匱乏困卧而已 石頭記史湘雲家狀指此 襟懷坦率不知人世有險巇事口饕詬不喜持論 史湘雲呼愛二哥哥黛玉謔以為愛二

蔣景祁所作外傳迦陵讀書水繪園歆者楊枝度曲紫雲吹簫 西冷[illegible]贈 先生欲得紫雲侍硯冒巢民大夫

夫人新之必得梅花百詠乃可雪窗一夕走筆遂成之 琉璃世界白雪紅梅 嘗自中州入鄉同秀水朱竹垞合刻一稿名朱陳邨詞 凹晶館聯詩湘雲之名蓋以押紫雲託之金麒麟以與迦陵香追其子名獅兒亦相附也 寶琴即冒襄辟疆以寶琴師襄事託名 第四十九回寶玉與野雞爪子影其年射雉集 賈母給寶琴斗蓬香菱云孔雀毛湘雲云野鴨子頭上毛（叙事謂之鳧靨裘）以冒如皋人影賈大夫射雉故事辟疆嘗為其姬人董白撰影梅庵憶語 張公亮小宛傳稱其自西湖遠遊于黄山白岳間壬午春辟疆至吳遂相與渡滸墅遊惠山歷毘陵陽羨澄江抵北固

金焦觀競渡于江山勝處兹有白雪紅梅懷古詩及巳許梅鶴林子等
語懷古第十梅花觀懷古指影梅菴無疑矣　醉眠芍藥裀疑即影憐
雲事芍藥即鄭櫻桃類矣　鮚埼亭集姜先生宸英墓表杭臣有
長子多才求學于先生杭臣以此頗欲援先生登朝杭臣有幸僕曰
安三嬖傾京師內外官僚多事之如舊史之慕山先生者欲先生
一假借之而不得杭臣之子乘間言于先生曰家君待先生厚矣而
卒不得有倪助某以父子之間亦不能為力者何也蓋有人焉願
先生少施顏色則事可立諧(某)先生投杯而起曰吾以汝為佳兒也
不料其無恥至此絕不與通于是杭臣之子百計請罪于先生始終

雀廬遺筆

執禮而安三閩之恨甚方望溪記姜西溟遺言曰吾始至京師明氏之子成德延至其家甚忠敬一日進曰吾父信我不若信吾家某人先生一與為禮所欲無不可得若吾慍而斥曰始吾以子為佳公子今得子矣遂與之絕　石頭記劉老老即斥安三劉借淮南王劉安也三與王文相似故以其婿王成與王家連宗影之品茶櫳翠菴一回給茶杯潑地諸文即指子全所記事耳　嘯亭雜錄第五康熙中余邸包衣人張鳳陽交結言路專擅權勢立以魯朱家郭解自居時諺曰要作官問索三要講情問老明其任之暫日與長問張鳳陽蓋謂張嘗憩于郊有某中丞騶卒至呵張起立張睨視曰是何髭髭官敢威猷若是本適有某中丞遭白簡納

蘭太傅高江村等款待賓客鳳陽褐裹露頂跣上在其結納如此先良王知其行會先外祖董鄂公忤鳳々陽々率其徒入外祖宅拆毀堂廡外祖公奔告王々燕見仁廟時遂免冠奏上曰女家人可自治之王歸

呼鳳陽至立斃杖下未逾時而孝惠章皇后之懿旨至命免鳳陽已無及矣京師大悅所言褐裹露頂跣上在之頗類老二也高江邨華亭人家貧鬻字為活納蘭太傅愛其才薦入内廷仁廟亦愛之遇巡狩出獵皆命江村從故江村詩曰身隨翡翠叢中列隊入鵞黃帶裏行蓋紀實也江村性黠巧遇事先意承旨皆愜聖懷一日上出獵馬蹶意殊不懌江村聞之故以潴泥汙其衣入侍上怪問之江村曰臣適落

馬墜積潴中未及浣也　上大笑曰汝輩南人懦弱乃爾適朕馬驚蹶竟未墜意乃釋然　又嘗從登金山　上欲題額濡毫久之江村擬江天一覽四字于掌中趨前磨墨徐露其迹　上如所擬書之其迎合類如此　謹寶敘

王文簡士禎詩名重當時語沈荊署張文端公英直南書房以爲延譽　仁廟亦素聞其名召入面試漁洋詩思本遲加以部曹小臣乍覩天顏戰栗不能成一字文端私代作詩草撮爲丸置案側

雀廣遺筆

漁洋得以完卷　上閱之笑曰人言王某詩多丰神何整潔殊似卿筆文端謝曰王某詩人之筆定當勝臣多許　上命改官詞林因得置

高位漁洋感激終身曰是日徼張某餘數已白矣寶玉呈才藻回黛
玉代作杏帘在望一首寫在紙條上搓成團子擲去本此　劉海峯先生大櫆
峯博學鴻詞科罷文端公本來業經首選張文和廷玉惡其才曰此吾
鄉之浮蕩者因易劉文定先生遂落拓終身居京師某第館于明太傅
家先生素惡權貴乃避居來都既痛觸宅破壁頹垣泊如也　方雪
峯性剛戇遇事輒爭嘗與履親王同判禮部事王有所過當公拂袖
而爭王曰耄老子敢若爾公曰王言如馬勃味　徑謁查相國其僕恃勢
不時稟公大怒以杖叩其頭血涔涔下僕狂奔告相公迎見後復手查一
節其僕望之即走曰舞杖老翁又來矣第七回焦大罵賈蓉衆小廝把
他捆起來用土和馬糞滿滿的塡了他一嘴第百十一回包勇手執木棍打

倒一賊即亦卅二事　是日致農會書　春時叔寄天津書

十日癸巳晴　菊生來　蔓若一品升

十有一日甲午晴　張肖莪户部樗雲亦為農學報事也　洗兒

賊臣表

惜春即嚴繩孫蓀友蓀友為四布衣之一故曰四姑娘自号藕蕩漁人所著

曰秋水集故惜春住藕香榭亭有小亭到號即曰藕謝應制科雖成

首耕詩一首故惜春不甚作詩蓀友善繪事故賈母命惜春繪園子

圖蓀友典順天武闈鄉試後即請假故惜春亦云請假一年蓀友晚年有

以詩文圖書請者槩不應暇輒掃地焚香而已所謂惜春矢素志也

合世說德行閔象南名世璋江南歙縣人王春鳳被誣盗于法以十二歲女

貧人金如其數替赎得活女思母病欲死母曰女死吾不獨生矣象南捐十二金贖還之母女皆獲全 張勳州叔 姜宸仁聞 與劉老老救巧姐事頗類姜熙晉

延也 文學第三子謂仁少時年負氣自豪里中時有文會每當同人搦管拈題苦吟面壁有与之會候縣握手繞篁怪石閒相与縱譚天下事或誦近所為詩歌其質問以諧謔日向午猶不肯成一字同人來相敦迫乃始振筆直書濤怒雲飾不可端倪 此与第三十七回黛玉詠白海棠時同狀

十有二日乙未陰大風

閲張穆石舟所編顧林亭年譜 引餘集与潘次耕札原一官彌貴客彌多便佞者留剛方者去今且欲延一二學問之士以益其羣醜吾

以六十四之遺民主于其家見彼魑魅趨附之流驕人耳目至于徵色發聲而
拒之乃僅得自免
譜引靜志居詩話陳皇士經亂歸田輯啟禎兩朝集詩又命工傳寫明三百
年來忠臣義士象裝以為冊要皆與吾鄉張陶菴越三不朽圖贊同意
閱容若飲水詩詞擬其贈答諸人于後　桑榆墅同梁汾夜望　為王
阮亭題戴務旃畫　暮春別嚴四蓀友　壽朱錫鬯　早春雪後同
姜西溟作　寄梁汾　輓劉富川（匪寡恕心萌生　軫木赴交州　長賦入西粵　遽悲僕相報　早哉劉先生　握軀赴靖川）
送馬雲翎歸江南　又贈馬雲翎　長安行贈葉訒菴庶子　送蓀友　寄
梁汾并葺茅屋以招之　沈進士尔燝歸吳興詩以送之　送張見陽
令江華　秋澹同見陽作　夜合花同梁藥亭顧梁汾吳天章姜

西溟作　秋日送徐健菴大歸江南　題竹爐新詠卷惠山聽松菴竹爐
爐歲久損壞甲子秋梁汾敬舊制復為之置積書巖中諸名士作詩以紀
其事是冬余適得一卷題曰竹爐新詠明時王舍人孟端李相國西崖所為竹
爐詩畫俱在實聽松故物也遂以歸梁汾即名其巖曰新詠堂因次原韻
西苑雜詠和蓀友韻二十首　詠柳偕梁汾賦　從見陽乞秋葵種　偕梁
汾過西郊別墅　賦得柳毅傳書圖次陳其年韻　題見陽小照　別蓀友
口占　暮春見紅梅作柬梁汾　以上詩集

雀廣遺筆

點絳脣題見陽畫蘭　又寄南海梁藥亭　浣溪沙咏五更和
浣溪沙紅橋懷古和王阮亭韻　蝶戀花送見陽南行　金縷曲贈

備

梁汾 又姜西溟言別賦贈 又簡梁汾 又寄梁汾 又再贈梁汾

用秋水軒舊韻 又慰西溟 瑞鶴仙 丙辰生日自壽起用彈指詞句并呈

見陽 菩薩蠻 過張見陽山居賦贈 又為陳其年題照 又寄梁汾

苕中 清平樂 懷梁汾 菊花新 用韻送張見陽令江華 瀟

湘雨 送西溟歸慈谿 雨中花 送蓺初歸崑山 臨江仙 寄嚴蓀友

於中好 送梁汾南還為題小影 踏莎行 寄見陽 木蘭花慢 立秋

夜雨送梁汾南行 摸魚兒 送德清蔡夫子 大酺 寄梁汾 金人

捧露盤 淨業寺觀蓮有懷蓀友 滿江紅 為曹子清題其先人所構楝

亭 亭在金陵署中 鳳凰臺上憶吹簫 除夕得梁汾閩中信

十有三日丙申姓 進城遲 秋文出闈 訂至時叔素衡諸君寓所

彈詩乃彈指之誤

[illegible]

稱繙紅樓夢又竟得數事 探春即徐健菴尚書以一甲第三名及第故曰三姑娘以探花名探春 王熙鳳即余國柱相國郭琇御彈章謂其在內閣票擬承順大學士明珠指麾輕重任意即有外錯同官莫敢駁正遇會議會推與尚書佛倫等結黨把持督撫藩臬缺出輾展援引總攬賄賂併送學道及科道內陞出差事皆居功要索

崔廣遵箋

事類皆可比附 第二回黛玉初到時後樓找段子指國柱巡撫江寧請敕撫房四十二間製造寬大嚴柔事 第一百五回抄出兩箱房地文契一箱借票都是違例取利 指何金蘭疏給事中所謂被黜後往江寧省城購買房第宅廣

營生計呼吸引類壟斷攬金借勢招搖頭違例禁及兩江總督尉拉措

參訊●（襲）留意原任地方購買第宅並設立錢店典鋪▇也第●十●（三）處

理寧國府指江寧巡撫第百十四廻扶返金陵指敝縣後仍居江寧也第

五十五回鳳姐病探春賫釵理事裏外下人暗中抱怨說剛剛的倒了一個巡

海夜叉又添了三個鎮山太歲指副都御史許三禮疏所謂乾學因弟元文拜

相後與親家高士奇更加招搖以致有去了余秦檜來了徐嚴嵩乾學似

龐消呈他大長兄之錢也謂之璉二奶奶者謂國柱二字連二玉字也書中賈

母即指明相郭侍御劾其見人輒用柔顏甘語百計款曲而陰行鷙

害意毒謀險書中所形容者皆心類也第九十二玩母珠●乃謂賈母即

明珠牙所云小珠都滾到大珠身邊一回兒把這顆大珠子擡高了即指依附諸人探春遠嫁指健菴回籍書局自隨事所云四中畫一片大海一隻大船蓋指洞庭山也第二種金陵四碑賈不假白玉爲堂金作馬阿房宮三百里住不下金陵一個史東海缺少白玉牀龍王來請金陵王豐年好大雪珍珠如土金如鐵指郭琇所云五方寶物歸東海萬國金珠貢澹人之謠也第十七第十八有親到墅指王[illegible]官侍郎時已假省親 賜白金文綺因葺園爲奉親之所額曰 賜金園也第三十八賈母說先時家裏也有一個亭子叫做枕霞閣[illegible]湘雲因號枕霞舊友也指康熙四十三年 聖祖南巡幸王文恭第表中園 賜御書燕霞額也

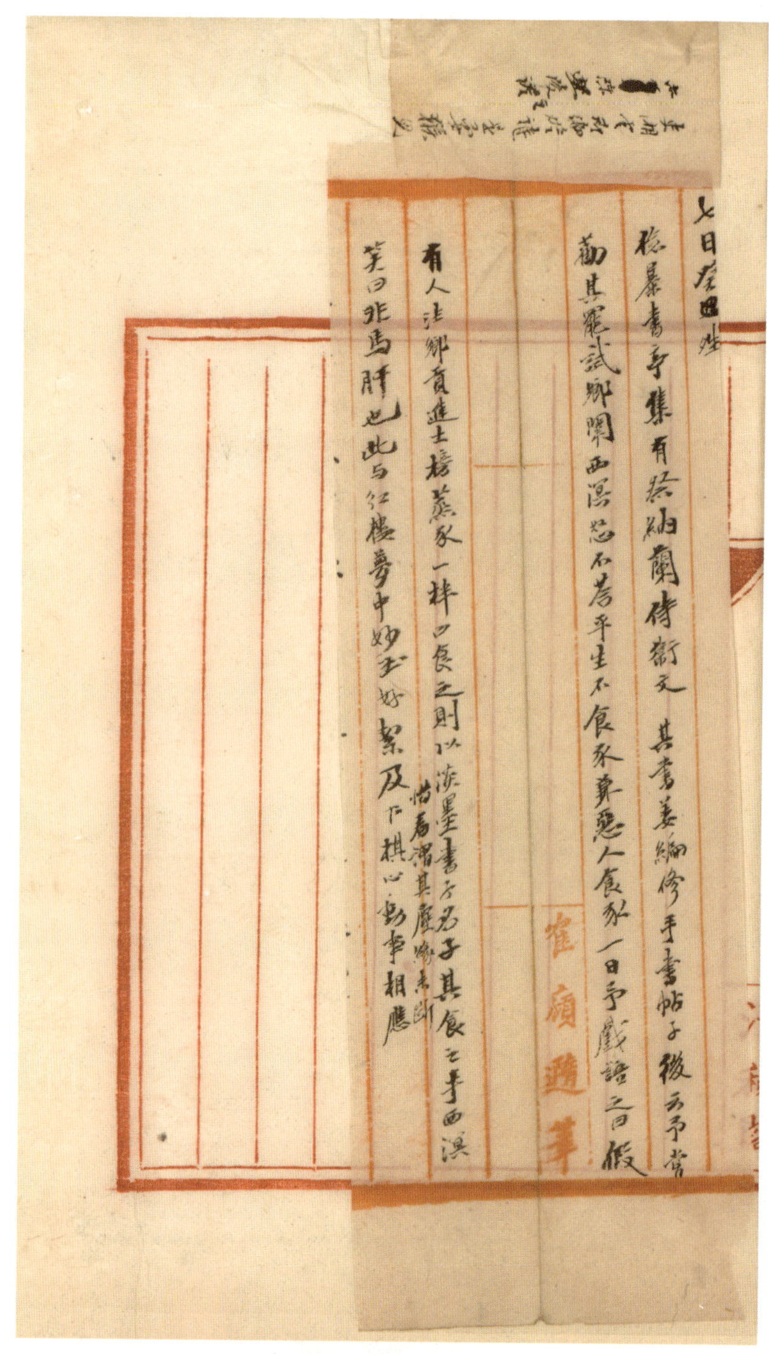
七日廢四姓

擬纂書亭集有祭納蘭侍衛文　其書姜編修手書帖子後云予嘗

勸其罷試鄉闈西溟怒不荅平生不食豕肉惡人食豕一日予戲語之曰假

雀硯齋箋

有人注鄉貢進士榜蒸豕一柈以食之則以淡墨書君子其食之乎西溟

怡看渭其麾嚼未斷

笑曰非馬肝也此與紅樓夢中妙玉好潔及下棋心動事相應

張船山詩艸卷十六贈高蘭墅鶚同年俠氣君能空紫塞艷情人
自說紅樓自注云傳奇八十回以後俱蘭墅所補
隨園詩話卷二康熙間曹楝亭為江寧織造每出入擁八騶必携書
一本觀玩不輟人問公何好學曰非也我非地方官而百姓見我必起立我
心不安故藉此遮目耳素與陳鵬年不相能及陳獲罪乃密疏薦陳人
以此重之其子雪芹撰紅樓夢一部備記風月繁華之盛中有所謂
大觀園者即余之隨園也當時紅樓中有女校書某尤艷雪芹贈
云疾容憔悴勝桃花午汗潮回熱轉加猶恐意中人看出強言今

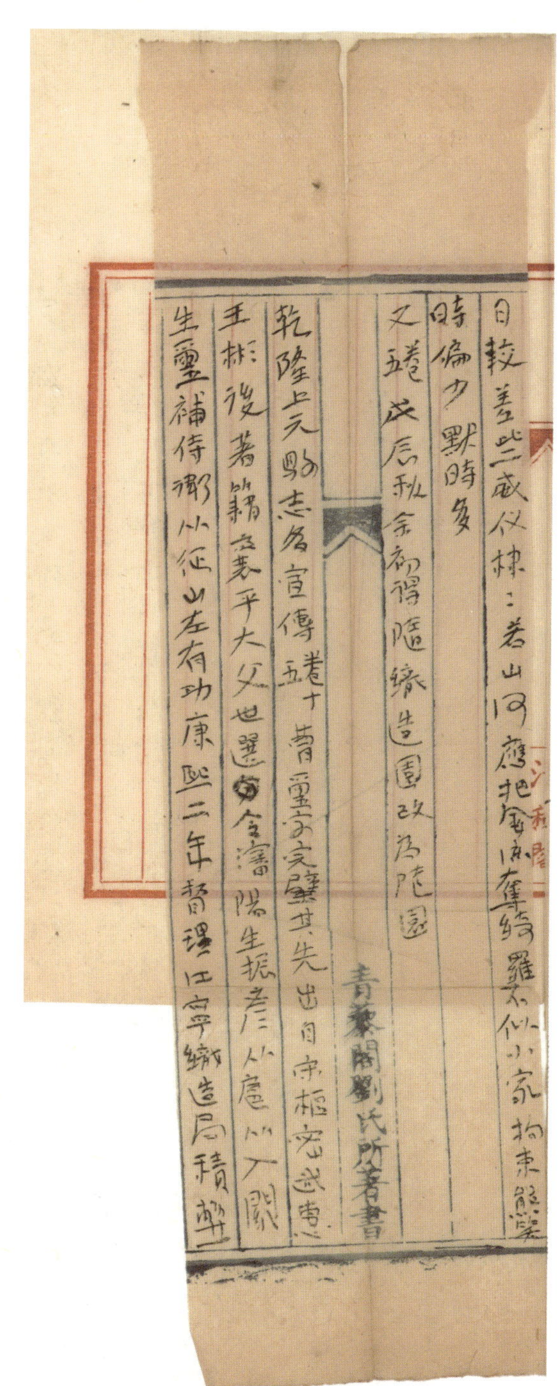
日較差些威儀棣棣若山河應把金陵奪綺羅不似小家拘束態笑
時偏少默時多
又璱按余初得隋織造園改為隨園
青藜閣劉氏所著書
乾隆上元縣志名宦傳璱卷十 曹璽字完璧其先出自宋樞密武惠
王彬後著籍襄平大父世選令瀋陽生振彥從入關
生璽補侍衛從征山右有功康熙二年督理江寧織造局積弊

清子寅字子清号荔軒七歲能辨四聲長偕弟子猷講性命
之學尤工於詩伯仲相濟美一堂在禮部習內少司寇仍督織
江寧特敕加通政使持節兼巡視兩淮鹽政期年孫貸內府
金百萬有不能償者請豁免爲立祠以祀奉命纂輯
全唐詩佩文韻府著楝亭詩文集子顒字孚若嗣任三載因
赴都染疾上日遣太醫調治尋歿上嘆惜不置因命仲孫頫復
繼織造使頫字昂友好古嗜學紹聞衣德識者以爲曹
氏世有其人云

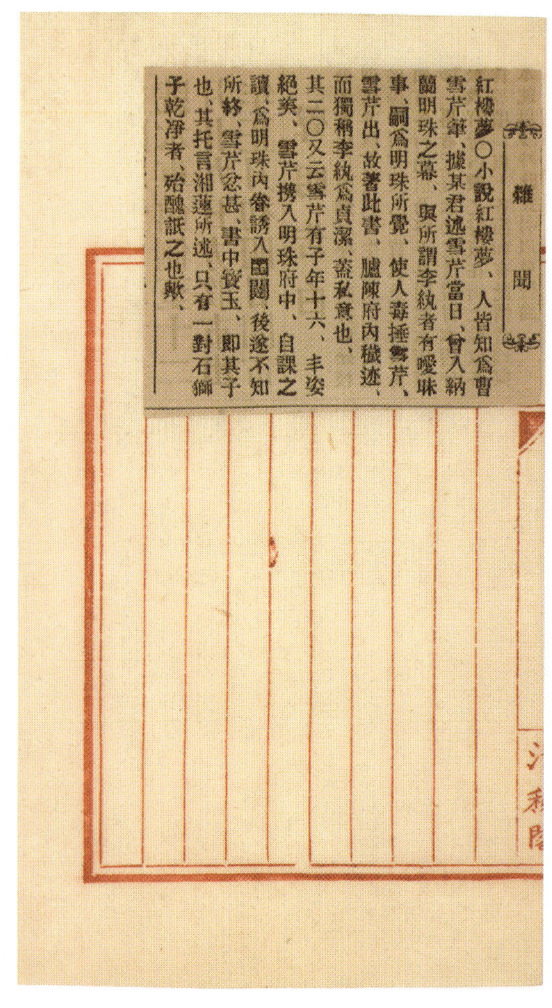

雜聞

紅樓夢〇小說紅樓夢、人皆知爲曹雪芹筆、據某君述雪芹當日、曾入納蘭明珠之幕、與所謂李紈者有曖昧事、嗣爲明珠所覺、使人毒捶雪芹、雪芹出、故著此書、臚陳府內穢迹、而獨稱李紈爲貞潔、蓋私意也、其二〇又云雪芹有子年十六、丰姿絕美、雪芹携入明珠府中、自課之讀、爲明珠內眷誘入閨闥、後遂不知所終、雪芹忿甚、書中寶玉、即其子也、其托言湘蓮所述、只有一對石獅子乾淨者、殆醜詆之也歟、

忌諱語

戴名世

康熙四年八月諭禮部官民之家先有關載明季時事之書亦着送來雖有忌諱之語亦不治罪

八十八之三　八十九之一

允礽

[illegible]

康十四年十二月 立為皇太子

四十六、三、董漢策奏忿 四十七年九月丁酉

病 七十二、三 大阿哥胤禔 劉序 八十二、三、廢斥

魘魅 八十二、十二 八十三、五 馬齊（三等） 八十三、二 四十八年三月二三 庚辰

馬齊傳四馬武材（八十三、四） 後立 八十三、六 五十一年十月丁未 後廢並 八十二、四

允禩母戕（贅踪）(?) 大阿哥允禔 八十三、七、八

撫芳殿（寬抄）(?) 八十二、五 [illegible] 外藩乙未之人（蔣玉函事）(?)

[illegible]國維 八十二、一、五 八十八、四

之錮禁

殺卅身死 身縊 殉葬
貞只須易

乳母

李嬸

饋送

摩羅臨友 禎下 蹤高貴

張天師

康熙九 九葉 三十一之七葉 四十一之十二
康七 六葉 九之八葉

寶玉的 賈璉的（看親）
康廿 三葉 李小[illegible]葉
三十三之二葉
康十九之二葉
三十六之十葉 [illegible]厚 八十二之三

三十二之二葉

清秘閣

高壽年

姜宸英

寬免

揆敘內城同房 第二十之八葉（翰林）

姚祥南書房 二十之十葉（張英高士奇）

揆敘林直 二十五之六葉

二十四年十二月乾清宮賜宴排詩倣柏梁體前御製首句曰麗

日和風被萬方

二十二年上元賜宴

吳雯集 四十四之三葉 謝侯等卷 六十之一

手諭 七十五之三

六十四之六

四十八之四

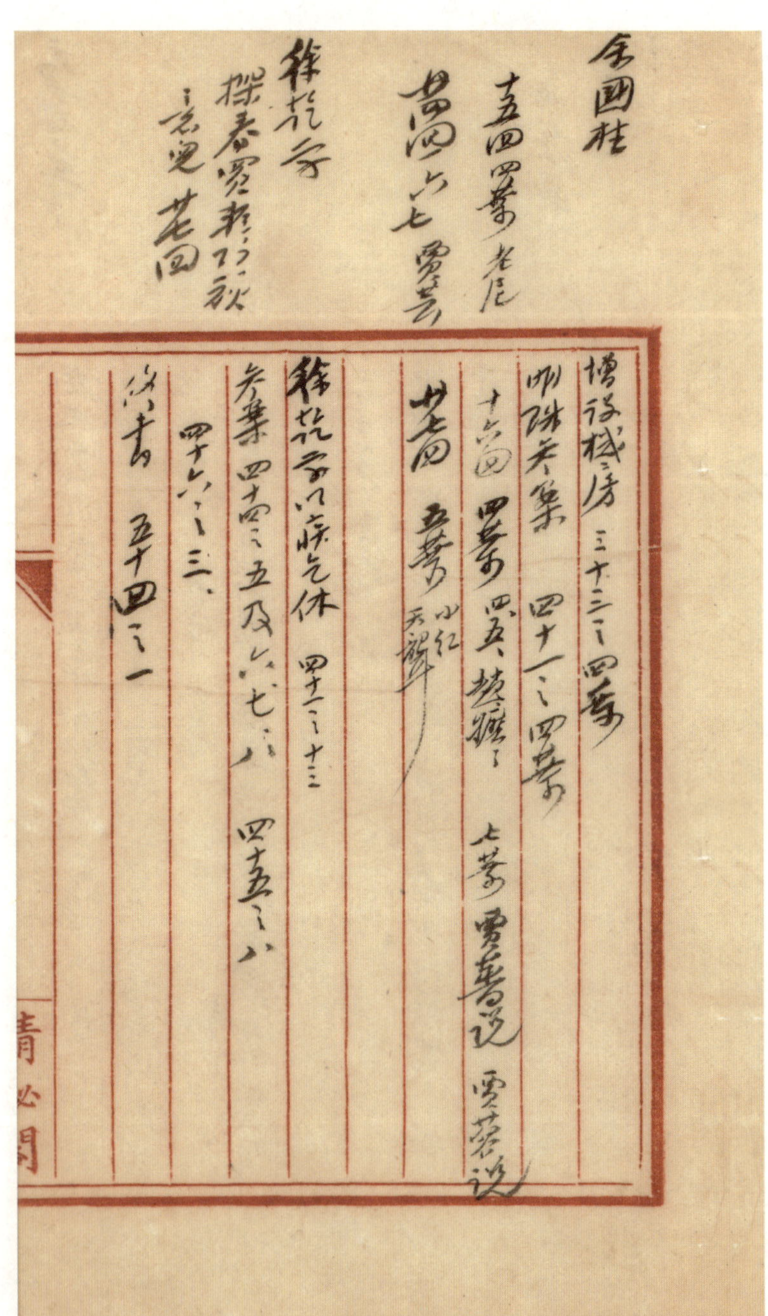

金國柱

十五回四葉 老尼

廿四回六七葉 賈芸

絳花宮

探春、寶釵、竹、秋

[illegible]

增設棧房 三十三·四葉

明珠芙蕖 四十一·四葉

十六回 四葉 四五、夢稿 七葉 賈薔說 賈蓉說

廿二回 五葉 小紅 天鵝

絳花宮以疾乞休 四十一·十三

芙蕖 四十四·五及六七八 四十五·八

四十六·三

竹青 五十四·一

青[illegible]閣

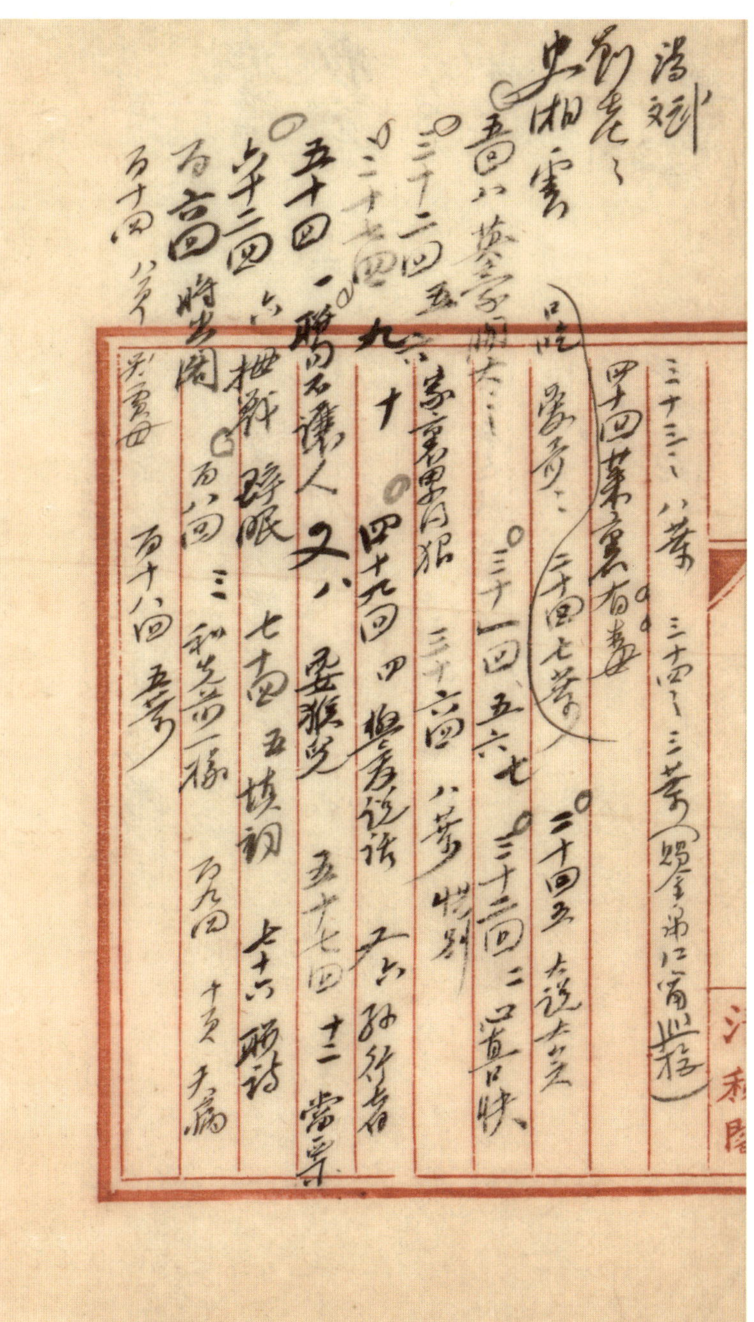

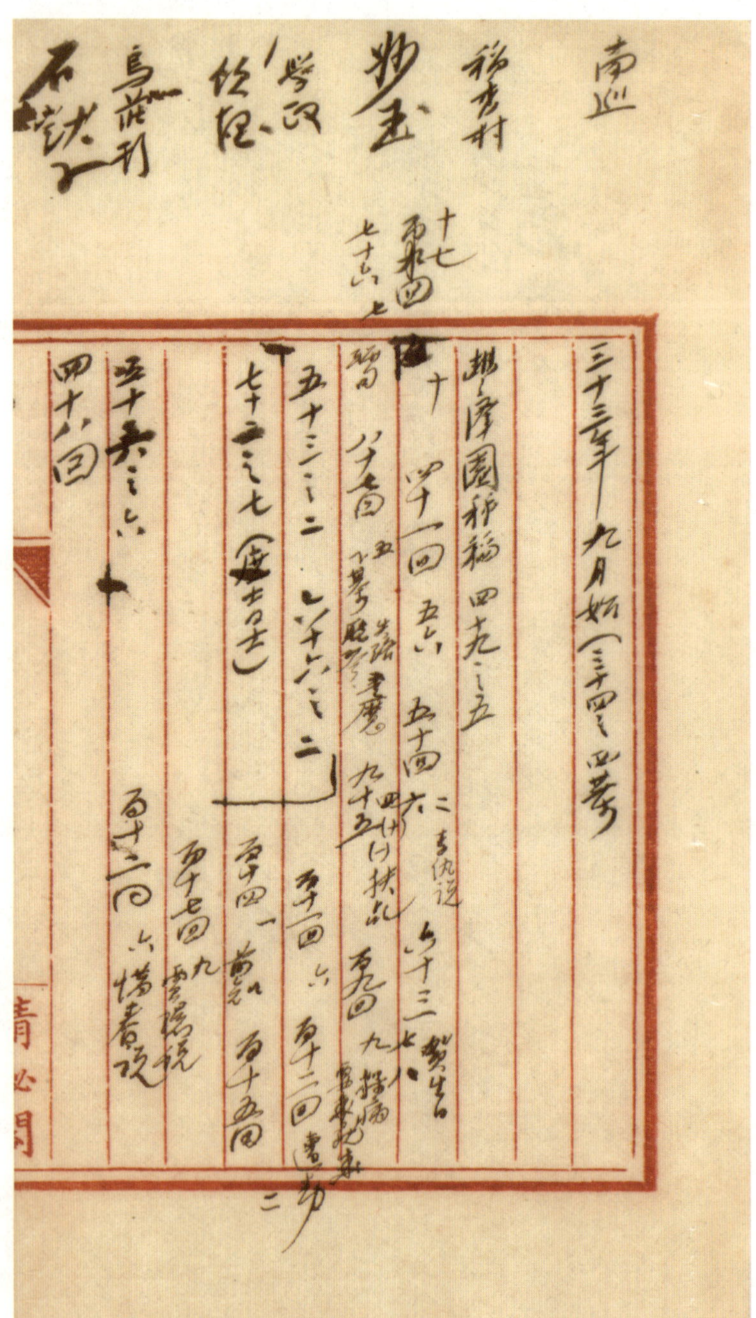

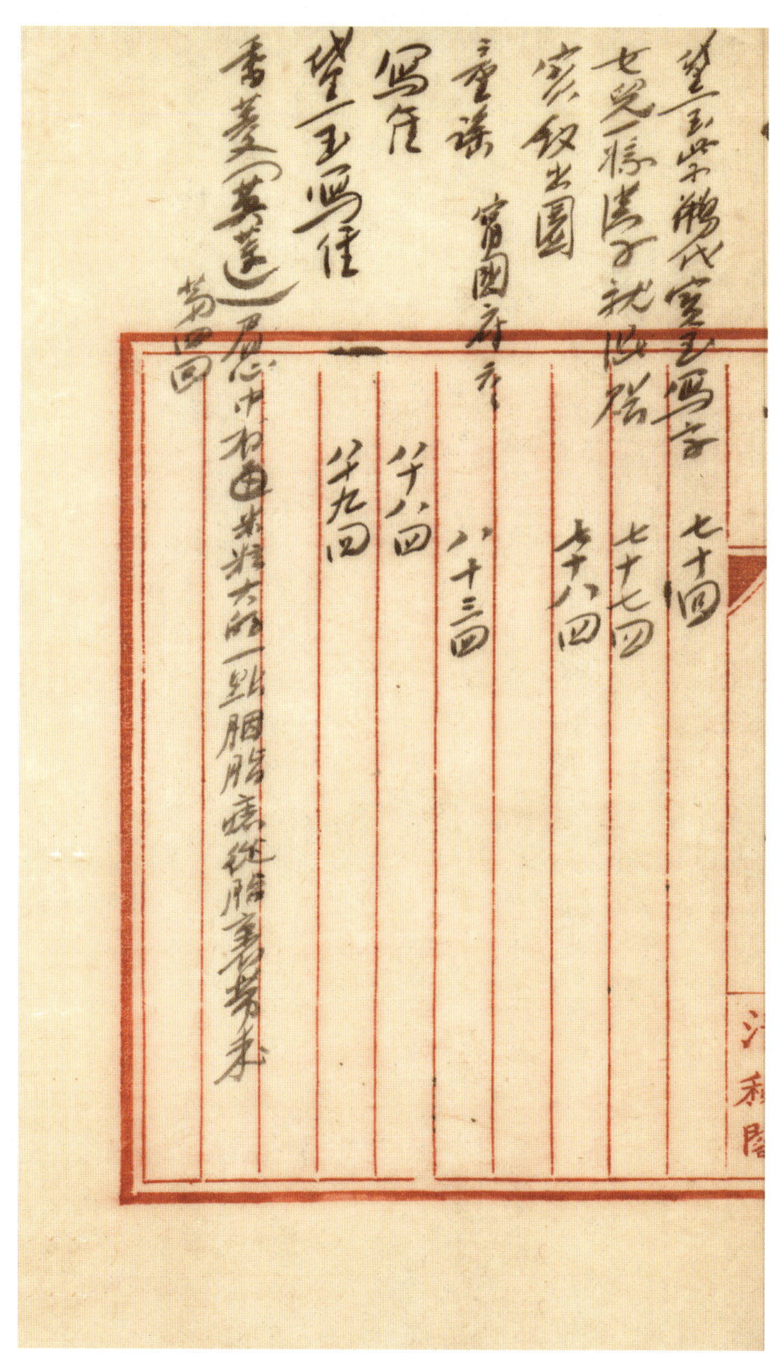

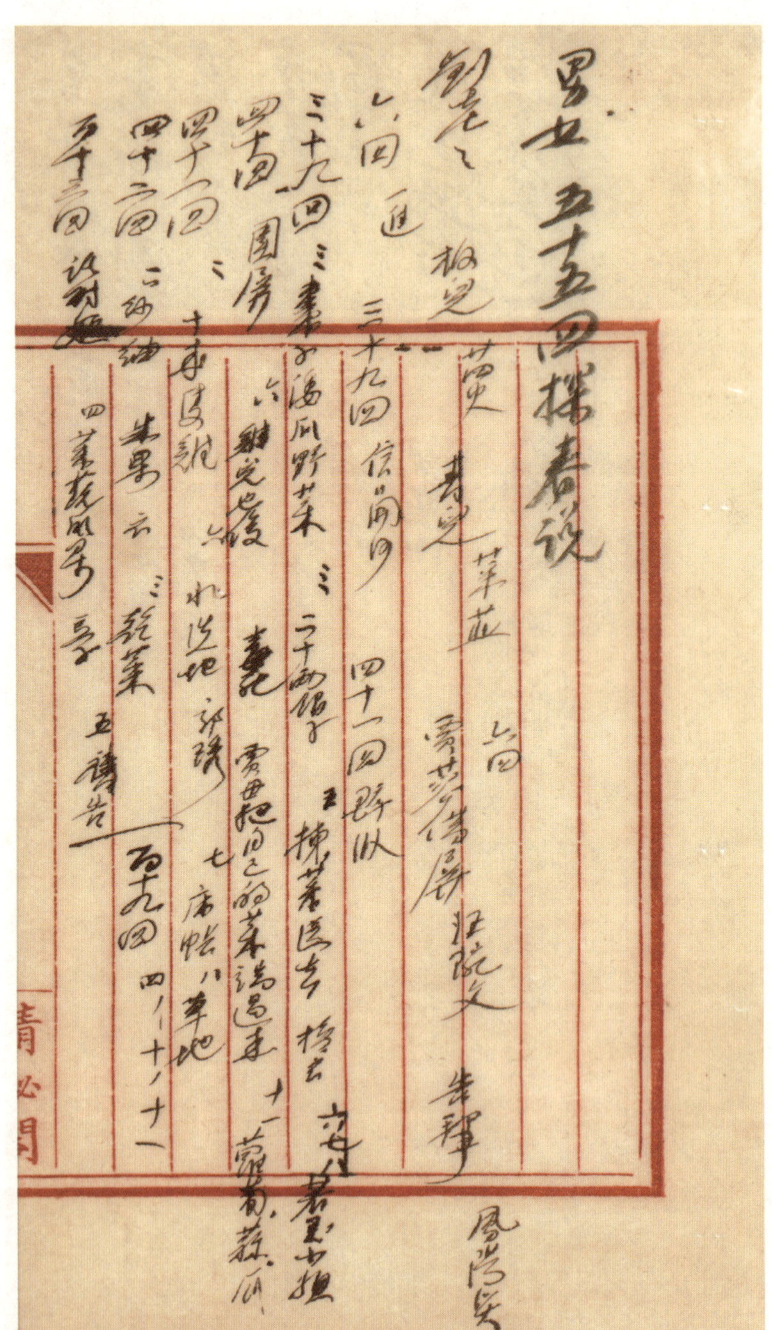

太陽經

俗傳太陽經婦女多誦之以祈福謂爲神語不知此歌實著於明沒遺民之手蓋當明社屋後民族屢謀恢復志不得達恐日久而大仇或忘也乃相率著書痛發民族之旨以示後人然販禁綦嚴動遭毀滅不得已而爲此太陽經托迷信之辭隱亡國之痛使後人捧誦之餘默悟其意冀大仇因之可復幸以其語蘊藏不露不見忌於當道遂能保存至今然以先民椎胸泣血之作僅供後世婦孺無意識之念誦是亦大可哀矣爰註解之以告當世俾知先民謀復祖國之深心固無微不具也經曰（太陽明明珠光佛）是點醒朱明（四大神明正乾坤太陽日出滿天紅曉夜行來不住停行得快來催人老行得遲來不留存家家門前都行過倒惹衆生叫小名）是言福王魯王唐王桂王在江浙閩粵繼承大統而無知者妄以小朝廷目之也（惱得老人歸山去餓死黎民苦衆生天上無我無晝夜地下無我少收成天上神明有人敬那個敬我太陽星太

陽三月十九生家家念佛點紅燈）三月十九爲思陵殉國之日遺民哀之多於是日燃燈北向設祭燈象明也後滿虜入關恐干其忌遂托於日此例相沿至今不廢設祭者仍北向燃紅燈但無知之徒皆知爲太陽誕而不復知爲悲憤之紀念矣（有人傳我太陽經合家老幼免災告無人傳我太陽經眼前就是地獄門）言有人識得太陽

經眞意者尙能謀恢復不至沉淪永刼不然則終受制於腥氈賤種如入地獄此身永不得自由也（太陽明明珠光佛傳與善男信女人）重提朱明警告同胞（若能朝朝念七遍永世不入地獄門臨終之時生淨土九泉七祖盡超昇）言不忘太陽經眞意者終能恢復祖國痛洗胡腥還我淨土雖已逝之祖宗亦當含笑於九泉也

明○月○有情還顧我，清風無意不留人　徐健庵幼子冠卿駿向以是被控發見

履園叢話（舊小說己集五百一葉）

五通神　己　四百十五葉

湯文正撫江蘇，新院呼為潑水漫姑出堂（妙玉從此而創者也）舊小說己四百八十

徐健庵食量（雷琳逸事）己　四百七九

五通　觚賸第一卷（吳觚）相傳明祖定天下，大封功臣，夢兵卒千万羅拜殿前，曰我輩從陛下四方征討，雖沒于行陣，大寔多功，請加恩卹。高皇曰：汝固多人，無從稽考姓氏，但五人為伍，處處血食足矣。因命江南家立尺五小廟，俗稱為五聖祠。是以田衖蕭街，甚至樹下花間，雞塒豚圈，小有叢林，必要五聖，狀極田五聖廟，祈福無已

青必閣

由吳上方山為極淫祠，巫覡婦黨錢姓，妖詭百出，吳人惑焉，信若狂，簫鼓畫舫

實遍其相屬乎道，巫覡牲牢填委，禱祀計一日之費不下數百金

無虛日也。雖世俗以陽神溺惑淫俗，康熙乙丑，湯公朝命撫吳，有命各屬并撤

各毀其祠。江南木主之備，或畀炎火，或投濁流，五通祠遂斬焉無孑遺。

高江村　餘暇錄卷四第四葉　中南山人常言高宮詹生有異人之稟，身御威服，雖

時嘗稱曹寅為什使遺之事，終日不好，以至出入禁園，繼宮中，凡侍

從諸臣僚莫能及

湯司空　餘暇續編卷二第七葉　睢州尚書湯公以江南巡撫內召遷大司空，其

殁于京邸也，同官往視之，身臥板床，上覆藍絲衾，下著褐色布褥，旁無所遺

惟竹笥內俸銀八兩，崑山徐大司寇遺贈以二十金，乃能成殮。其清貧若此，而

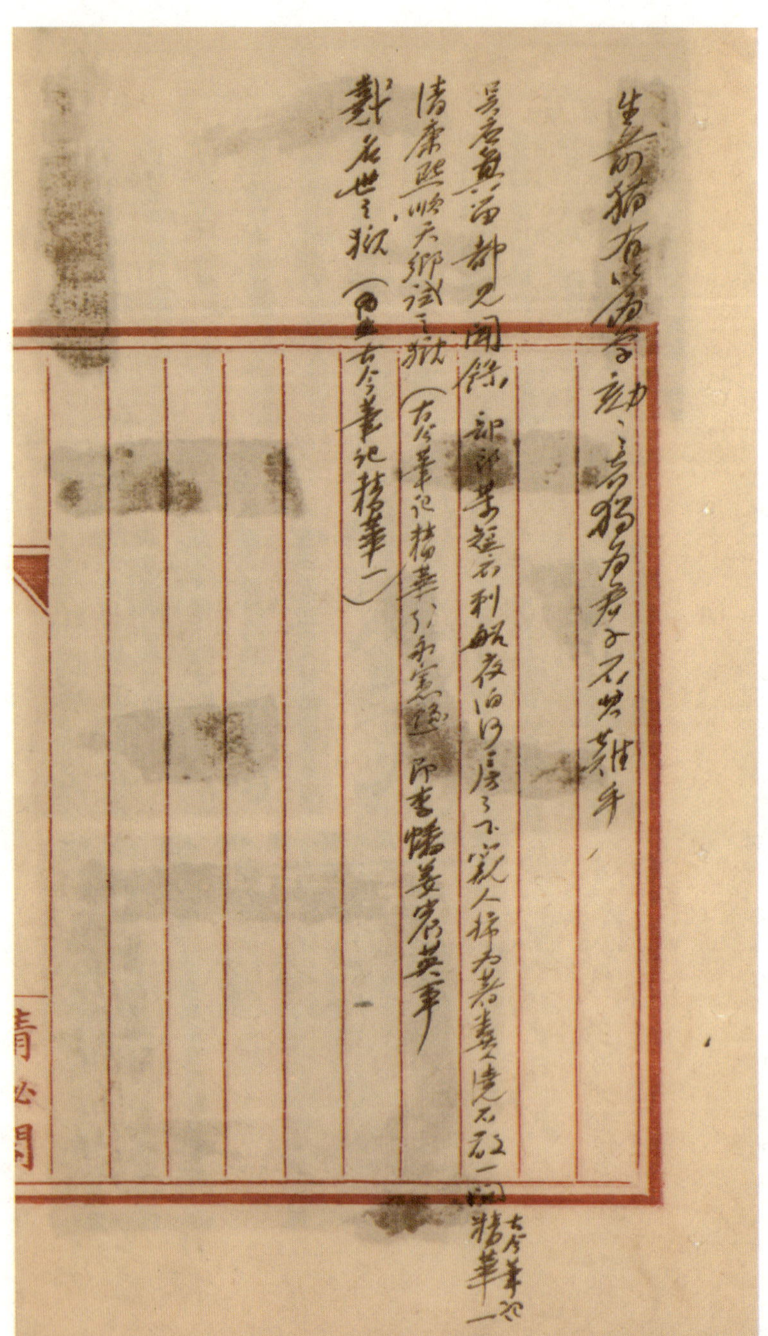
生前猶有以[illegible]，[illegible]獨爲君子所共惜乎。

吳[illegible]見聞錄，郎[illegible]疑不利，[illegible]夜泊[illegible]河[illegible]下，[illegible]人稱爲[illegible]是石[illegible]一[illegible]精華（古今筆記[illegible]一）

清康熙順天鄉試之獄（古今筆記精華，[illegible]）所書[illegible]姜宸英事

戴名世之獄（見古今筆記精華一）

述盦筆記

○朱彝尊高士奇之關係

朱彝尊以鴻材碩學入詞林玄曄相待極善賜第後載門數召見因王倫入館抄書爲掌院牛鈕所彈褫職人頗疑之不知彝尊獲咎實高士奇爲之士奇浙人頗有才初入都爲人書門帖後夤緣內監入王府掌書記一日玄曄詢王朕詩文乏人膳繕爾意中有人否王以高對此高受知之始也高銜計甚工內廷諸閹悉交納之以白衣授中書更三年照翰林院從優給奬升翰林院侍講學士旋授侍郎時彝尊以詞科二等沈淪檢討賦詠史詩有韓信噲伍之句高銜之玄曄拙於文頗好名有所作輙命彝尊進擬高知之以金賄近侍囑彝尊有所進請先與閱一日彝尊呈作由內監轉進高一閱而罷玄曄召見高謂曰朕頃作一詩因誦首句高曰臣知其次矣因誦完全篇不爽一字玄曄曰爾何知之高言昨見朱彝尊會自誦之自是玄曄銜朱因王倫之事褫職不與開復者念年

不移於之餘寶玉亦有捨善而遷還仙草者夢也還淚者夢時淚流也
但林黛玉自稱淚亦漸少者所謂老薑全無辣氣也西湖晚年自詡
瀟湘館亦指淚痕　神瑛侍者猶言寶英之侍者
寶玉不但指脂硯　亦指納蘭容若
及金桂則影余國柱　金字歎奈桂字歎柱也又維健花當時
有嚴嵩之號而國柱與之比故以嵩附之多言此之多言所著曰桂淵
集也
寶蟾則影翁叔元　寶林　翁劾湯斌而得二字而還曰詹事寶
者寶林之蟾者詹也　寶蟾爲金桂之黨以傾香菱則叔元
爲國柱之黨以傾睢州也

甲寅四月刊　[illegible]　六年十二月

◎高江村應對之便捷

高士奇性極慧仁皇屢次南巡士奇珥筆隨鑾奏對輒能稱旨意帝一日與傅相明珠及士奇同立偏殿之中帝曰今兒們像什麼明對曰三官菩薩帝聞之頗不懌士奇遽趨奏曰高明配天帝轉因之大喜蓋明珠所對語意俱俚俗無可取士奇引用成語嵌入兩人姓字極其自然而立言尤爲得體也

吳綱齋何清宗詞　六年二月曾作京報

已刻金陵[illegible]　宮闈秘事[illegible]論居姊[illegible]自白

[illegible]遣來[illegible]　（[illegible]要[illegible]女二人[illegible]

名著

一葉軒漫筆

康熙乙未開鴻博科取中召試者五十人俱令纂修明史人才稱極盛而詆者目爲野翰林且譏以詩曰自古文章推李杜而今李杜亦稀奇（李高陽相國霨杜寶坻相國立德）葉公懵懂遭龍嚇馮婦癡呆被虎欺（馮益都相國溥葉掌院學士方靄皆試官）宿構零軒衡玉賦失粘

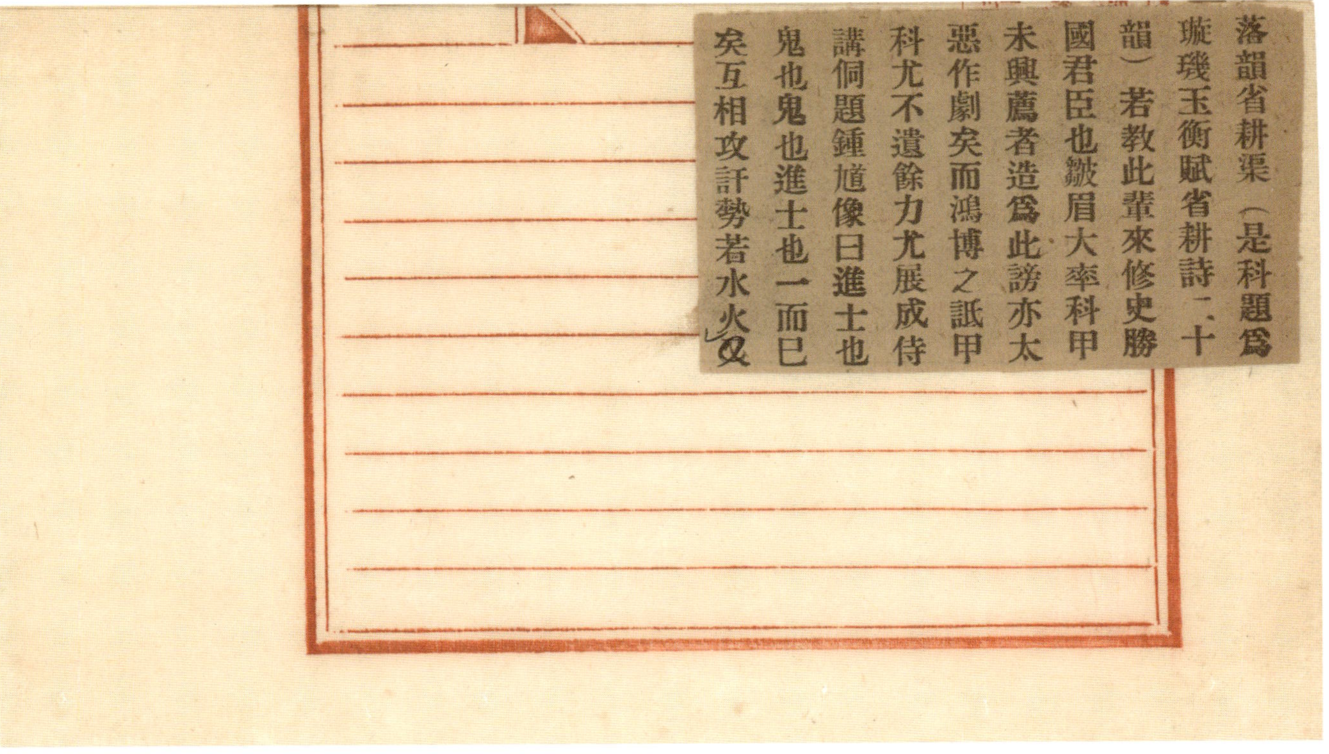

落韻省耕渠（是科題爲璇璣玉衡賦省耕詩二十韻）若教此輩來修史勝國君臣也皺眉大率科甲未興薦者造爲此謗亦太惡作劇矣而鴻博之詆甲科尤不遺餘力尤展成侍講侗題鍾馗像曰進士也鬼也鬼也進士也一而已矣互相攻訐勢若水火又

石頭記跡法吴編（四）

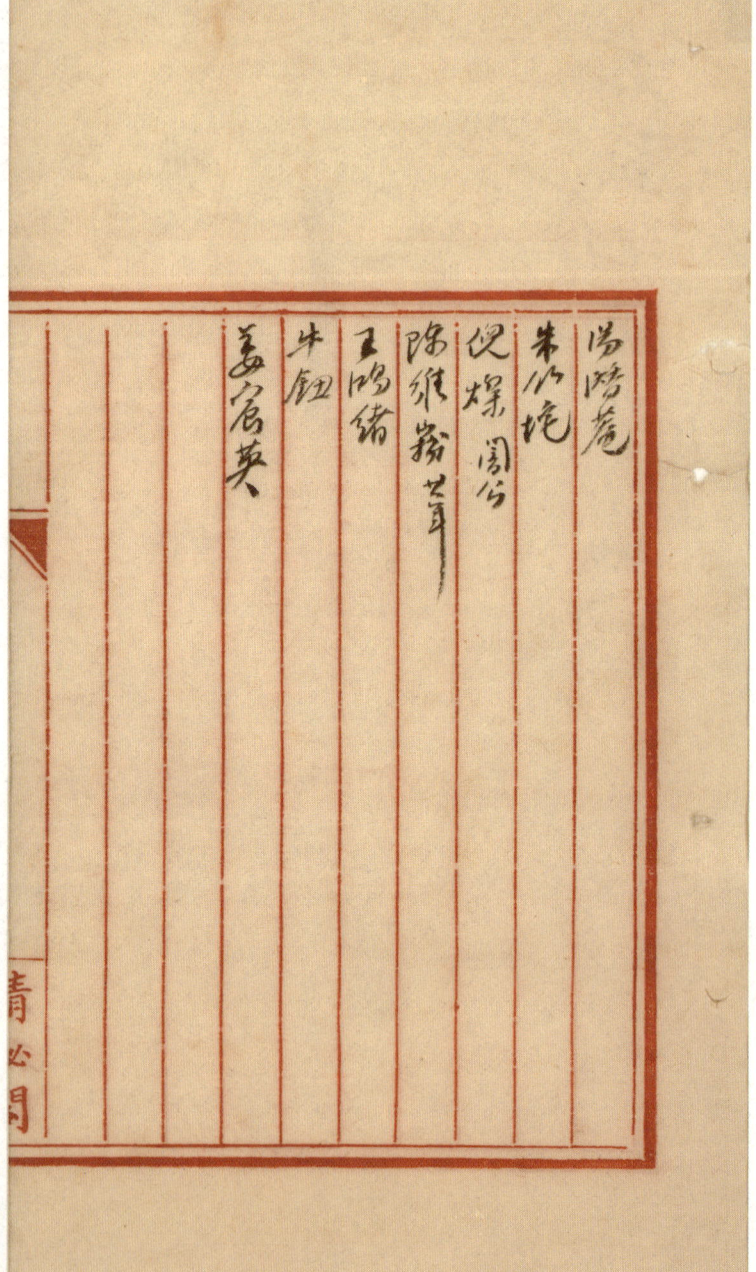

湯潛庵
朱竹垞
倪燦 闇公
陳維崧 廿年
王鴻緒
牛鈕
姜宸英

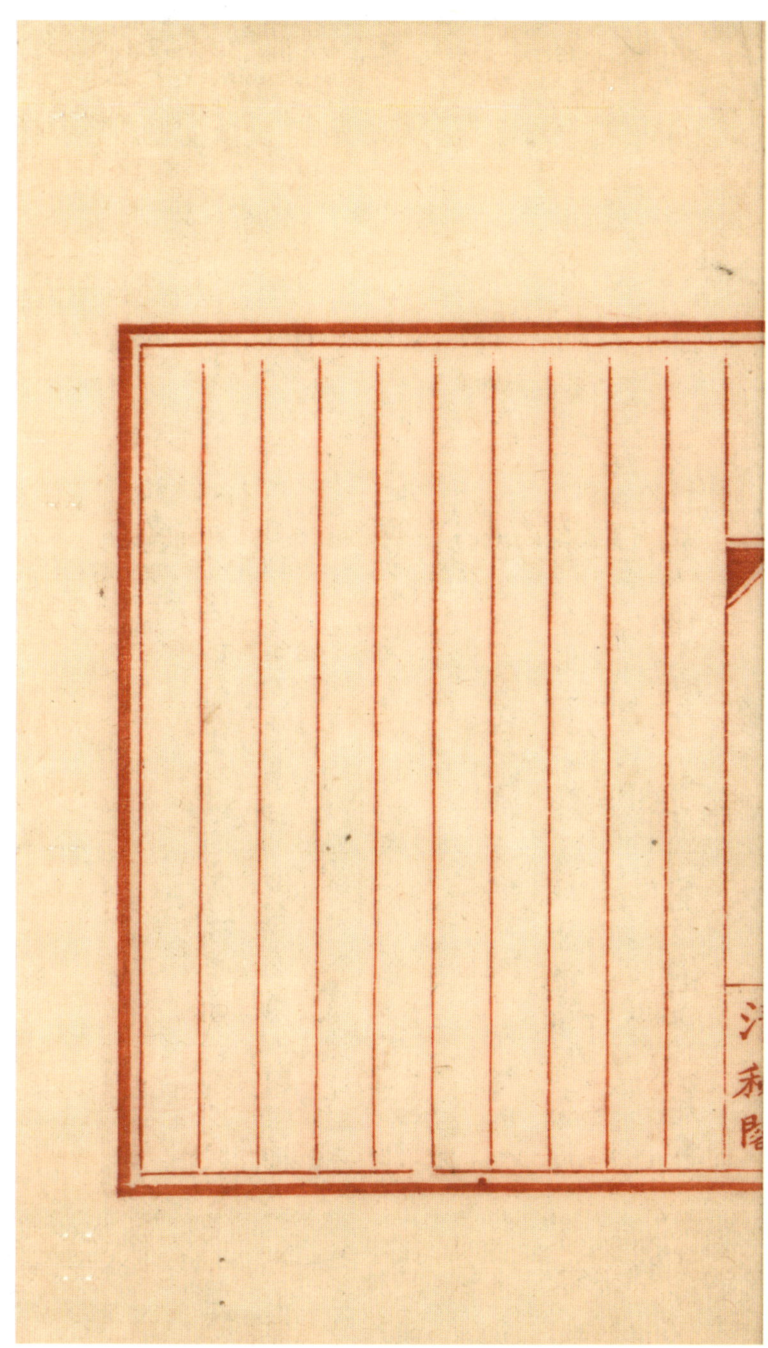

以上見趙翼簷曝雜記

李太虛戲本

李太虛南昌人吳梅村座師也明崇禎中為列卿國變不死降李自成　本朝定鼎後乃脫歸有舉人徐巨源者其年家子也嘗訊笑之一日視太虛疾太虛自言病將不起巨源曰公壽正長必不死詰之則曰甲申乙酉不死則更無死期以是知公之壽未艾也太虛怒然無如何巨源又撰一劇演太虛及龔芝麓降賊後聞　本朝兵入急逃而南至杭州為追兵所躡匿於岳墳鐵鑄秦檜夫人跨下值夫人方月事追兵過而出兩人頭皆血污此劇已演於民間稍稍聞於太虛適芝麓以上林苑監

適官廣东過南昌亦聞此事乃与太虛密召歌伶夜半演而觀之至兩人出胯下時血淋漓滿頭面不覺相顧大哭謂名節掃地至此矣復何言然吾輩受辱至此必殺以洩忿乃使人俟巨源於逆旅刺殺之此予得之於蔣心餘編修

徐健菴

先筆常言徐健菴乾學在康熙中以文學受知方其盛時權勢奔走天下務以獎拔寒畯籠絡人才為邀名計故時譽翕然歸之其所居繩匠衚衕後生之欲求進者必僦屋於旁俟其五更入朝輒朗誦詩文使聞之如是數日徐必遣人物色有所長輒為延譽當時繩匠衚衕宅子僦價輒倍他處所甄拔初不以賄惟視其才之高下定差等相傳鄉會試之年諸名士先於郊外自擬名次及榜出果不爽況必親自主試也徐方主持風氣登高而呼嚮文者類多不從而附之以是遊其門者無不得科第有翰林

楊某等其中表七八月初遇徐於行徐詢欲主順天鄉試否楊謂幸甚徐曰有名士數人不可失也及夕列小紅封送一名單至計榜額已滿詰朝主試命下矣楊不得已與許同考官如其數取之榜發而京師大譁揑名帖遍衢市

聖祖聞之降旨親審楊窘甚求救於徐徐謂毋恐姑晚飯去翼日有稱賀者

上前等謂國初以美官授漢兒漢兒且不肯受今漢兒營求科目足覘人心歸附可爲有道之慶

聖祖默然遂置不問蓋即徐令人傳達此語也嘗有人

日具名紙謁其家門必餽司閽者十金而不求見但懷以名達徐而已閽人怪之密以白徐徐令留見之其人故作踧踖狀謂吾誠意尚未到不敢求見也强之而後入徐詢曰足下有何鬱鬱未振手曰無有也然則何為逡巡不敢言固詢之始以情告欲得來科狀元耳徐曰已有人可思其次其人謂他非所望寧再遲一科徐許之然徐不久辭歸其人竟不第

清祕閣

高士奇

高江村士奇康熙中直南書房最蒙
聖祖知眷時尚未設軍機處凡撰述 諭旨多屬南
書房諸臣非特供奉書畫賡和詩句而已地既親切權
勢日益崇相傳江村初入都自肩襆被進彰義門後
為明相國家司閽者課子一日相國急欲作書數函倉卒
無人司閽以江村對即呼入援筆立就相國大喜遂屬掌
書記後入翰林直南書房皆明公力也江村才本絶人
既居勢要家日富凡結近侍探
上起居報一事酬以金豆一顆每入直金豆滿荷囊日

暮率傾囊而出以是宮廷事皆得聞或覘知
上方閱某書即抽某書翻閱偶 天語垂問輒能对
大意以是
聖祖益爱赏之初因明公進至是明公轉須向江村
訪消息每归第則九卿肩輿候伺其巷皆满明公
亦在焉江村直入门若为弗知也每家皆使傔從探盥
面矣晚飯矣少頃則侍呼延明相國入必語良久始
出其餘大臣或延一二入晤不能遍則令家奴出告曰
日暮不能見請俟異日也諸肩輿始散明日伺于巷
者復然以是声势赫奕忌者亦益多江村率以五鼓入

清秘閣

矧玉音眷指出蓋一刻不敢離左右矣或召諸之前
謂士奇肩襆被入都今但詢其家貲若干即可得
其招權納賄狀
聖祖一日詢之江村以實對語皆稱許臣以臣蒙
主眷故有餽遺絲毫皆恩遇中來也
聖祖笑頷之後以忌者眾令致仕歸以全始終猶令攜
書編纂以榮其行可謂極文人之遭際矣

鐘表

自鳴鐘時辰表皆來自西洋鐘能按時自鳴表則有針隨晷刻指十二時皆絕技也今欽天監中占星及定憲書多用西洋人蓋其推算比中國舊法較密云洪荒以來在璿璣齊七政幾經神聖始洩天地之秘西洋遠在十萬里外乃其法更勝可知天地之大到處皆有開創之聖固不僅羲軒巢燧而已也鐘表亦須常修理否則其中金綫或有緩急輒少差故朝臣之有鐘表者轉悞期會而不悞者皆無鐘表者也傅文忠公家在所有鐘表甚至傔從無不各懸一表于身可互相印證宜其不爽

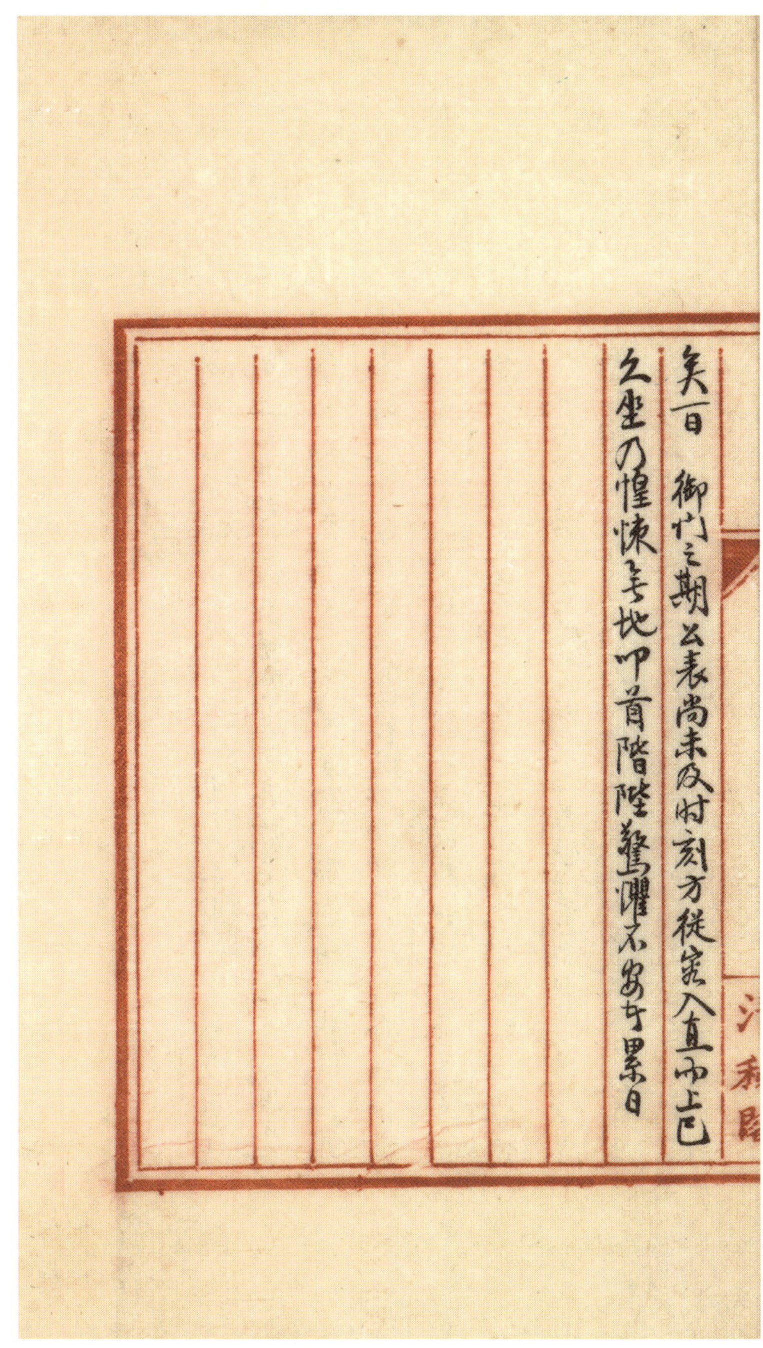

矣自　御門之期公表尚未及時刻方從家入直而上已
久坐乃惶悚無地叩首階陛驚懼不安者累日

邊郡風俗

粵西土民及滇黔苗猓風俗大概皆淳樸惟男女之事不甚有別每春月趁墟唱歌男女各坐一边其歌皆男女相悅之詞其不合者亦有歌拒之如你爱我之不爱你之[illegible]類若兩相悅則歌畢輒攜手就酒棚並坐而飲彼此各贈物以定情訂期相會甚有酒後即潛入山洞中相昵者其視野田草露之事不過如內地人看戲賭錢之類尤異事也當墟場唱歌時諸婦女雜坐凡遊客素不相識者皆可與之嘲弄甚而相偎抱亦所不禁并有夫妻同在墟場者見其妻為人所調笑不嗔而反喜者謂妻美能使人悅也否則或归而相詬焉凡男女私相結謂

之拜同年又謂之做後生多在未嫁娶以前謂嫁娶生子則須作苦成家不可復為此嬉戲是以其依成婚雖早並初婚時夫妻例不同宿婚夕其女即拜一鄰嫗為乾娘與之同寢三日內為翁姑挑水數擔即歸母家其後雖時至夫家仍不同寢恐生子則不能做後生也大抵念四五歲以前皆係做後生之時女既出拜男同年男亦出拜女同年至念四五以後則嬉遊之性已退頓成家室於是夫妻始同處以故恩意多不篤偶因反目輒至離異皆由於年少不即成婚之故也余在鎮安欲革此俗下令凡婚者不許異寢鎮民聞之皆笑以為此乃非太守所當與聞也近城之民頗有遵者遠鄉仍復如

故云

予告光祿大夫王公熙行狀

公諱熙字子雍一字胥庭號慕齋先世居代郡自高祖贈宮保公諱誠者來京師始著籍宛平詳文正貞公狀中公生而穎異五六歲聞即能誦孝經學庸兩論文貞公時為講解有疑即問輒驚人未歲為諸生順治丙戌舉京兆試明年成進士選授國史院庶吉士習滿書己丑授國史院檢討壬辰分校會試癸巳 御試滿書拔前列蓋公天資高所譯經書能會入微為一時冠 世祖召見宏文院命以滿漢奏對大加褒賞隨陞國子監司業後 諭閣臣曰熙既為司業其學於滿書可傳諭熙亦給馬匹同署問答皆

以滿語分合間斷並無自是 上嘉用之意甚美又 賜滿文法式
旋翻三國志二書八月轉左春坊左中允充順治大訓纂修官甲
午 命譯書經並為滿學士講解本章秋陞日講官洗馬冬
十月 召入南苑譯勸善書及大學衍義一月 世祖擇五直廬
閱公所譯書嘉諭閱之稱善久之遂令長直南苑乙未遷職
賜典御馬並科飯具之庶吉士 特命公引見南苑五月陞右春坊
右諭德充孝經衍義纂修官丙申始甚擇日講官公參列名特蒙
擢用 御試滿書後第一賜御服貂裘秋陞右春坊右庶子冬十
月 世祖幸景山臻祿閣召日講官五人進講公講書堯典稱
旨命每日進講文 諭翻經講從名必立講並傳世可法奉有

寫未即隨而必請旨，旨諭二月陞弘文院侍講學士，充經筵講官。七月陞弘文院學士，時文貞公位國史院學士，世祖諭曰：父子同官，古今所少，以示誠恤，特加此恩。戊戌，殿試讀卷官。秋，主武會試。十月授翰林院掌院學士，兼禮部侍郎。己亥十月，復奉旨教習戊戌、己亥兩科庶吉士。庚子十月，以學士三年考滿，加禮部尚書銜。時文貞公已長禮部，父子同部，尚書海内榮之，以為國家异數。王氏盛事，朕近數百年所未有也。辛丑，世祖不豫，自元旦至五，公奉召入詣御榻前面奉天語，密有奏對。初六日漏三下，召入養心殿諭曰：朕勢將不起，爾可詳聽朕言，速撰詔書。公閱伏飲泣，筆不能下。世祖諭：抑悲痛即於榻前起草。公拭淚啟奏先成第一條

以遺詔　恐過勞奏移乾清門下西圍屏內撰擬凡三次進覽皆即報可日入始繕稿而　世祖竟於是夕上賓公哀慟欲絕感慕終身始公長直南苑　駕出必從之必蒙召問又每日進講嘉謨嘉猷入告者必多所陳而內相而出於淵默渥凡之辰大漸弗悟興之念上定　詔草猶虔之朝夕左右之儒臣度必有決大策定大議者而公出一語以語子弟世無遺葉得而傳其後見度量有古大臣之所難而能如張子房之不言溫室樹也以習日閣內閣擬尊謚又同撰　今上皇帝即位年號　又為輔政大臣撰誓文四月改授弘文院學士兼禮部尚書十二月以禮部尚書兼左侍郎事丙午陞都察院左都御史公夙秉振肅風紀慷慨任事知

臣所言首條養兵裁餉之議，其略曰：今直省錢糧以十分計之，大半耗於兵餉，而餉之多者，又莫如雲貴閩廣等省。即就雲貴二省言之，彼地之賦稅曾不足兵餉十分之一，而藩下官兵歲需俸餉二百餘萬，非所以經久之謀。臣愚以藩下甲兵家口食餉原有定額，在朝廷計口授餐，所費亦已不少，而甲兵家口當有多寡，或尚未能周給。請敕該王就甲兵家口中，强壯餘丁多寡，或令於省城就近之地屯種，或分布於附近之府州縣屯種，漸減計口授餐之費，亦裁餉之一策。又請禁官員貿易之害，以利民生，大指謂近閩廣江西湖廣等省官員多自置貨物售之，厲虐兵民，甚者指稱藩下挾勢横行，假借營兵放債取利，至於省會要區百貨叢集

請其資本俱係富商巨賈小民從何謀利於 敕下該部
詳議自今以後凡閩廣江楚等省王公將軍督撫提鎮不許
持己資貿易與民爭利或指稱藩下官員所管皆不能覺察
及已發覺而徇情隱匿不以實奏者嚴定處分條例通行申
飭又疏請停現任官員捐助之例謂捐助一項在本地紳
衿富民可云取之私家並無損於地方若官員捐則千金數
百金多則千兩數百兩不知何從得之而通之設法捐輸此設
法之中更有不可究詰者或設處出己資或挪撥私囊而充國
用者未必比比而其大半展轉相尋出自百姓實也況中間浮張
鋪敘捏少為多是又徒有捐助之虛名更屬無益近者劉

項捐納雖停而修城備賑及修造軍器等項仍有紀錄之
例如遇降罰亦得抵銷總知所以飭勵廉隅照垂諸實祈
敕下部詳議凡係地方現任文武官員捐助則例、概停止
又疏請改捐民授官之例近例捐民百家優授即具夫具令
牟役百里接壤需民關係亟輕倘有不肖之輩授以無藤則
百姓之累無窮況捐民百家送至京城往來之費亦數千金
而且不惜數千金而得其具令則借資易市其心無知殘希
圖謀利其一邑之民安免又安知其畏以為劍伐捐民百家之
人應給與閒散官名色頂帶牌匾旌獎、勿授以理民之職
作又請停認工贖罪之例現今流徙寧古塔尚陽堡犯人認

工釋罷令其修蓋城樓部院衙門此等犯人流徙之時
家產已盡公籍沒入官既認造此數萬金城樓之工作陷
抑而得不還借認之名指稱奉　旨敢回視原籍猶多從之
家挨詐逼勒之不從與動稱違誤　欽工之與地方官追取
良民受害而奸惡之人得歸家從其惡不知畏忌此例無底
停止公所上疏其言嘗務於發萌正明方持大傳大指歸於
培養斯民與奏之之篇　振當時嘗不稱善下部議或行或格
而公疏要為不可易此時　上初親政宵旰求治會天旱
星晝見　兩令各部院以例繁滋擾事多錯謬上干天
和令更改從前過失公上疏請改復　世祖章皇帝嘉

章以昭政典。臣伏念 先帝御極有年，夙夜勤圖治，各部
院應行事宜，皆經宸衷詳定，盡善無遺。茲者數年以來，有
因言官條奏改易者，有因各部院題請更張者，有會議並革
者，法紀屢變，則例繁多，及頒示衙門，任意輕重，乘機作
弊之端。自古聖賢之君，莫不以敬天法祖為務。恭惟 皇上嘗勵
精圖治之日，法 祖即所以敬 天。臣請 敕下部院各
衙門，將見行事例逐一詳查，有應仍遵 世祖皇帝時典
制者，開列具題，改正施行。即此年以來，因時定例，實有便於
今日國計民生者，亦須詳察始末，條晰所以立說之故，具陳
統候 睿裁，定奪畫一，永遠遵。上覽疏深嘉歎，即行各

青必閣

部院確議行之　世祖皇帝時舊章次第議復中外稱便云公在其位二十有一月所建白甚衆其懲貪官僞冒處嚴獄庶寮侵蝕裁冗員疏錢法課農桑學校疏皆鑿鑿可施行於文多不具載戊申七月陞工部尚書監修各宮殿大工畢恩賜有加兩級　孝陵大工告竣從耕耤田癸丑五月轉兵部尚書十二月同議撤三藩事十二月聞吳逆之叛即赴　内廷集議至漏下四鼓始歸甲寅三月密疏請亟正叛子之誅并清除黨羽以安人心絶禍本其略曰逆賊三桂負恩反叛肆虐滇黔遠流蜀楚散佈偽劄煽惑人心今大兵已抵荊南剋期進剿元惡授首在指日間獨

是報子吳應熊青滇黔位党羽索手擅利殺財黨羨
亡命依附之輩寔繁有徒今既被羈守於彼西賴蔓
引依連但傳之日久生豈肯甘心就死即如積之流言訛
傳不必好謀百出未易周防大寇在外大惡在內不早為
果斷殆禍匪輕且大逆不道不服誅之自昇當斬之
構逆之數　之今吾學閱討平之後齊漢當與奠而首
惡無可赦應熊之當誅戮無待再計而決者亦有庸
縟其斧鑕而以安天下之心哉茲今之計惟速將應熊
正法傳旨湖南四川諸處老賊聞之必且退走意亂氣
沮被皆群賊聞之內失所據自然離伴即兵至可望聞

青松閣

之公義所激勇氣百倍吳應熊與親隨人等挐吳三桂之中
並成兵變同黨禁刑部者不下五六百人夫人家則雖防附
久則易疏違　數法司訊別情罪重者立決次者分給
八旗消除內變之根源掃蕩逆藩之隱禍　上命議
政王貝勒大臣九卿科道會議應熊與其等伏法將三桂渠
籍其子孫內應及書朝聞是夜京師內外所在失火大哄
有偽朱三太子之獄捕挐百千人按治詭為之名皆集
黨為之而三桂猖獗所及兩廣秦隴東南江浙自號角
雖已成朝廷必不殺其子以為招撫書多婉語　上初意
已得其奸特以尚主而不忍及應熊誅三桂驚悸殊不

意岸軍機奚意以患毒發病死人皆駭公之解秘大義
云乙卯冬恭遇冊立 皇太子充捧冊副使丙辰奉 諭
遣發密奏前此漢臣不與聞兵機蓋異數也戊午冬屆文貞公
憂服闋而出壬戌五月 特授保和殿大學士兼禮部尚書時
黔南甫平海内苦兵革久民願休息公爲相務以和平寬大
宣 上德意以培養元元不默務更多事以傷清靜寧一
之治以故奉法循紀不敢失尺寸其有當改革者必熟籌人
情公論之同然直言於 上前無隱而一不以己與其不沽譽不
市恩不立黨惟中立以敬謹自持性無鉗忌能容衆尤樂
獎進人才賓禮後進往往公在 先朝内直中外咸知之自

同列大臣以暨詞館諸曹亦無不知公之居中用事者昔
高令公在中書領著作寬中宏量時有陰德楊侍
郎在帝左右十餘年不泄人一密事公又似之及居相
位風度猶在也公能持大体有遠慮英弟學士攝平定
三邊方略失 上指一日 上諭閣臣曰當三桂初反時
漢官有言不必發兵者今日有苗根老又其時漢官盡移其
妻子回家何也即顧英曰汝爲朕載之英退而皇恐語公
曰當奈何公應曰待傳旨之東市君乃載耳公夫言於閣中
曰有苗根乃倡議時魏蔚州語告者截去首尾遂失
其本意然亦如其言豈不是誤國漢官移故有之云云

有罪者日久何從分別豈不是背主漢官負此兩大罪乎
名諸何面顏立於朝也乎因語大學士明公章明為我執
奏之眾皆入見明公為 上言略引其端公即繼之懇懇如開
中語 上微笑曰朕固知此兩事截不得如事蓋適寢公文嘗
語諸學士吾嘗從 駕樹園 世祖問我我以二子對蒙
賜名曰善曰勤曰善解文我不令之與試不能者當丁酉
時氣不免作高鄭公美吾又屬辭典會試師生諸習久矣
忘之可不慎乎一日 上臨朝極言漢官門生座師市恩交
通之弊公言臣不曾為主考僅分房分校得士二十餘
人今在朝者惟金鋐張可前二人有弊無弊難逃

垂照潤色　上意甚歡英以學士隨公先後四年見公在
上前或危論或微言幸能動　上聽大抵謹身於寡
過而值機以為人其事不可傳敘也自少能文章絕在閣
中不多草　諸美能為而不能為以讓之同列而詩歌
賦頌不得已間進一二輒工則奏曰實代作非老臣所及也
不敢先詞館諸臣也　上於閣臣中眷禮常獨異朝坐
列左翼第七後列第三與宴常以漢大臣二人亢獻爵皆
秉迴有徵疾遺醫相繼　命乘肩輿累賜表裏珍
味　太皇太后喪　京師及擬謚號冊文皆公草
也戊辰會試公復辭避不列名　上特命為之考官常

從游瀛臺暢春園玉泉山禁中佩文式古淵鑒齋閬
風臺瑞景軒翠華館諸勝每于歷而四時花卉碧桃
牡丹千葉蓮夜之屬頗與遊賞諸同官多不與　賜席
寵賚遍命內務府製給之　賜曲江風度匾一方
御書卷扇對聯法帖甚多然公寵愈加而氣愈勝
畏慎愈篤而益歉然自下求退之懷固未嘗一日釋也
嘗密年中以足疾疏請解任　諭旨曰卿効力年久
自　世祖章皇帝時簡侍禁近恪恭盡職朕屢加
擢用洊進綸扉夙夜殫心勤勞自勵今　先帝舊
臣俱已凋謝惟卿獨在班列朕眷倚良殷雖精力就

衰而老成練達之臣，常侍左右，殊有裨益，着勉自調攝，照舊供職可也。求罷乙亥夏復請告，溫旨慰留如初。丁丑以年七十引年以請，復奉有宣力西朝久贊機務，着俟方殷可也引年之旨。己卯冬擬再請，上先諭閣臣戢來章當過又果。明年夏復請，上仍降旨慰留，不忍其去也。辛巳七月疾忽大作，大學士伊公以狀奏聞行在，上命賜賫藏上藥，服之病少間。九月復具疏患甚請，始奉 命旨：卿耆舊大臣，恪慎敏練，簡任機務，宣力年久，覽奏以患病乞休，情詞懇切，准以原官致仕。值上疏謝恩，得 旨報聞，特加少傅並

太子太傅先是　太祖實錄成加太子太傅至是遣廿
傳　上特以榮公之去往者致事諸大臣無一有如是年
冬十月　遣侍衛賜御膳上珍明年上元節　賜藏於
家四月　遣侍衛至公揚薦恭捧　手諭手書一道諭
大學士王熙卿耆年舊德歷宦最久自去官告病在家
朕無日不注念老臣如卿遠來九卿皆求匾額字對想卿身
雖在告心未嘗一日不在朝中故特書匾一面對一聯賜常
書一幅賜卿卿其勉強餐食輔以醫藥以慰朕不忘舊
臣之至意　上又念公病不能與侍諭勿謝公爾休戚
諭命子克昌孫景曾隨侍衛詣暢春園叩頭謝恩後

侍衛如病少愈朕當親見 故公遺疏謝恩有冀生
病之再甦許瞻天之有日頃 君恩以冬病漸篤今
歲未上元節後 賜宴於家公榮 君之賜强起猶進
一箸閱四日疾忽作藥劑方不效至二十七日而薨
上聞震悼遣侍衛奠酒茶及滿弁命錄諸子弟姪名
歲以來三月厶厶日 上特命皇長子直郡王偕滿大學士
及禁近諸貴臣至公喪前命王行三叩禮舉哀諸大臣等
同跪舉哀道路擁觀父老多泣下蓋 上之加恩不特以
禮始終有隆古昔數之所未及者實維 先帝懸遺之
一老今惜已彫謝無從追遺寵而卿舊勞以至斯想近

讀文中語云　上已告公於先帝矣以故自漢大學士九卿詹事及百執事之長無不欽慕感動合詞為公請恩寵惟王氏一門如常之寵光而且耀史冊無不推述當世重遇逢之極盛無以異越於上無容別致內閣以易名之典請　上親定謚曰文靖亦象公惟肖云公內行完備十二歲母覺羅夫人病篤焚香減算以益母壽禱於天者四晝夜母殁哀號幾絕數次以是出血升餘文貞抱置懷中食頃始甦侍文貞公時事無鉅細必稟命遵先世諱日文貞公必集子姓齋宿外寢公率先致敬文貞公立家廟三楹公拓地而丹雘焉歲時饗備執事有

恪公以文貞公好游賞，常徧歷西山諸勝，路勞於登涉，乃構怡園於宅之西偏，亭臺花木，崇加葺治。文貞公頤而樂之。及侍疾，奉湯藥，不敢須臾離左右。文貞公捐館舍，號泣如孺子，哀毀，事盡禮，感慕老終身，額書屋曰慕齋，明志也。伯姊父之人，公皆恤其子孫。公兄弟六人，友愛備至，倍至丁丞若逝，恩諭例送子入監讀書。公推以與其三弟今布政公，後戊申文瀾送其四弟照入監。諸弟歷官四方，時時手書勞若如面，勖以服官持己之大義。中丞公藏書遺佚，默中尤顧其畫方紙祿以忘其窮，而亦常以不易得見為戚戚。其布政公之自來集還遠此以公病久別陳情上請暫歸侯起居 上命速赴京師且傳 旨慰問公兩季弟默備江甯者亦適至老年兄弟病中相聚且喜且悲也此別去而公病益篤矣內外姻戚之不給者助之如不及常其贍其族宦或延師以訓其子弟之京師者學育嬰堂月有施予貧無告者生則衣之殁則櫬之八里莊摩訶菴公少從文貞公讀書處也必一再至於寺僧有加禮西山之香山碧雲退谷法海春秋佳日必與舊遊招邀過從襄田歡賞新進寒素亦樂與忘年常同嘉會栽芍藥數百畦於遂之東臺小築其旁花開時往游者往來如織主人亦不

青松閣

將業也自少天才敏捷又得過庭指授然雅不欲以文學
炫長所著有寶翰堂集第輒以示人又有未刻者數卷
藏於家經書多默誦暗記然常與諸未讀書即二氏
之學亦多參悟而絕口不談此公之殁也距其生明崇禎
元年戊辰七月八日年七十有六元配金夫人知府諱顯名
女劉夫人上林院監丞諱可敬女俱贈一品夫人董夫人都
司諱正義女封一品夫人側室朱氏封宜人側室李氏柳氏
閻氏劉氏張氏郭氏子六人克善蔭生歷任雲南驛鹽
道僉事出朱宜人次克勤蔭生出劉次克昌蔭生
刑部河南司郎中加七級出董夫人而乳哺如其出者劉

姬允宗字貢生候選主事姬柳允承姬郭允厚姬陸
俱幼女十人一適廩生章維貞三俱未婚卒一適廩
生河南按察使胡介祉俱董夫人出一適衍聖公子孔
傳鐸姬劉一適太學生顧寓綿姬季一許字監生閻
紱璽姬閻所俱幼孫五人景曾己卯舉人庚辰進士翰林
院庶吉士允善出纘曾監貢生候選主事在[illegible]曾式
曾則曾俱允昌出允昌等將卜葬公於西城關外畏吾
村之祖塋而先期屬英為狀英於公為門下士不敢辭
按狀古者以上之太常考功而今則為 國史之據依
尤不敢不謹輒撰次所及見聞者爲敘述寧闕其所

未知者畢敘漏以待他日史氏之採擇謹狀

（又）光祿大夫文靖王公墓誌銘

宛平王公在政府二十年而予告又二年而薨於里第時車駕方南巡聞訃震悼命賜卹如制及還京 諭皇長子直郡王掌院學士馬公偕禁近諸臣臨公喪具奏 諭旨王於三叩禮哀奠跽而循常於蓋自四十餘年以來 世祖章皇帝舊臣先後徂謝惟魁碩遺公之惡 皇帝篤念老成者惟故恩禮獨厚於是手書偕內侍奠及九卿大僚名詞陳謝時在廷諸臣及閭巷聚觀者無不歔欷感頌至於泣下此閱中擬諡上請

特予文靖謚法寬樂令終曰靖本朝未有謚者字
語巖公惟育吴公紬顥異成童時即舉四書考經疑
義質問於塾師年十九舉順治三年丙戌鄉試明
年成進士改庶吉士授檢討翰林官兼習滿書者多
不能精詣奧窔公天資高邁年而學成世祖廣試
稱賞陞國子監司業未幾進左春坊中允纂修順治
大訓十年進司經局洗馬召入南苑校譯大學衍義及功
善書十二年進右春坊諭德明年補　講筵起居注日講
官進左庶子命每日直講幄坐十四年春進宏文院侍講
學士充經筵講官七月進學士時文貞公方任國史院學

士 世祖諭曰父子同官古今所少以爾職恪特加此恩
明年主試武會試調翰林院掌院學士兼禮部侍郎
十六年教習戊戌己亥兩科庶吉士十七年考滿加禮部
尚書文貞公方長禮部父子同部尚書海内以為榮
十八年春 世祖不豫公日侍安於 御榻前承旨
涵三下 召入養心殿諭曰朕勢將不起爾可詳聽朕命
撰詔書公俯伏飲泣筆不能下 世祖屏抑悲痛即榻
前起草公拭淚詳書第一條進呈 重形畧勞奏於
乾清門外撰擬凡三次進呈至祈日薄暮纔畢而
世祖即以是夜上賓公偕顧命諸大臣入哭哀痛幾絕

至於面奉溫凡之言有事關國家大計與諸大臣再
三密議而後決者公終身不以語人雖子弟莫得而
傳也十二月以尚書管禮部右侍郎事康熙五年
擢都察院左都御史公侃侃岸驗知無不言是時
一歲賦入半耗於兵餉而雲貴閩廣三藩所縻之地尤
甚公首陳裁兵節餉之議謂滇黔業已蕩平兵額
急宜沈減語下廷臣議省額餉一百餘萬又言江楚
諸路王公將軍提鎮自置官商漁奪民利宜嚴
飭禁革督吏指稱名色私索賣取自民間宜一切
報罷指民百家借援具令不肖奸人往往借費為

青
必
閣

帝宣一段經敬謹凡所條上皆深得治體念天旱
全賴盡見公言　先帝御極有年諸事綜務皆
經斯已著數年以來變易國憲者多矣法屬
變例嬰嬰者云　皇上蠲勤精圖治之始法　祖所
以敬之　天語敕各衙門詳察見行事例有與變法
而滯礙者悉遵舊制更正於是改復數十事中
外稱便七年遷工部尚書兼理宮殿大工屢著勞
績十二年轉兵部尚書是年夏議撤三藩十二月吳
三桂反於滇南日赴內廷議用兵機宜十三年三月
奏疏請誅逆子應熊言逆賊三桂負　國深恩

肆虐滇黔，流毒楚蜀，散布滋蔓，僞劉擁衆人心。今大兵已抵荊南，元惡旦夕授首，獨是逆子應熊素憑勢位，黨與衆多，擅利散財，蓄養亡命，應熊類依附實繁有徒。應熊既被羈守，而流言繁興，訛傳不已，奸謀百出，未易周防，大寇在外，大患在內。前若早斷，恐滋訛惑，請速正法，傳首湖南，所以寒老賊之膽，以絕羣奸之望，以激厲三軍之心。章下議政王貝勒大臣九卿科道會議，應熊旋伏法。方滇黔之禍告發也，一夕京城內外所在火起，尋有僞朱三太子之獄，捕繫數百人，探訪所得主名，皆應熊

及其奸黨也之三桂自恃鴟張之勢又以其子[illegible]方
尚主朝廷必不殺以安之及應熊誅三桂驚悸發
疾竟以是死人皆韙公之能燭大義云十七年居文
貞公憂二十年服闋是年冬雲南平明年五
月即家授保和殿大學士兼禮部尚書於是逆氛
靖民生甫蘇兵革公與勒公明公及李文勤公
同在政府務以和平寬大布 上德意罷權宜之令
停加徵之額蠲逋張書次第興革有應奏請
舉行者累累條於 上前無隱時玉書為學士親奉
公教者一年至二十九年公與伊文端阿文清及眞

定梁公在閣，玉書以後進入贊樞務，朝夕追從後八年有餘，中間合肥李文定公共事二載，一堂同事，應商確至心於衷，始終無一疾言忤色，有如老人所之推重，子老故以玉書之譾陋亦幸獲無過愆。教公立朝本末，不沽名，不市恩，不植黨援，不持意見，更事熟，則於四方得失利病無不周知，歷諸曹久，則於國家典制沿革無不洞悉，每論事，闡述指畫，可為具有經緯，閱者咸歎，實欽服。公博覽強記，於盡二十一史，能通事要，述大義，而絕不以詼諧自矜擬，擬文字屬同僚，具其稿，並定一二字，深中事理，詩法

清秘閣

麗正門事蒙溥闡明理學而亦不拘執于二氏之教其遺
旨益深且遠矣公素引嫌不與試事戊辰會試
特命爲正考官取范忠洊等百餘人甚愜人望
其他大典禮如耕耤大閱冊立　東宮陪祀闕里大
制作如纂修　玉牒　實錄　典訓　方略一統志
監修　國史明史公無一不與而自元多借備其舊
臣直齋　御前侍宴殿內俱出自　特恩至暢春
園靜明園賞花泛舟賜游賜食到玉書皆得隨公
之後叨逢國事者近三十年公以無疾請告　溫旨挽
留曰卿勤力年久自　世祖章皇帝時簡侍禁近恪

恭慎。朕屢加擢用，洊至綸扉，夙夜殫心，勤勞自
勵。今 先帝舊臣俱已凋謝，惟卿猶在班列，雖精力
就衰，而老成練達之臣，常侍左右，殊有裨益。著勉
自調攝，以舊供職，不必求罷。嗣後章三上，俱 慰留
如初。五十年夏，疾大作， 上於行在賜寶露禁藥。
九月又申前請，乃許致仕。比奏謝， 特加少傅。是冬
遣侍衛賚賜帑幣上珍。明年上元節，賜讌於家。
四月，遣侍衛持 手諭一道，賜於榻前，諭曰：卿耆
年舊德，歷官最久，自去年告病在家，朕無日不注
念。去冬已遣來九卿所求匾額字對，期卿身雖在

其心未嘗一時不在朝中，故特書遣之面對。朕臨米芾書書幅賜卿，卿其勉强餐食，輔以醫藥，以慰朕不忘舊臣至意。仍傳諭病少愈，朕尚欲一見。於公謝疏言：冀臣病之有甦，許瞻天之有日。紀重恩必當復頒賚　宸翰十餘幅、賜書類三一席，寵異之曲江風度一卷。年舊臘[illegible]逢四十二年上元節後，賜還於家。公猶强起，遂之。第越四日，疾忽劇，至二十七日遂薨，距生天聰二年戊辰七月[illegible]享年七十有六。公服官五十餘年，名成身退，善全終始，視司馬文正之在洛、韓忠獻之在相，何庶幾似之。

而身際天闕，恩禮獨隆，則前人所未及也。公諱熙，字子雍，一字胥庭。先世居任邱。高祖贈宮保公諱始，著宛平籍。曾祖鍾、祖愛、本生祖爵，俱以文貞公貴贈光祿大夫、太子太保、禮部尚書，公貴加贈曾祖、祖如公官。文貞公諱崇簡，歷官光祿大夫、太子太保、禮部尚書，公爲大學士，加太子太傅，命贈如公官。曾祖妣臧氏、祖妣張氏、本生祖妣張氏焦氏、妣梁氏，俱贈一品夫人。公年十二，梁夫人病篤，禱於天，願減算以益母壽。文貞公捐館，公年踰五十矣，號泣如孺子顏。書屋曰慕齋，天性篤孝如此。兄弟六人，友愛無

清祕閣

閣布政司經歷徽州守道四世以公推廕起家者也
元配金氏繼劉氏俱贈一品夫人繼董氏封一品夫人子
六人長善寶南陽鹽道僉事側室朱宜人出先公
卒次長勤早卒次長呂刑部河南司郎中董夫人
出長宏寀貢生候選主事長承長廣俱幼側室
出女十人廕生章維貞河南按察使胡介祉衍聖
公子孔傳鐸監生碩甯律閣拔貢其婿也孫俱
幼孫五人景曾庚辰進士翰林院庶吉士長善出璣
曾宗貢生候選主事台曾式曾則曾俱長呂
出長呂等將以十一月十九日葬公於某某村之祖

墍而屬玉書銘於墓君公與先大夫同年丁未進
玉書文風附門牆之末晚在政地復知公深誼不敢
辭乃節錄赫墓廬宗伯所為狀而叙次之銘曰
巍巍王公惟　帝之弼夾輔兩朝其德克文章
琬琰謀謨著龐尊揚玉几密贊彤帷內表百
僚外靖三邊刑清兵偃遠安邇悅五十餘年敬
慎篤誠相業房杜家聲韋平　帝眷耆碩勞曰
予元老番番黃髮萬禩壽考老成在列蔚為
國華圖請引退養病於家　手敕慰存中使
問疾庶幾痊瘉扶掖造膝台曜下掩耆勳[illegible]

青松閣

宗寵被　異數用章殊眷羅去掇相都人争誄
陳幽令終此惟臣執世濟厥美有穀永詒殁而
不朽勒此銘辭

附錄一則

癸巳二十六歲春三月朔　御試滿書於內院取列二等一名
奉　諭留侍學習翌日　召見於宏文院詢問家世履歷
命以滿語奏對御前　褒綸諭大學士范文程等曰漢官
讀滿書學習滿語須不畏難方有進益朕見王熙奏對明
爽雖未另令將來必還通曉文程奏曰誠如　聖諭四月陞
國子監司業　上幸內院召見詢問近來學習如何隨

諭大學士等曰王熙院俱同業照其業於滿書可傳諭照還姑見馬疋伊等問答皆以滿語勿令間斷八月特左春坊左中允兼內翰林國史院編修甲午二十五歲奉 命譯書經為滿學士講解本章秋陞同經筵馬兼內翰林宏文院修撰冬十月奉 旨入南苑譯御製書及大學衍義 上時幸內院直所一日余在直廬譯書 駕至不及收取嚴 親閱所譯書仍 召至 前命如前譯寫甫數行 上大悅諭大學士等曰朕向有諭王熙必能速通滿文今觀果能暢曉通可嘉叢賜鹿脯乳餅果餌奉 諭如必分班長直南苑遂在直廬度歲乙未年箋

五月陞右春坊右諭德兼內翰林國史院修撰丙申二十九
歲二月奉 諭開日講命選擇翰林中品行端方文學淹
博滿漢官具題 欽點余名在列開列中歲 恩以原
御充日講官三月 御試滿書 欽取第一蒙賜御服貂
裘一襲四月 上御講筵直講通鑑既賜宴行宮隨
駕還京秋陞右春坊右庶子兼內秘書院侍讀 上幸景
山榛採閱 召日講官三人各講經書一篇余進講書經堯
典畢賜坐賜膳翌日奉 諭王熙曹本榮每日進講徐
首候旨 旨自是每早赴乾清門候 旨宣入弘德殿
進講又奉 旨原等院充講官不必立講俱賜坐進

講以為常丁酉三十歲三月陞內翰林宏文院侍講學士
七月十二日奉　諭侍講學士王熙奉職勤慎滿漢字問
優通著陞為宏文院學士戊戌三十一歲十月奉　諭擢為
翰林院掌院學士兼禮部侍郎庚子三十三歲十二月以學士
俸三年考滿奉　旨加禮部尚書辛丑三十四歲元旦因不
行慶賀禮黎明入內恭請　聖安　召入養心殿賜坐賜
茶還　皇上日入內請　安晚始出初二日　召入養心殿
上坐御榻命坐榻前講論移時是日奉　天語面諭者
關係重大並前此所有面奏及奉　諭詢問密書奏摺
俱不敢載惟自念身係漢官一介庸愚荷蒙高厚任

以腹心雖奴才家生生世世竭盡犬馬何以仰答萬一豈敢
顧惜身家不存持正論以抒誠悃聊奴才子孫甚世世
鏤心銘骨以圖報効五月初八日三鼓奉　交義心敵
諭朕患瘡勢將不起命奴才詳記朕言速撰詔書即就
楊芳書寫發給　天語至此崩摧淚不能止奏對不成
語數　諭朕平日待爾如何優渥訓爾如何詳切今事
已至此皆有定數君臣遇合緣盡則離爾不必如此悲
痛此何時尚有可遷延從事致誤大事隨勉強拭淚
承教就　御楊芳書就　詔書首段隨奏明總過
勞　云俾奴才奉述　面諭詳細擬就進呈過出

至乾清門下西圍屏內撰擬旨凡三次進呈 覽三鼓
欽定日入時始完至夜 聖駕賓天泣血哀慟欲絕
同內閣擬上 世祖章皇帝尊謚又同內閣擬
今上皇帝即位年號又爲輔政大臣擬誓文罷改
內閣仍爲內三院罷翰林院余改爲內宏文院學士兼禮
部尚書 王文靖公自叙年譜

資政大夫徐公元文行狀

公諱元文字公肅別號立齋其先常熟人九世祖諱良始遷
崑山再傳諱申舉於明宏治甲子鄉試以壽寧侯事直
言予杖由刑部主事謫湖州府推官又三傳而至太僕公

青心閣

詞官翰林以文章風義為後進所宗祖父皆有聲於太學含德弗耀用啓後人公兄弟三人長尚書公乾學次中允公秉義季即公國子生亮采公之生也以明崇禎七年甲戌九月辛巳顧夫人夢神人授之玉尺覺而生公自少端重有大志贈公倜儻闊達沉才高不仕願望其子以達大公自就傅沈潛習誦不倦勞年十四為諸生時吳中盛為文社公偕兩兄家庭間講習切究獨倡為古學汎濫於百家而根柢六經務於明體達用特肆其餘為舉子家言輒傾其儕可為度越順治甲午舉於鄉己亥成進士第一人　世祖召見乾清門諭以特簡之意寵遇殊

太皇太后曰今科得一佳狀元賜冠帶蟒服裏鞍視舊典有加公率諸進士謝恩　世祖幸御殿百官陪列鴻臚讀表前此未有也除翰林院修撰數被宣召公詩云宮傳牧馬金門侍只倚雕蟲侍我皇生平致君之志已見此矣嘗從幸南苑[illegible]　賜乘御馬命學士於庫納為執鞚公館師也遜謝不敢乃改命侍衛又嘗賜對便殿復予賜饌　世祖又問從者得無飢乎後命侍衛賜之食公又賦詩紀恩在翰林無事益刻厲問學不專務為辭章而窮探本原曉暢故實於裒裁剖度其不悖於古而於今宜者俟時而措優如也嘗

命進學齋說一篇　世祖讀書所及覽而稱善爲刻行
之讀者皆以爲知言又十年己未　世祖賓天公號慟哀
私喪公除然猶素服歲以是日齋居悽愴終身念江
南奏銷案起吏議公在其中謫鑾儀衛經歷
公怡然安之又四年以事白復假未作閑贈公病即
乞假省覲至丹陽而訃至哀毀不能生與兩兄扶喪
歸禮三年處外艱喪乃復寢疾喪太夫人亦既己酉
起補國史院修撰尋遷秘書院侍讀秋主試陝西
所録多單寒苦志力學之士秦人言士子數十年讀
書自此榜始明年以遷推選國子監祭酒尋充

經筵講官公舉止閒雅音吐宏暢進講稱 旨自是
每逢 經筵必命公講五經政府推公以義士莫大
於太學疏言自古人才盛衰視學校興替古先哲王於
胄子之外妙簡賢俊以入辟雍周制鄉論秀士升之
司徒司徒論其秀者而升之學自漢唐以來太學弟
子皆由薦選以故橋門之間人材輩出國朝經術
或崇理學要皆敦厲實行務崇氣節如其時人稍
賢必取之精審義之厚有以致之也自故明景泰時入
馬入粟之途開閭巷小夫皆隸名胄監蘭艾錯雜程
課不行而以資進者亦自以所至之有限安於卑陋不思

振拔士風之嚴要在於此我 皇上右文重道振興教
化而諸生之在太學自恩廩之外也有輸納一途甚以
家貲入監者十不得一又多年選教養之人甚所謂
廣英才之伏察舊例順治八年十一年曾經各學歲選
取生員文行兼優者題送入監今宜遵照此例於
郡邑各庠或間年或三五年舉其品行端慤文學
優長者每年選少壯者一人入太學加以歲月漸摩砥礪
勉之成材俟其進用之路更宜遵照 世祖皇帝
舊制每科直省鄉試各取副榜若干名送監肄業
如此則辟疏濟濟多經明行修之士而入業之途

亦將有所興起所裨於人才非尠少矣得 旨下部議
著為例由是上舍皆海內名俊之湊公復程課有方
益激發壯學院彬彬之美則疏請廣監生鄉試中式之
額以示勸而於輸納之途復疏停止為陳其不可者有四
謂養士育才莫重流品至於入資則冗濫實甚不復
不秀之人並得冒俊秀之稱不可者一如貢監生所設
正途期滿考職必歷三科九年之後而援例入資則
不計年限隨咨隨考貢監期多者二期少者亦年半而
準貢期止三月則甚逼正途轉徙而待雜途轉優沮
寒士攻苦之心長富兒僥倖之氣不可者二正流品既

諸氣習亦異往往不能折節降心自就繩墨雖復年
加訓飭而書無步等點畫之例相習恬然不為恥怪
其意以為惟不曉文義者就此以進本不宜深責以
程課難於士風益薄此可慮者三也竊計歷年以來吏
部考授職銜需次所具稟擬候者不下數千人選途
積壅補授無期日漸加增必無善計其於大體所
係無妨而一授職銜輒服其冠服與世區別然於指擢
閭里銓塗沈滥名器實係不可慮者四也即其中亦不
無文采可觀自命不苟者然不使之以文藝自見而
亦使之由一出於捐納良足為惜也停罷為便章

下略。曰：公又疏言：祖宗朝最重習學，拔用人才多出其中。今部院衙門筆帖式闕出，應生監生用十人，裁用習學生二人，一年之內得闕甚少，而習學生名數甚多，勤苦積年，終不得以短長自効，實非向學之意。自茲日衰，就獨壅滯淹困，殊可憫念。嗣後應與監生作何分用，請酌量變通，寔為育養人才之助。公雅意儲才，為根本久遠計，頗得滿洲漢軍子弟興起，以勸於國家收得人之盛效，此邑之衆多，始於官學，尤激獎成就之。其後公在西臺，上嘗諭閣臣條其必能遵規條嚴肅。滿洲子弟不率教者，必加撻責，至今猶畏之。後來那得如此蓋公爲祭酒凡四年而學政大修其教甚具而可法諸士習起惰窳嚴考試慎咨送肅禮儀重尊師勤講肄飭書役其課文皆崇雅黜浮遂爲海內矜式而公尚書公主壬子京兆試鑒裁精審雖與公合由是士子益知嚮方而敦樸以崇文體一歸於正甲寅五月晉內閣學士兼禮部侍郎尋充 太宗實錄副總裁乙卯四月授翰林院學士兼禮部侍郎充日講官起居注五月教習庶吉士時中允公方讀書史依公疏辭 上特免中允公教習而不允公辭公日與桐城張公進講 弘德殿陳剴切惟以質直自將無浮詞曲說 上每稱之一日

且論公四書屢經講讀熟曉文義無取通鑑備載前代
得失深有裨於治道應與四書相參進講作何摘取撰
擬講章公疏言臣等承命論言不勝忭慶竊以朱熹
因通鑑修成綱目書法謹嚴竊然具善得春秋之
遺旨臣等擬從綱目中詳加抉擇其事之關於君德
深裨治理者摘而錄之講義體裁雖與四書諸經同
例無條之段採取先儒之論參以臆斷之詞演繹宏
綱發揮大義 上是之公退而屬諸詞臣分撰講章
必求自裁定務舉其要而暢其旨相當務之急以立
言未嘗不說之詳而反之約也先是大學士孝感熊公

在講筵紀堯舜之道，而陳凡四子五經及宋諸大儒之言不言，以仰贊

聖德精熟於大本大源之地。公承

上寵意，史學道而閎廣，發明蓋即事以窮理盡道，以敷治表裏精粗全體大用通貫如一，而先後相成，以故事發紀，具疏彙呈講義。公疏有云：籤軸方新，簡編具在，伏祈

聖聰時當省覽，以此啓益睿智，以此振厲精神，以此對千古於同堂，以此決萬機於百制。得之臣工之講論者，得而用之；夙夜之體認者深，得之片言之會悟者，微而得之一心之運用者大。公之隨事獻納，多類此。其嘗從容語院中同列諸詞臣之旅

以棄於茲衡門者以退讓不求進也先後舉自古已然
可以無讓乎康熙癸丑丙辰兩科庶吉士皖整不可謂
以私其一有行與材者愛之不置未讀之以甚故感晨服成
就老家十有一丁太夫人憂歸乙未有　命監修明史
時服未禫除而監修例命勳臣閣臣公獨以學士充
議者知特用矣九月赴闕自陳且辭　新命不允
疏請購遺書徵遺獻舉故明給事中李清主事
黄宗羲及副使曹溶主事汪懋麟布衣黄虞稷
諸生姜宸英萬言等詔議不許　上韙公言召
之清宗羲溶以老不至名上所著書時未有學士闕

特改內閣學士項景襄於兵部尚用公公在內閣選
事疏言不肖唯何吏部題補給事中　上以科道
官一省多者至五六人或有竟無一人者命各省均用文
以二人為率又以大小省不同銓司更議分別多寡公奏
曰　臺意重耳目之官非周知天下利病於命分地均用難諾
給事御史多自各省有司行取考選不惟利害不能周知
其弊必至於限才傳者以致濫見棄而不才者頑得承乏之恐
言疏不能光得人　上深然之命並見行例行九卿會推
江西按察使有舉興泉道張仲舉者御史康朝無契力言
仲舉在閩無善狀科道交疏劾劾朝無契副都御史李

仙根給事中李宗孔石顥署名並遞併劾之部議仙根宗孔降五級調用朝爵革職　上曰此參公太過公奏曰公推本體公之道論使人民所依何嫌參差而參公承此即將東所舉非人誰敢設法且科道公疏此不許人不列名恐二張有分者安有擇話便隨聲附和流毒何窮耶　上曰既當參參公公曰凡言各失者誤有罪而皇恩寬之此臣以為諫臣實未有罪　皇旨但云不必處分則所全多矣　上溫之御史有言宜遣大臣巡方者公昌言於閣中曰巡方向遣御史以有憲長彈壓之故遣大臣威安作威福窮遁無為地方之害乃入言於

上而此公見　上慎重用刑，嘗秋決先語閣臣所宜決宜留者，及入奏，抱牘具陳始末，上亦事事諮公，條對甚悉。上方從容（儀吉謹案：時上惡御史蔣伊明因考試黜之，公曰：蔣伊文章優等，今以文章試之而仍放黜之，恐未有以服其心。且又明黜御史呂兆璜，公曰：兆璜為人誠實，且係明死難尚書呂維祺之子。上笑曰：蔣伊卿論其文，呂兆璜卿又論其人，二者皆為定評。既而曰：道汾道汾。二人由是得留。見經進陽履樸菴志）庚申八月，特授都察院左都御史，入謝，乾清門近侍傳上語褒嘉，且道講筵之勞，賜御書墨蹟三，又傳諭：朕久不

作善頌試筆得鳶飛魚躍四大字并以賜卿公拜首
謝恩後矣　臣繼進謹復時滇藩將軍公疏陳善
後之宜略言逆賊三桂甘心反叛蔑棄天常固惡之人
義宜鋤強前能効順業已恩許自新其仍留本土
知非久之規則移調他方多需遷徙之費錢之別將則
疑懼未化終涉危嫌攝之歸旗則放恣流久難雜檢
束臣以爲宜明布　恩旨悉與從寬應補驍者量補
換綠旗驍衛願補伍者量於撥補綠旗闕伍其他
一概散遣爲民分道安插於事體爲便至於從前虜
置兩藩收兵者已有成命臣何敢妄議第恐亦是一時

權宜未必實可資於衛固圉之用而耗餉不已民窮盡之備先行酌量散遣亦無使西南難擊閩之華必至定滇南之旅尤屬無謂宜一併解散就銷遣藩兵減省餉糈從緩軍儲充裕益可推行寬大之政薄稅輕斂以副
皇上軫念民力之初心矣又疏請除三數虐政略言滇南閩粵所在橫罹暴虐者尊民利害政千紀宜及初定之辰通行申飭頒發禁止在粵東者五曰墟埠之害曰渡稅之害曰總店之害曰市船之害曰魚課之害在閩者亦四曰鹽稅之害曰報船之害曰買撥驛夫之害曰牛行渡稅之害在滇南者亦四曰勳庄之害曰圈田之

實曰礦廠之害，曰兵餉之害。上俱下九卿會議。御史劉爲國請察隱占田畝，新議凡察出者分別甄錄，州縣官利其升科，多捏報累民。公力言其弊，謂奉旨之令原以隱占爲害，遂詭户謬託清丈，實則浮派分賠，取盈數。朴玉令累年不堪困苦，辛勞無已，名爲加糧，實耗糧户，名爲清釐，實長弊源。前著者有某縣捏報隱地，指作知縣謝濟世揭，新奉 旨遣官察審，始得開深洪塘所千總徐振業虛報隱田，爲撫勸察題參，始得分別蠲豁。臣更訪得山西蒲縣本年災荒，前令捏報隱田派賠通邑，乃至庠生王命新、曹大明等賣其

清秘閣

子女而廣生寶松年竟自縊斃於平陰軍營夫婦執役又閱山東撫臣嚴某奏稱僅以前令捏報璧田氏受縊累失業老身窮蹙如此之急惡極後而少婦擅訴其欺妄於前須為之掩飾於後請通行申飭凡遇前捏報但行檢舉姑予寬原若始終掩飾壅蔽上情加等科罪 上命雖議以聞時 仁孝 孝睿皇后梓宮發引 上將親赴山陵公與尚漢同官等諫給事御史奏請毋行 上自山陵事大朕親往祇展孝陵公從行追感 先帝恩遇痛哭賦詩云憶將廿載攀弓淚并灑橋陵松柏中禮畢 賜游湯泉

命各擬試公作序序爲四言十二章　上極賞命勒石公
在臺以身總風紀尤兢兢於振飭紀綱澄肅吏治疏
劾福建總督姚啟聖縱盜矯詐冒功虛報狀啟聖惶
懼上疏待罪得免又條列督撫四弊請限休致吏部
定例督撫毫無治理者該部察覈從重治罪可
見功令責成惟在撫循百姓今則令懸而不行督撫
整飭全無止求免其詿誤之罪至於言行條陳開何
便利裕何流移革何弊依多漢姑度外置之此督
撫不職之弊臣請自今督撫之優劣當以民生休戚
戶口增耗爲斷其撫綏無術之處分依例切實舉

行督撫封疆大吏一切皆職分所當為今乃事事議叙往往給銜賞賚增秩一品且於簿書期會之間如有大故又事事而交部議處是議以賞則濫以罰則褻此功過之準之難臣請以後凡有督撫捐助案照舉用等僅許紀錄註冊惟歲歉義舉有方治效顯著者方準加銜增秩而一切小事詿誤并量行寬貸察吏之道宜寬嚴於藩臬乃數年來督撫未見有糾彈藩臬者此察吏而嚴之難臣請藩臬苟有貪汙而驟督撫而約糾劾者宜以徇庇論罷督撫有降級留任者有革職戴罪圖功者如係大貪大惡類皆寬假

命各獄試公作序、篇四言十二章　上極賞命勒石公
在臺身總風紀尤兢兢於振飭紀綱淵衷陳疏
劾福建總督姚啓聖縱盜誣詐婦功害民狀啓聖
亦上疏待罪得免又條列督撫四弊請旨休家吏部
定例督撫屬員無論理去該部察覈從重治罪可
見功令責成惟在撫循百姓今則今懸而不行督撫
聚積會求以民免其詿誤之罪甚非意何僅為閒何
便利於何流移華何鄉依多漢然度外置之此督
撫不職之弊臣請自今督撫之優劣當以民生休戚
戶口增耗為斷其撫綏無術之處不依例切實舉

於參贊駐疆大吏一切皆驕矜所當為今乃事事議敘往往給銜賞戴增秩一品至於簿書期會之間輒有大故又事事為之免於處議以賞則濫以罰則寬此功過之準之嬰臣請以後凡有參贊捐助救匪難民等儀許紀錄註冊惟此數義有方能致顯著者方準加銜增秩而一切小事詿誤並量行寬貸察吏之道宜寬嚴於藩臬乃數年來參贊未見有糾彈藩臬者此察吏不嚴之弊臣請藩臬苟有貪汙不職參贊不行糾劾者宜以徇庇論罪參贊有降級留任者有革職戴罪圖功者如係大貪大惡類皆寬假

徒有處分之名而無題參之實此必多僥倖之輩矣臣請嗣後督撫有降調及革職者宜即令去官不必輒許留任又疏論課吏事伏察康熙十八年定例凡捐納援復到任三年後稱職者具題外捐不稱職者題參處分蓋凡捐納之人分別具題皆定以三年爲限乃今各督撫具題稱職者實不乏人而以不稱職題參者概未之見近有援例已五年而不升不舉劾辨其賢否者誠以督撫之容徇不可必臣以爲宜依限分別去留即行聞奏不得姑留而論不議之人以誤民生而淆舉劾文如戶部條例

道府以下捐銀者三年後免其具題照常陞轉夫
國家大体所關惟賢不肖而已今吏途甚雜所以令
三年具題者蓋欲使賢者勉而不肖者懼故許捐銀
是金多者與推陞者同科矣臣以為推陞既可捐納
而得且必費以現任之資營輸入之計勢必剝民脂而
長貪冒所急宜停止者此其一一項所謂正途自開
捐納生員之例今日納生員明日納監貢名列清流
實則銅臭公然冒濫自許正途臣以為正途如可捐
納而得其由捐納監貢得官者仍須保舉方與正途
一体陞轉所急宜更正者此其二至於諸凡捐納事例總

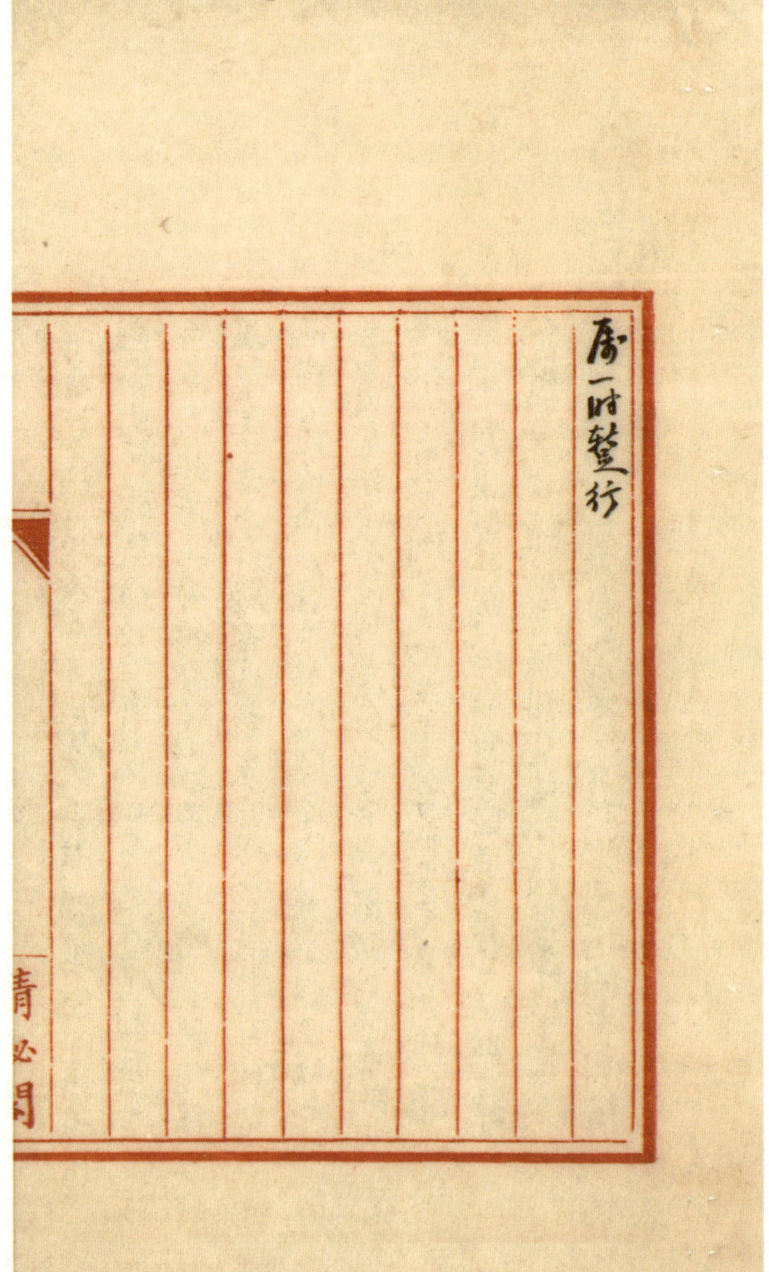
廣一時盛行

蔡氏切音記號

此為我三十餘歲時所擬原稿尚存
与否已不復憶而姚伯華兄於父
書中檢得此尊人僑園先生手錄本
舉以見贈亦可感也　廿六年五月三十日　蔡元培

蔡氏切音記號

上冊

僑園手錄

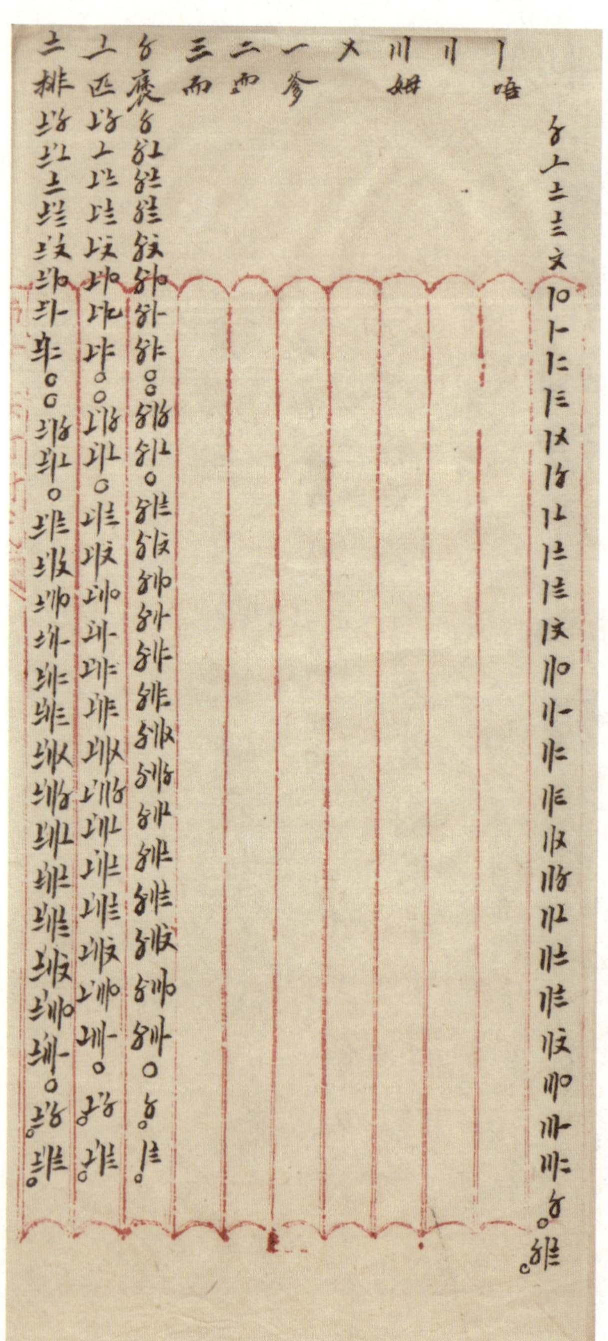

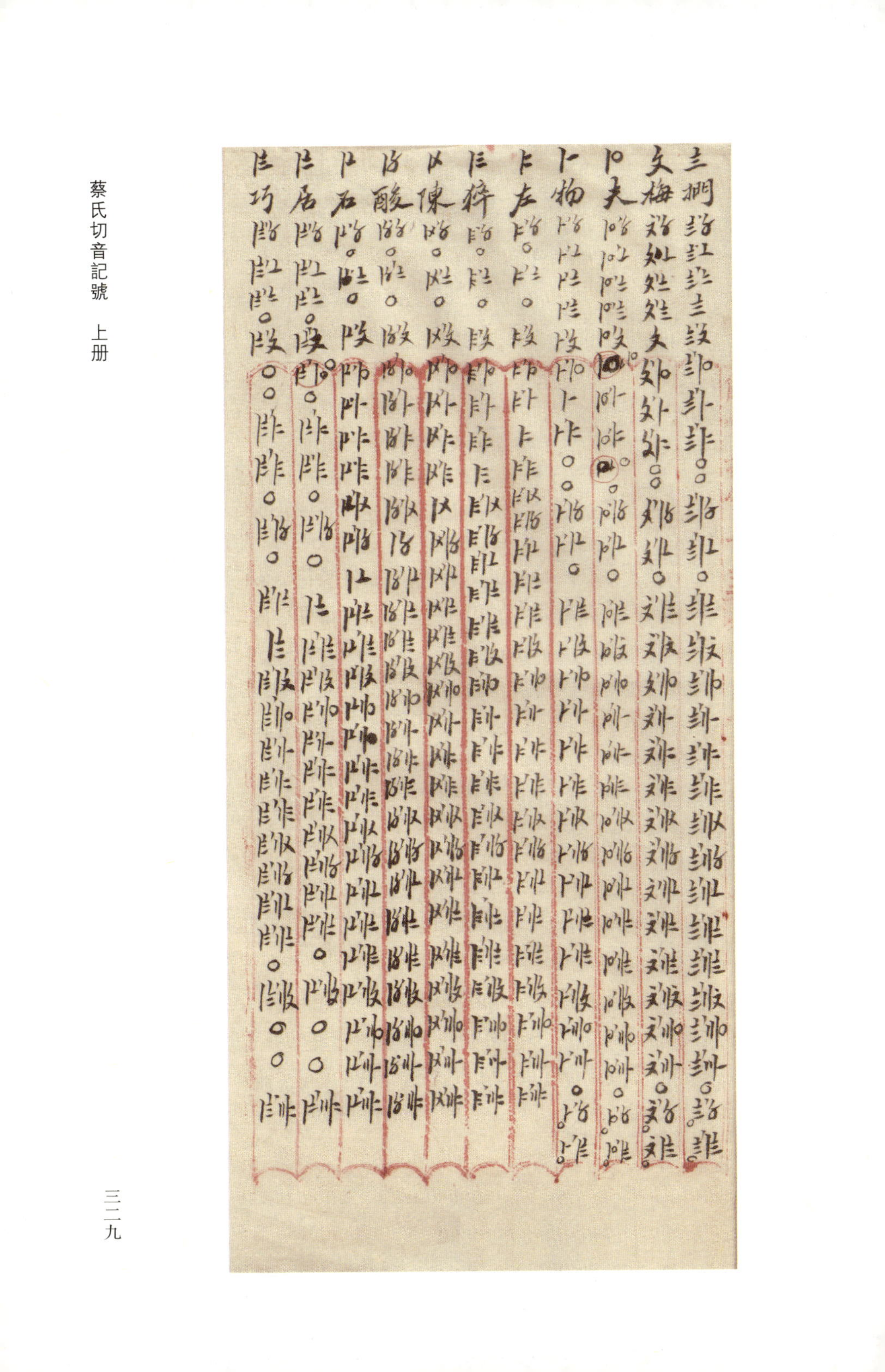

其

研

玉

困

容

香

嚼

當

柘

滕

筝

難 孅 侖 骨 匡 逵 温 渾 烏 活 駱

正 誤

正

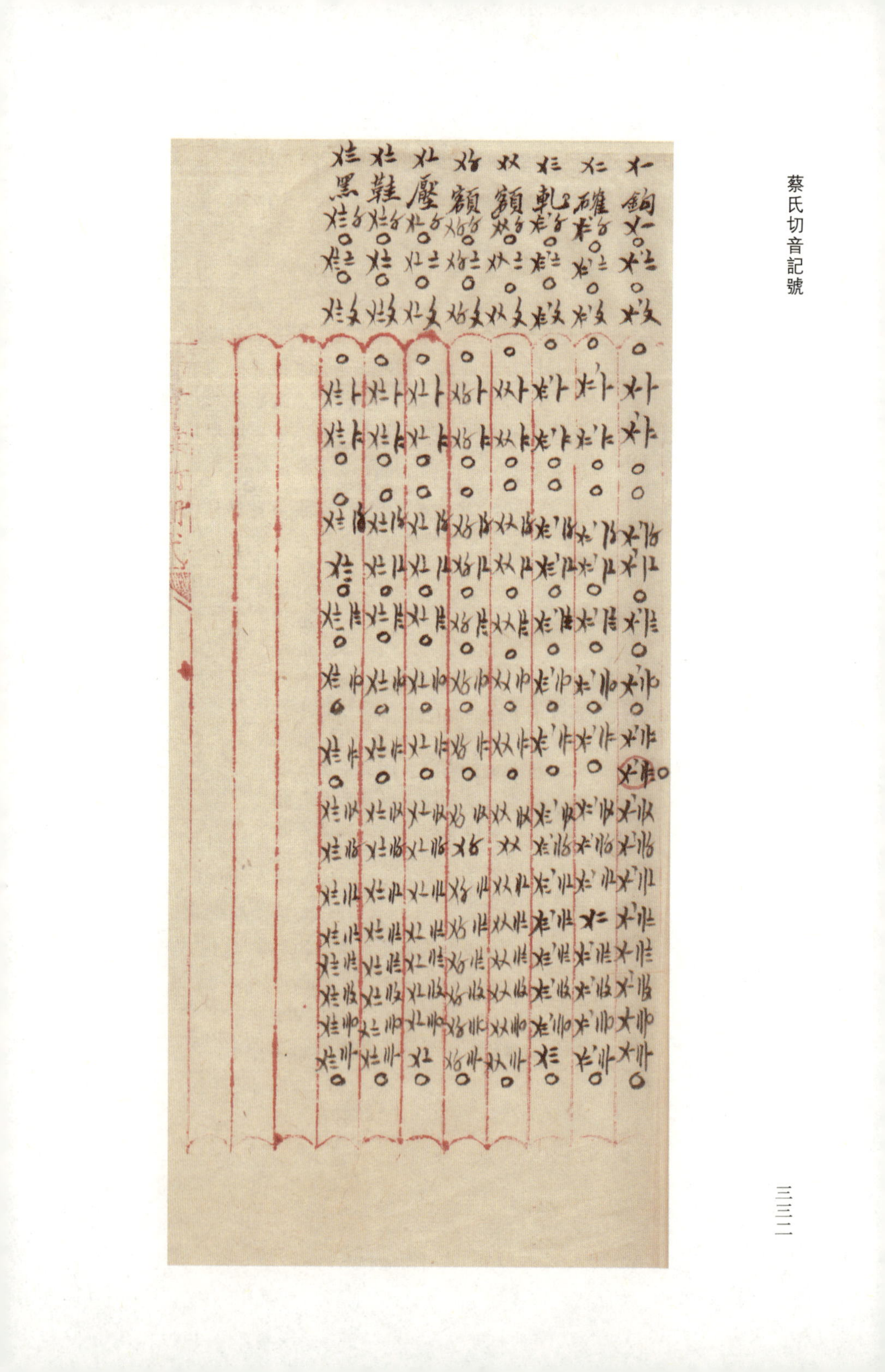

鉤 礭 軋 額 額 壓 鞋 黑

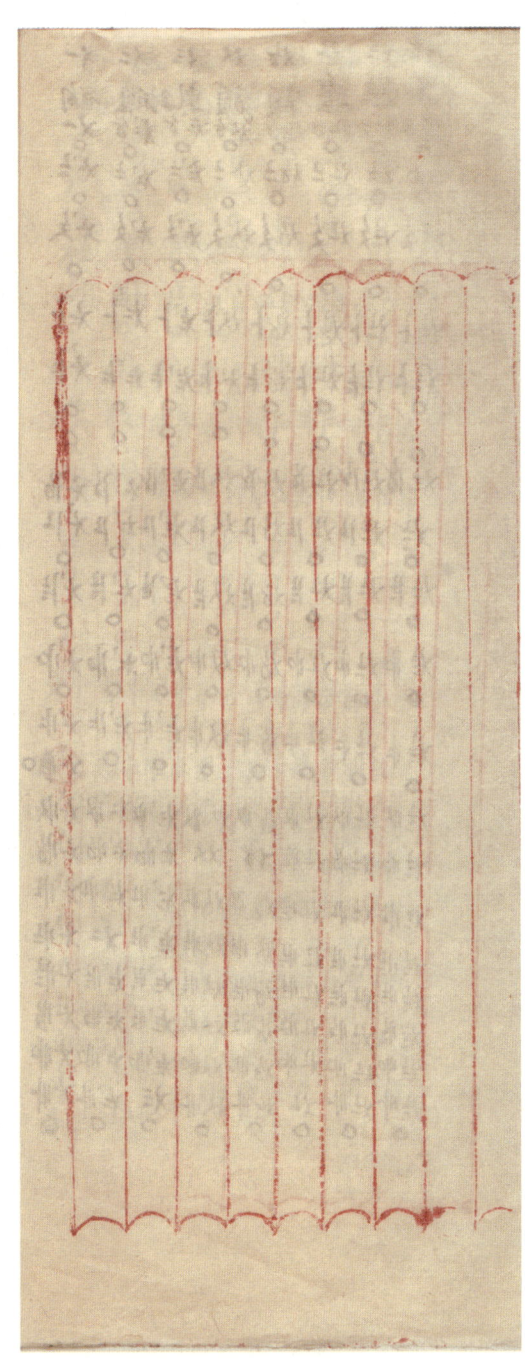

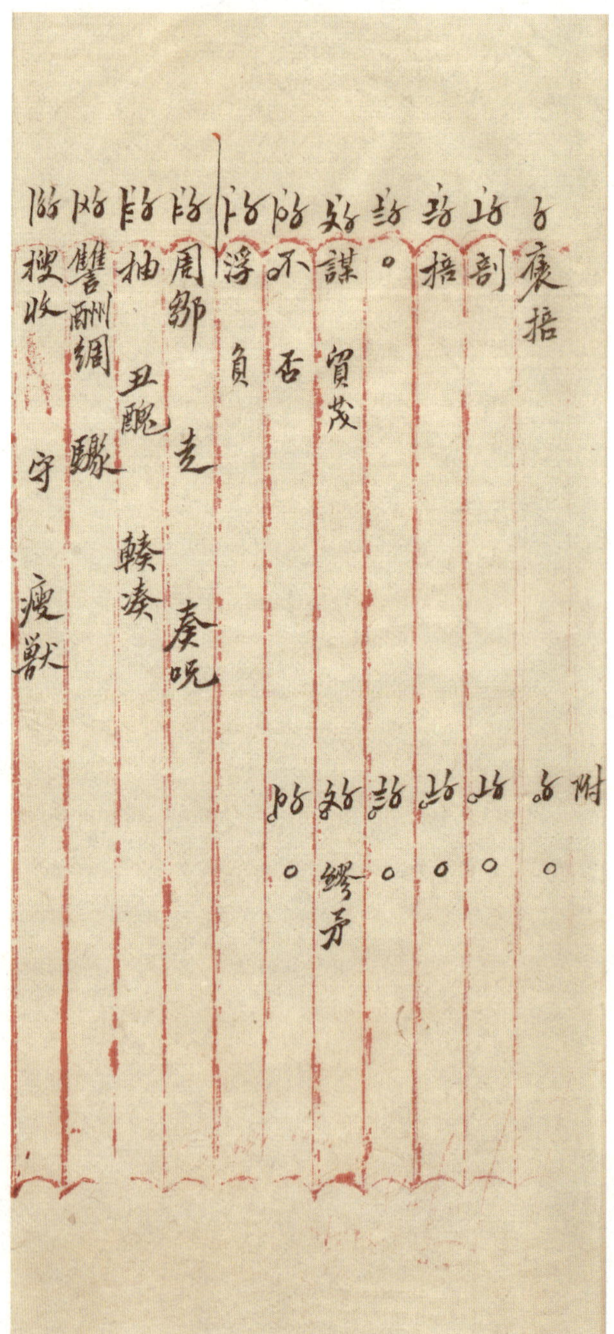

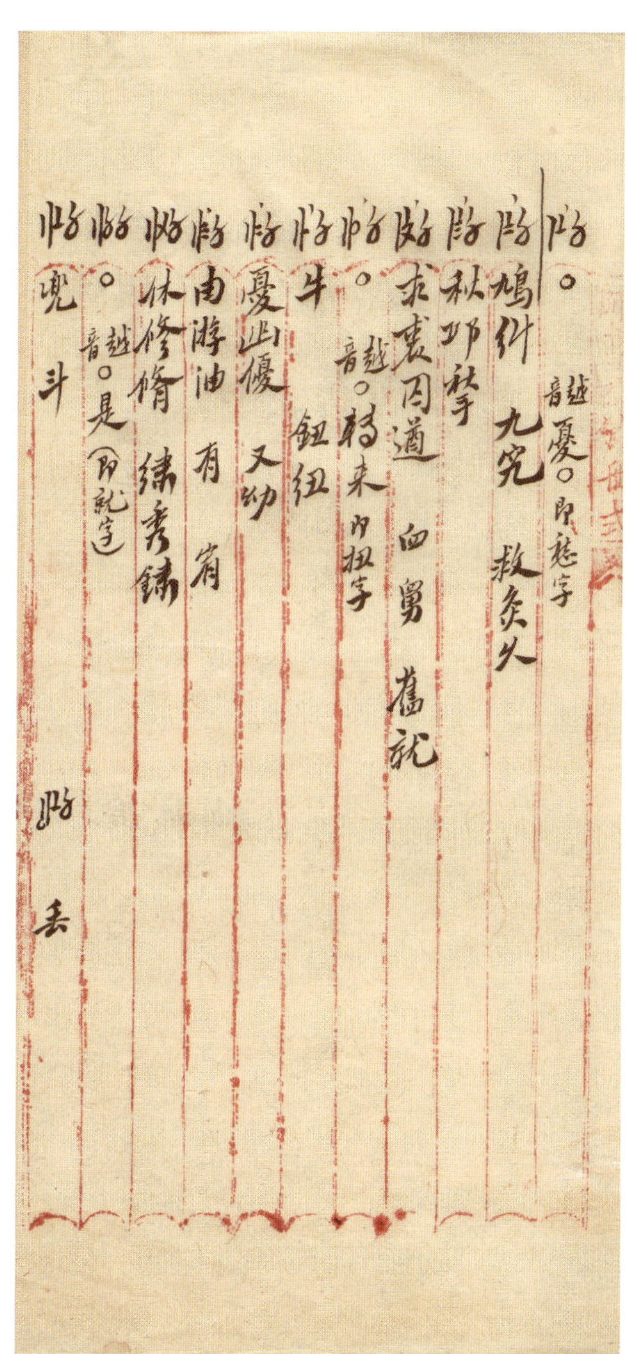

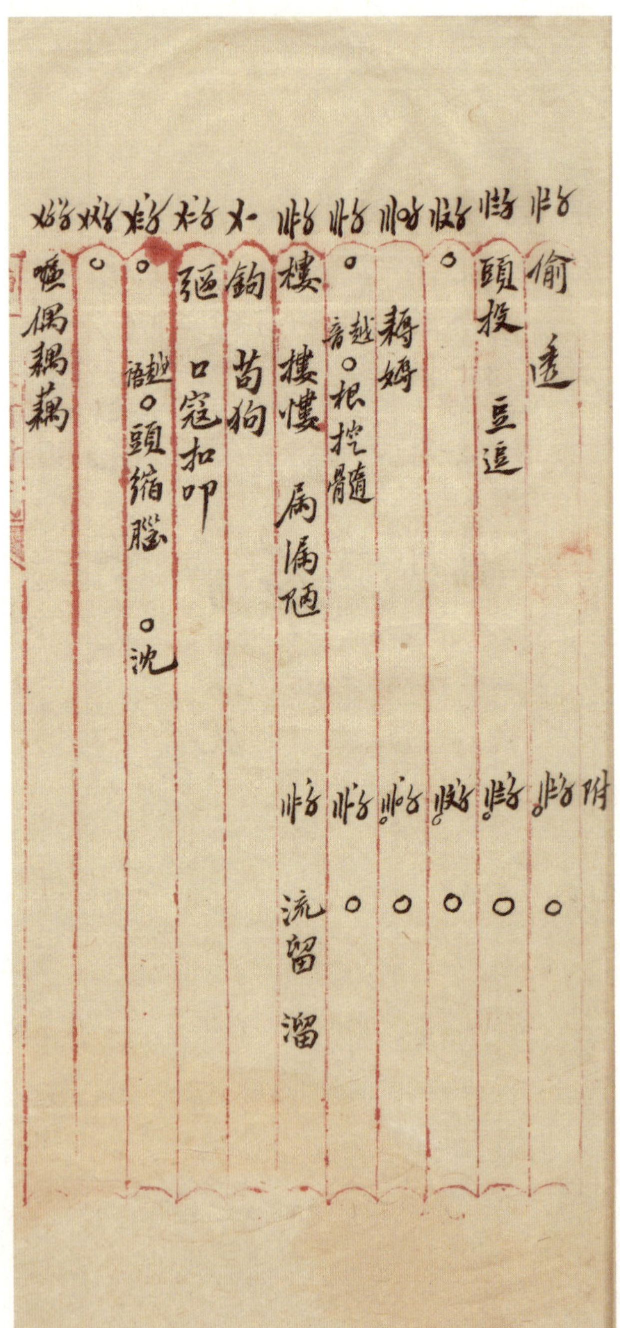

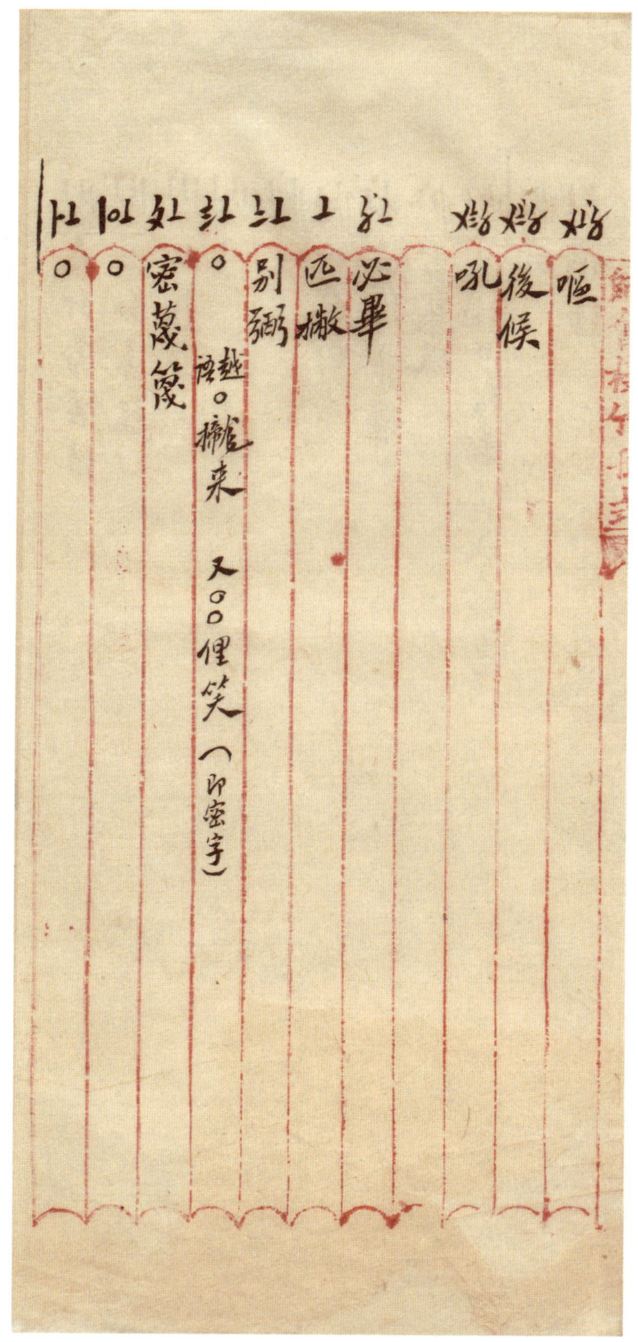

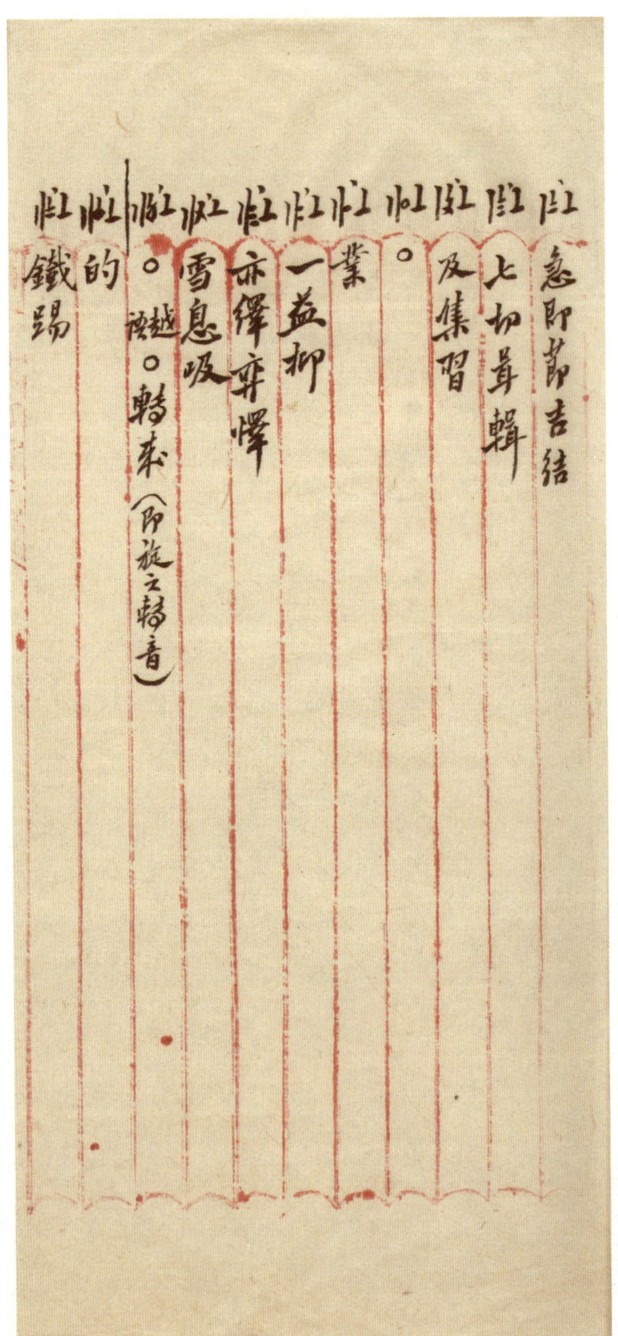

急即節吉結
七切葺緝
及集習
○
業
一益抑
亦繹弈懌
雪息吸
○越○轄來(即旋之轄音)
的
鐵踢

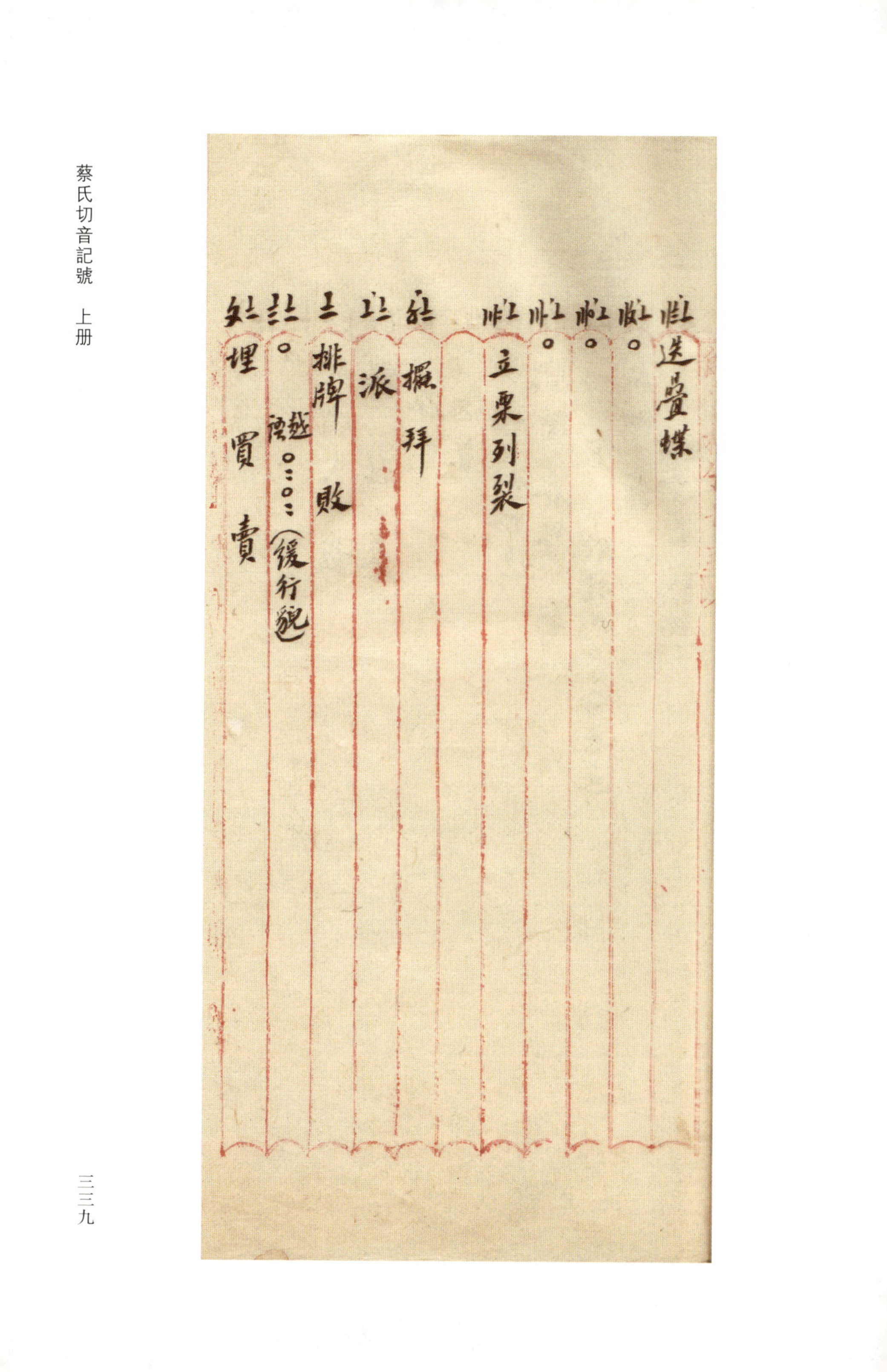

[illegible] 迭疊蝶

[illegible] ○

[illegible] ○

[illegible] ○

[illegible] 立栗列裂

[illegible] 擺拜

[illegible] 派

[illegible] 排牌敗

[illegible] ○ 陰越 ○：○：（緩行貌）

[illegible] 埋買賣

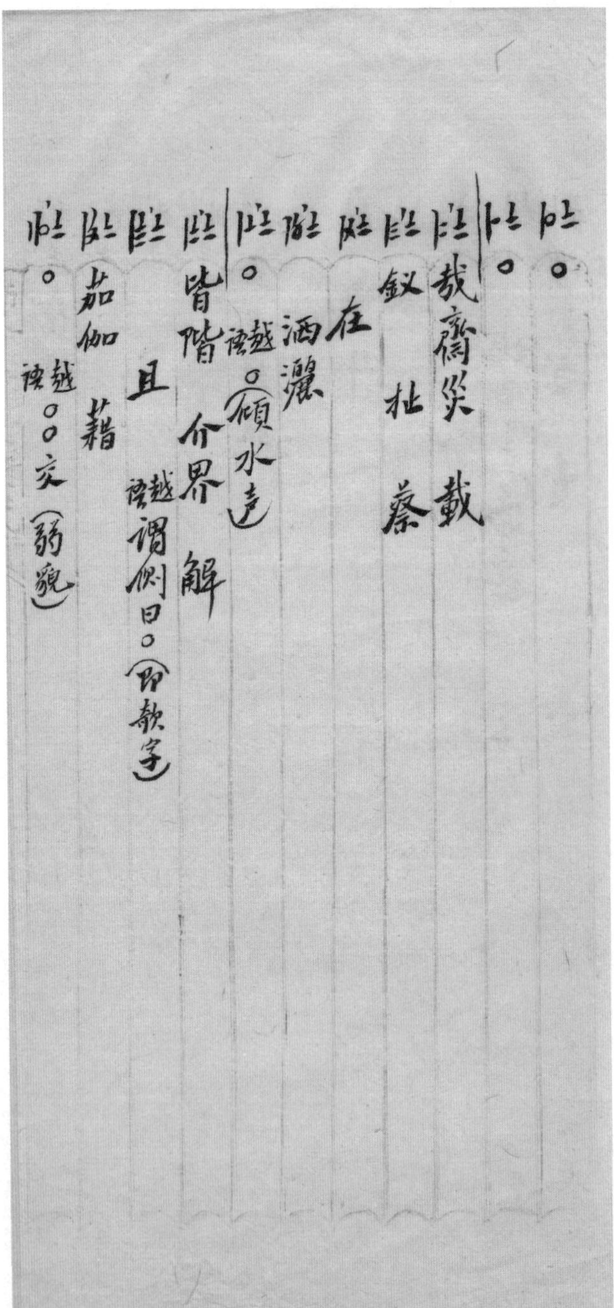

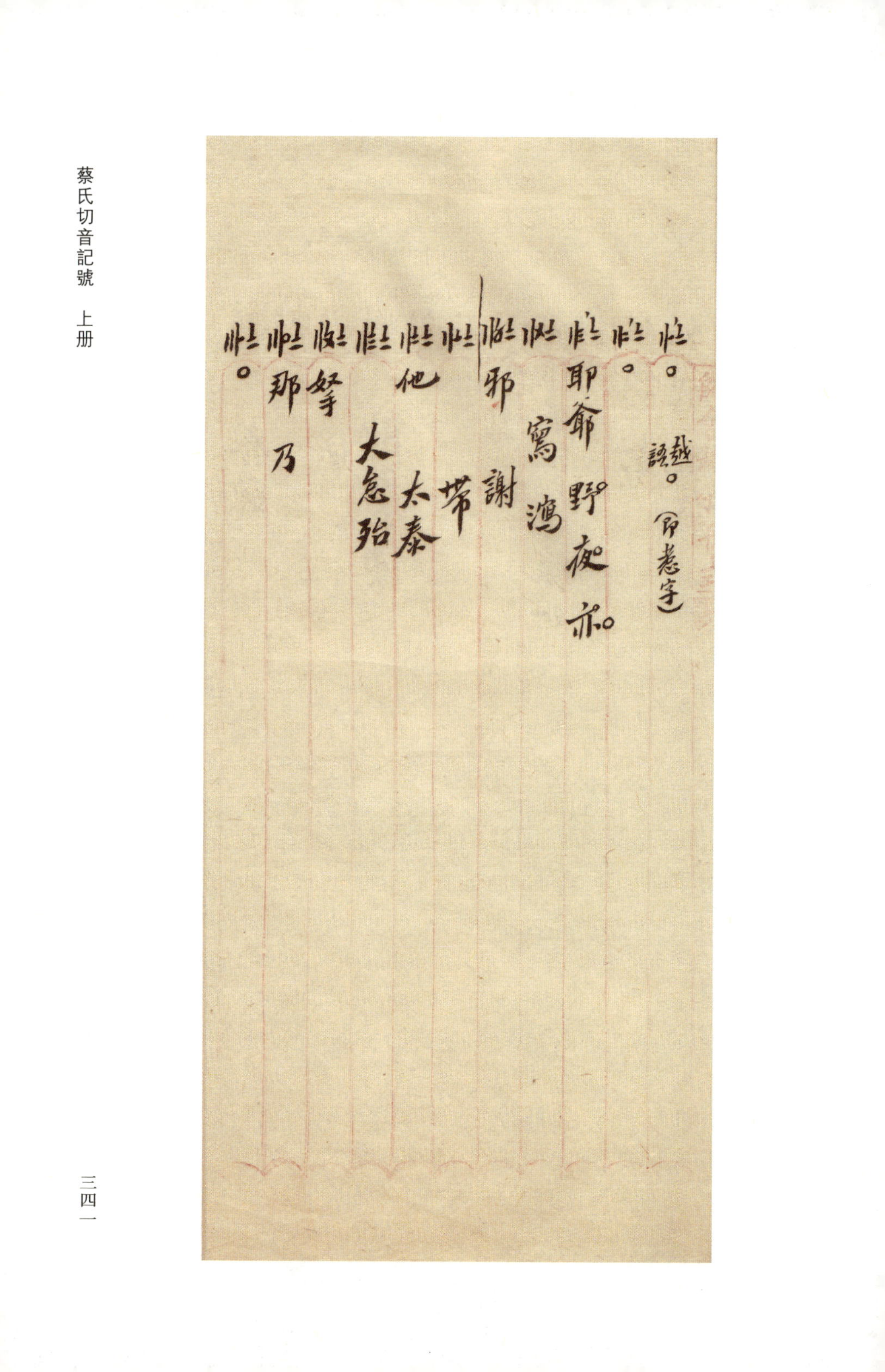

。越語。（印惹字）

。

耶爺野夜亦。

寫瀉

邪謝

帶

他太泰

大怠殆

拏

那乃

。

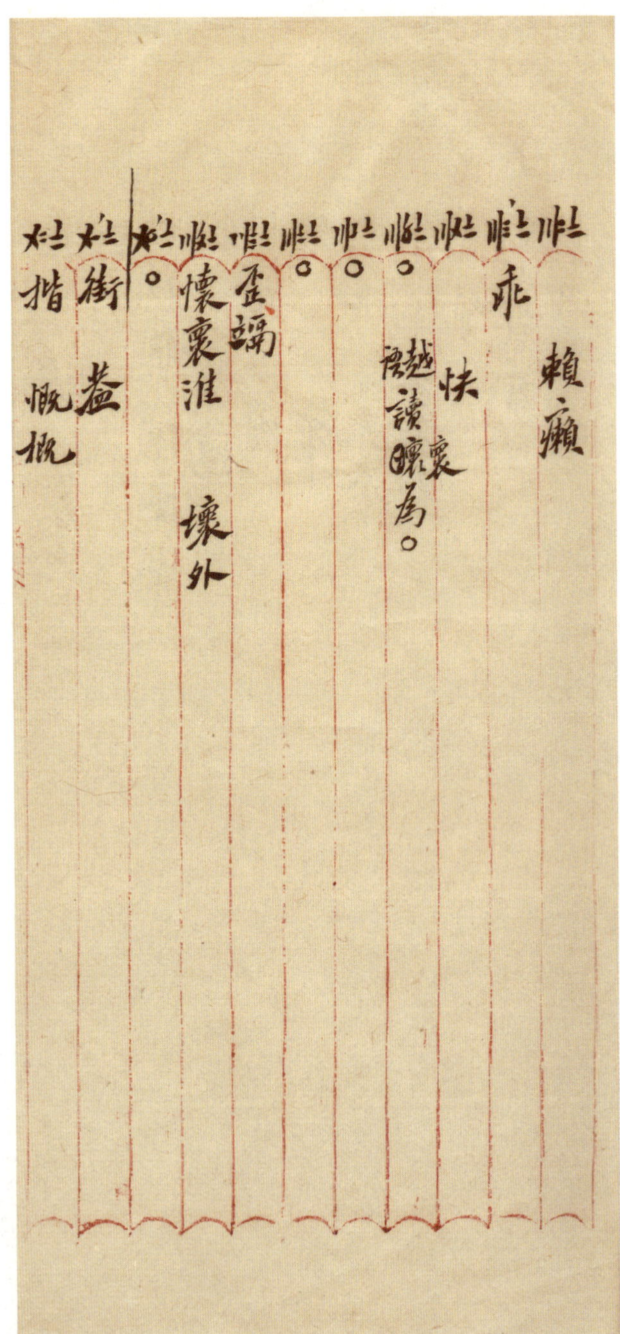

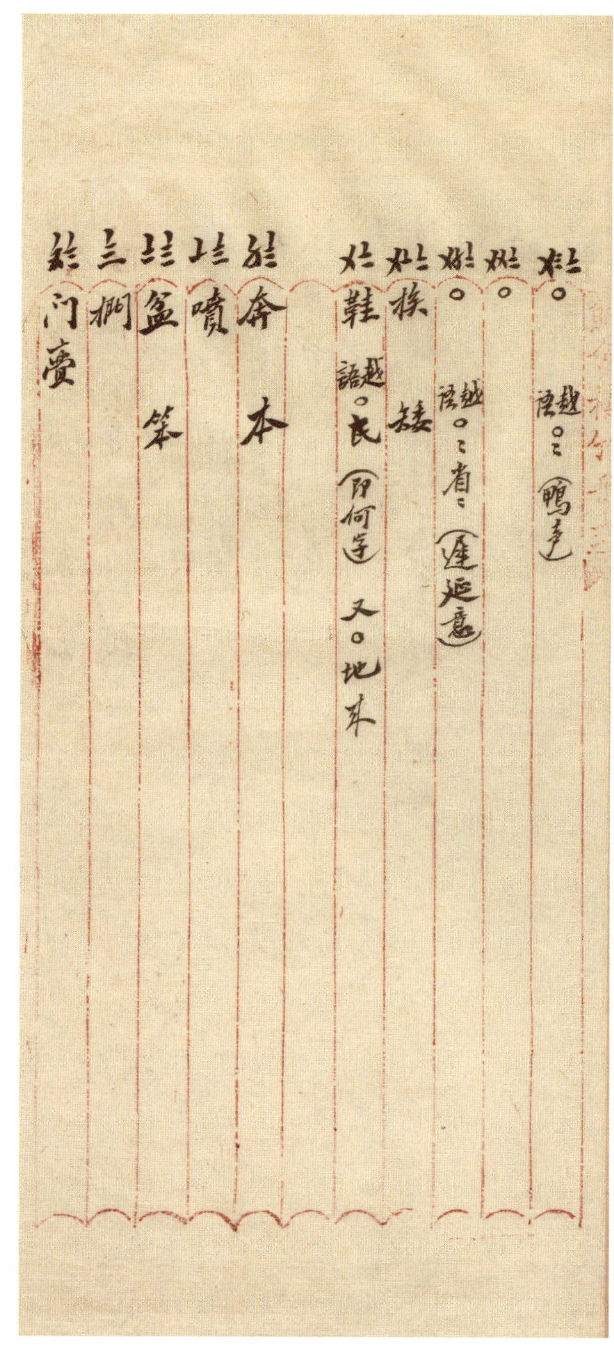

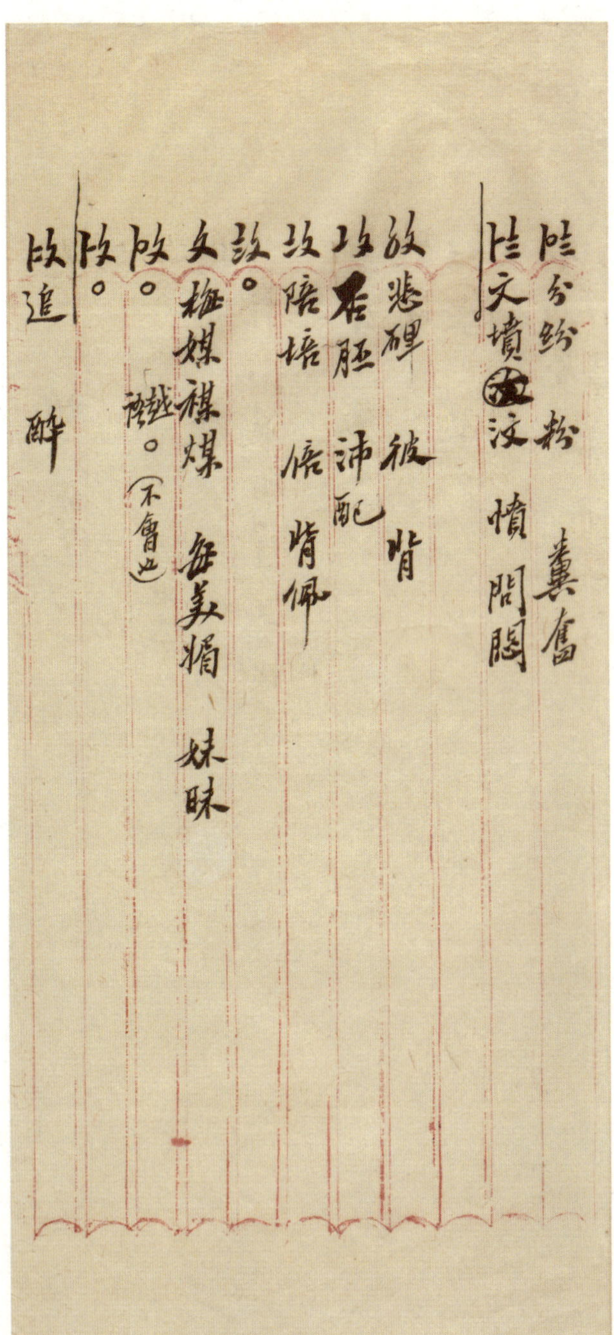

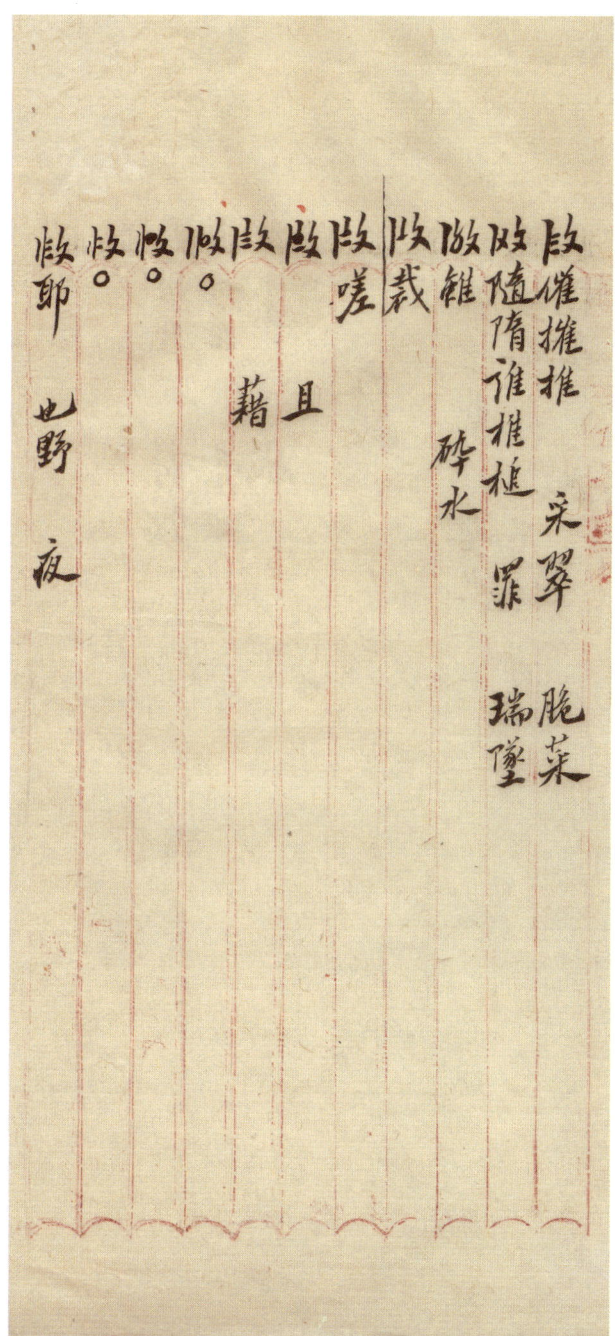

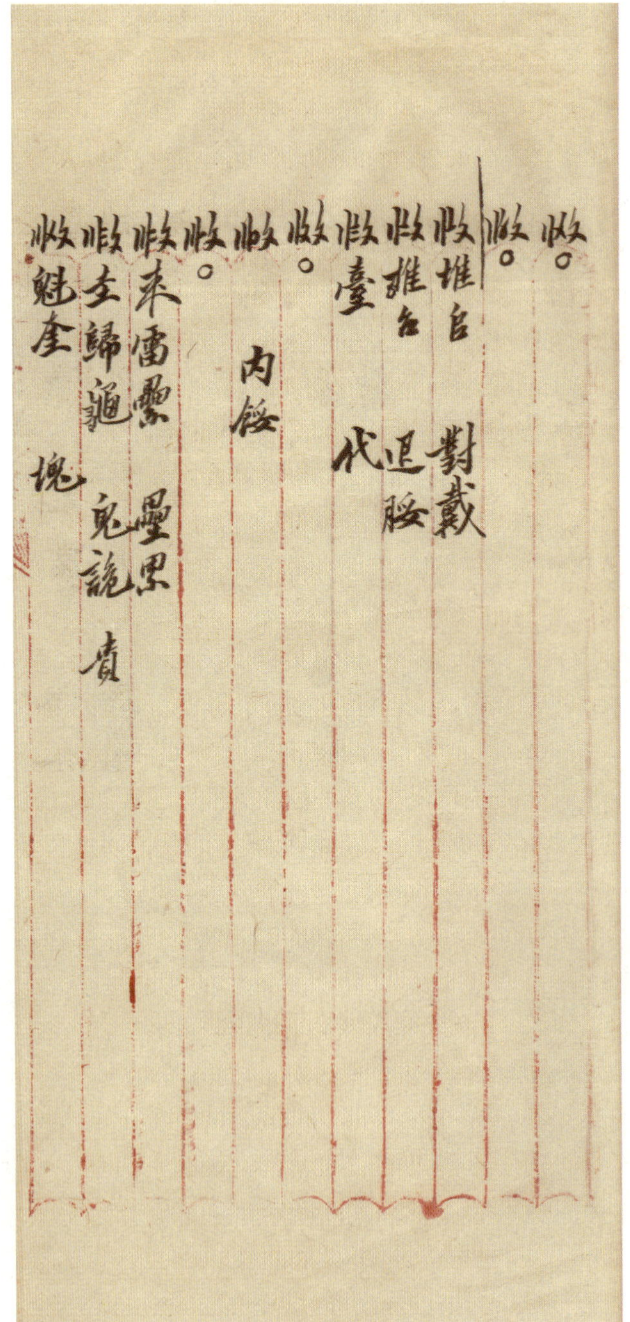

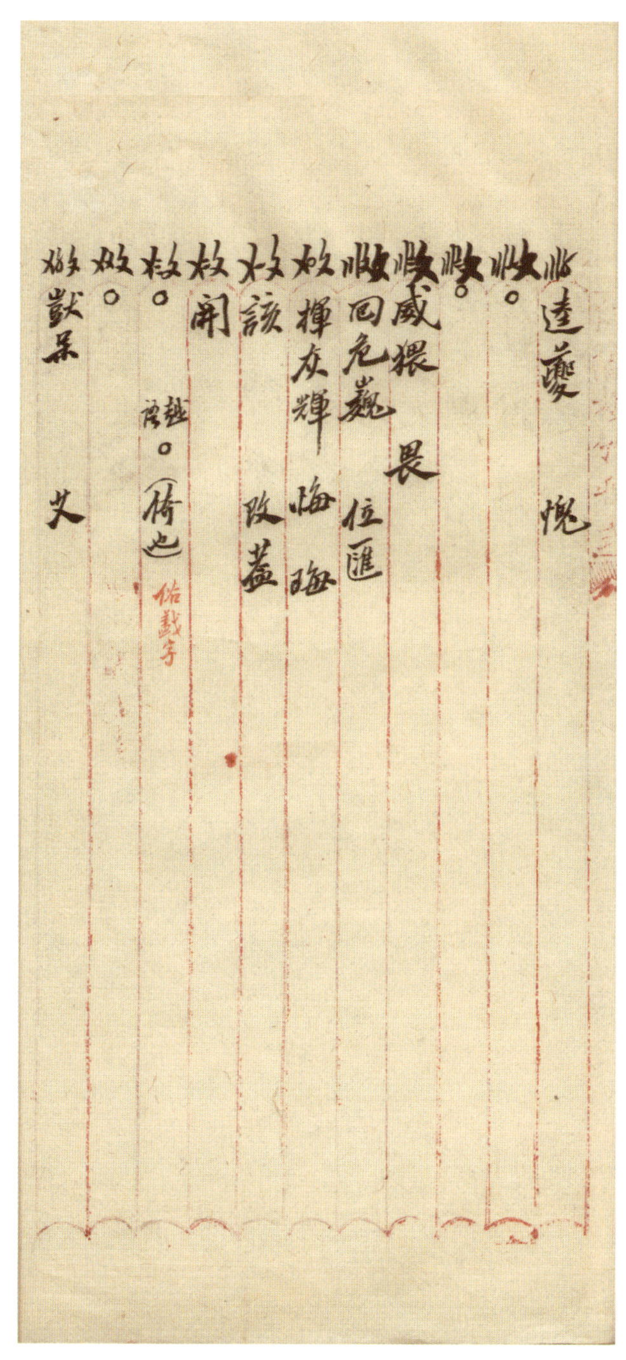

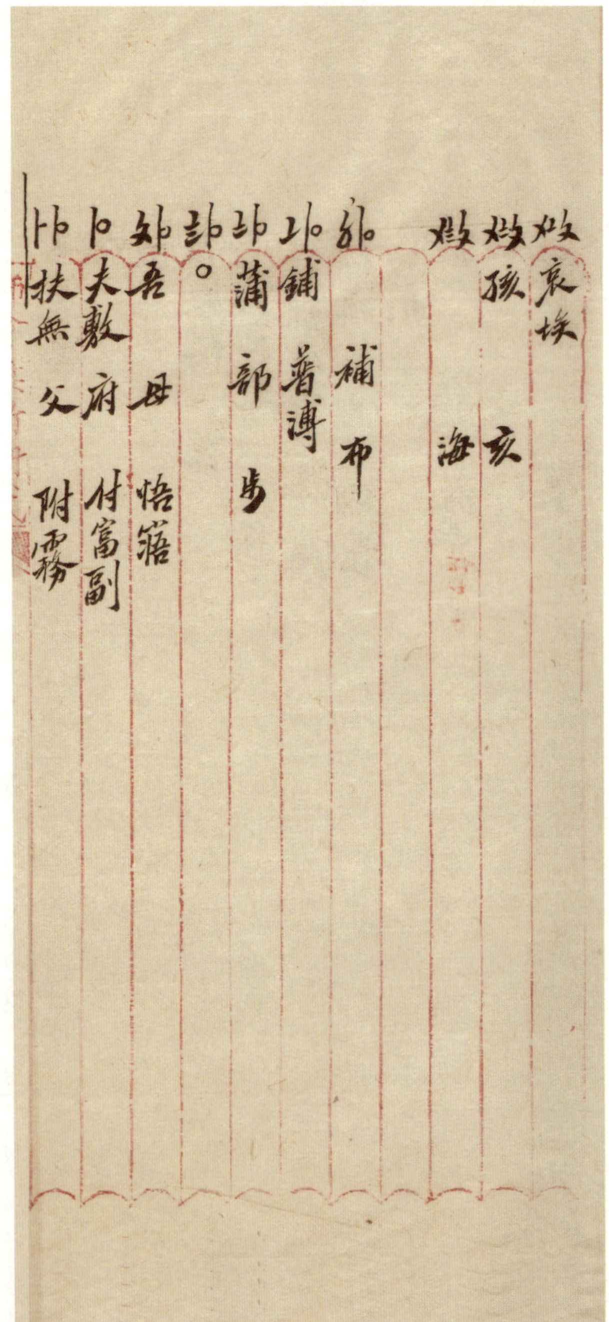

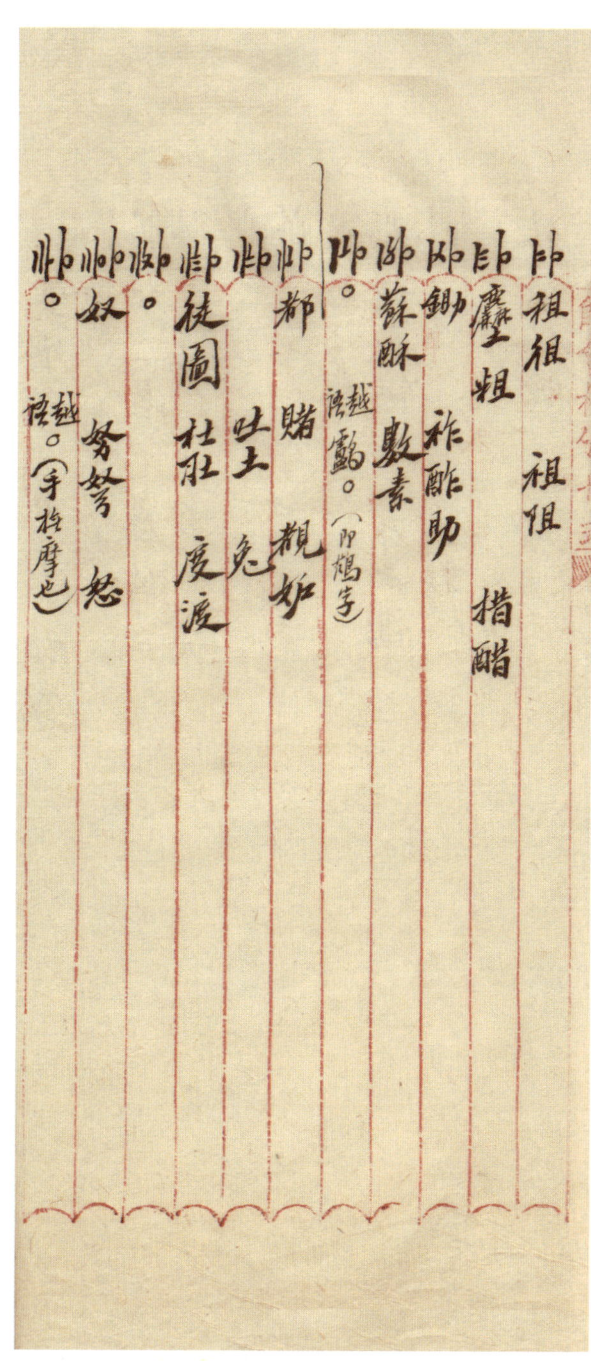

租組　祖阻

麤粗　措醋

鋤　祚酢助

蘇酥　數素

○　越語[illegible]○（即鴣字）

都　賭覩　妒

吐土　兔

徒圖　杜肚　度渡

○

奴　努弩　怒

○　越語○（手捺摩也）

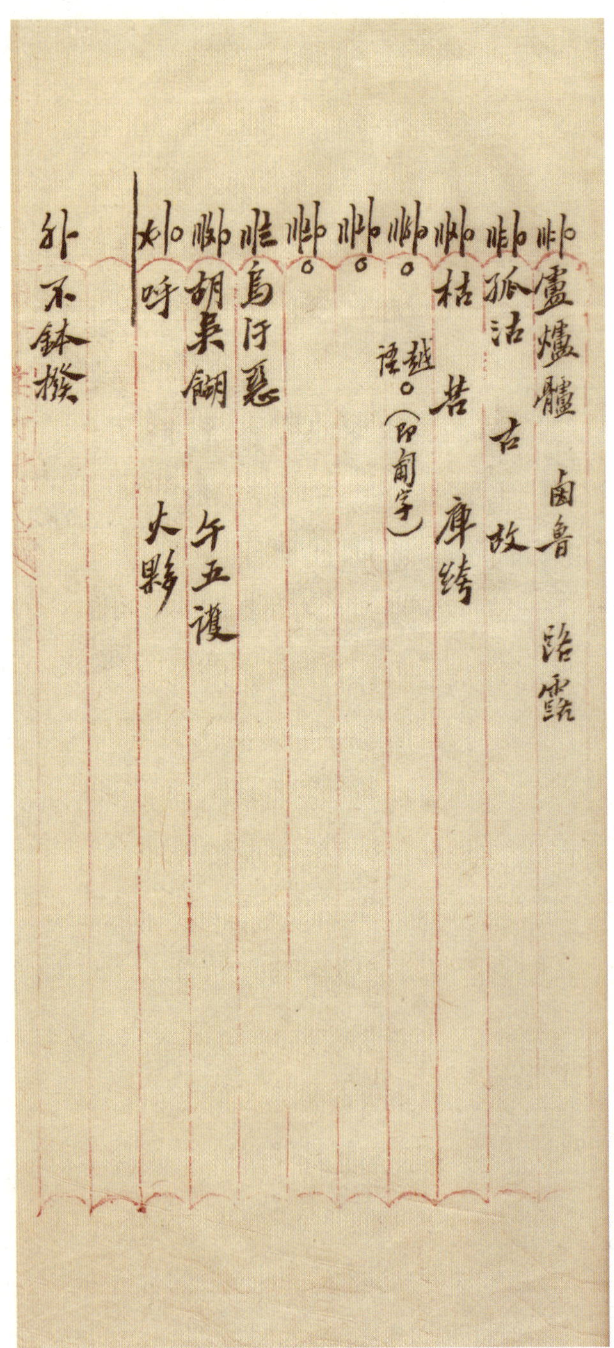

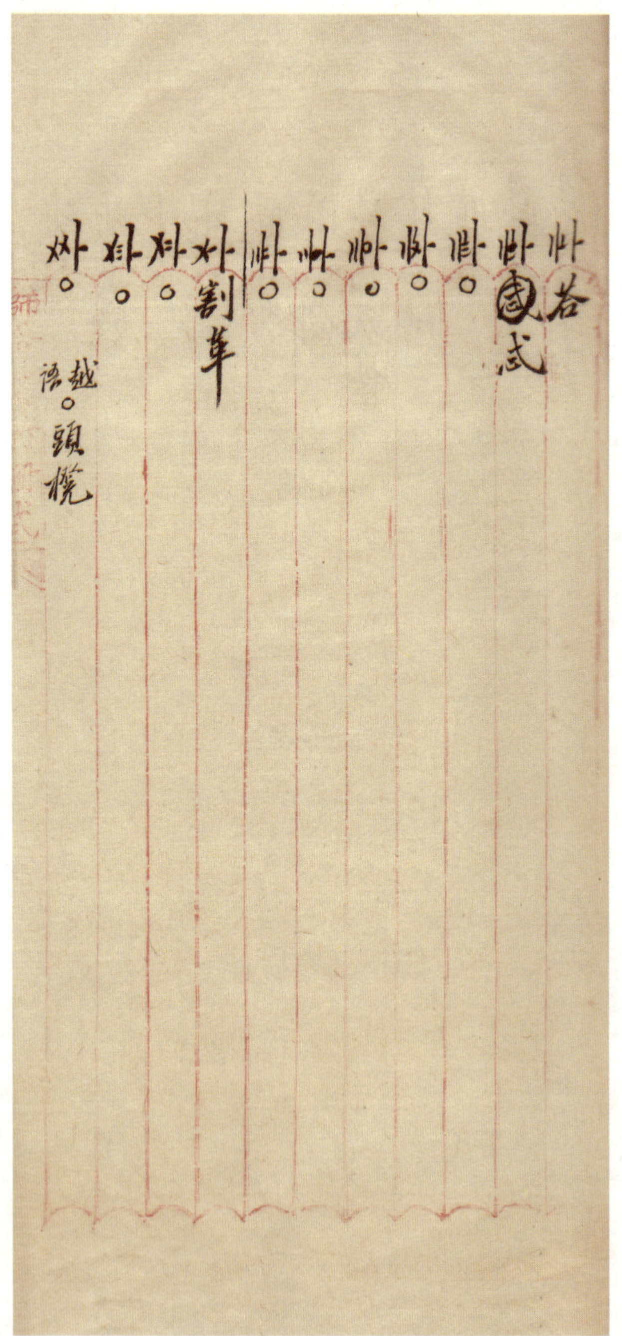

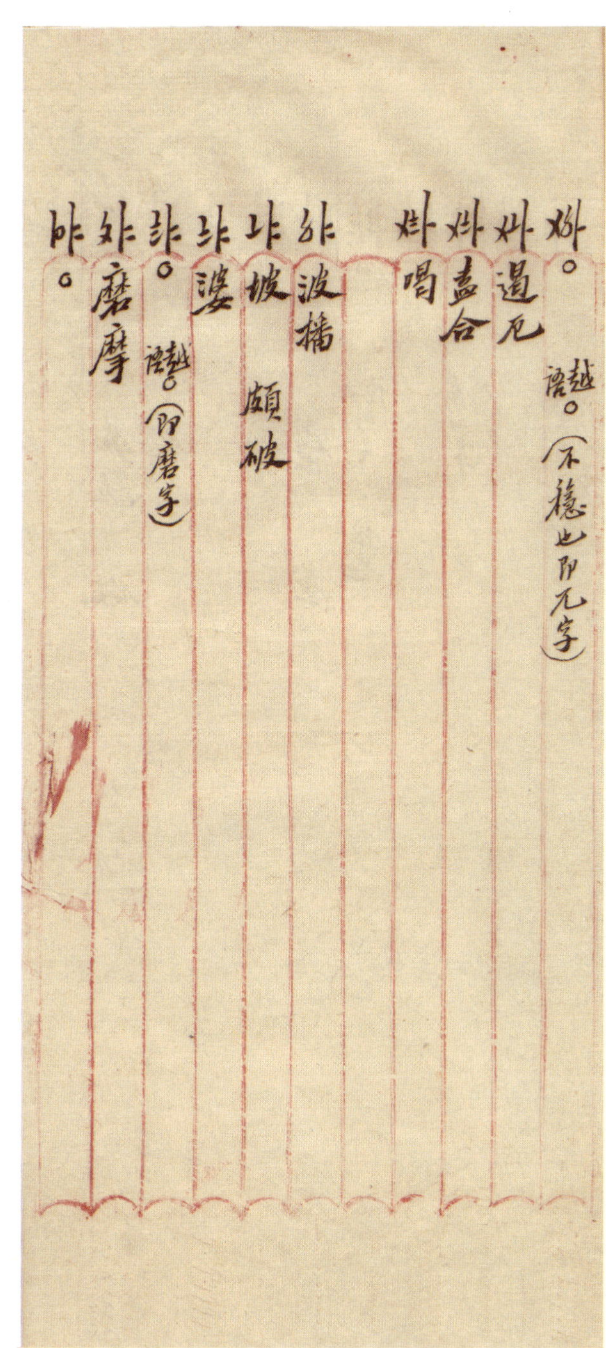

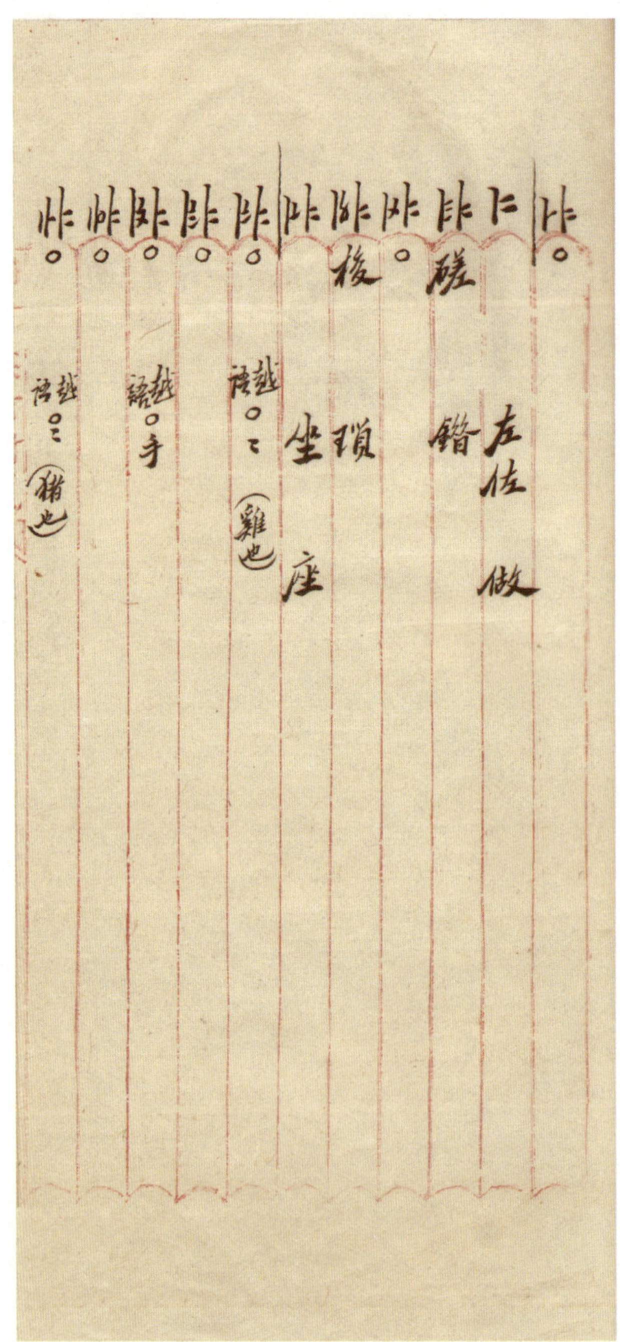

□○

□○　越語○〻賓（多也）

□○　越語○〻（遥物之声）

□○

□多　騾朶

□拖　妥

□佗駝　惰舵

□○　越語○〻（乳也奶之轉音）

□那挪儺　糯懦

□○　越語○閒李（即羅字）

□羅鑼籮　裸

哥歌
個个
科
可課

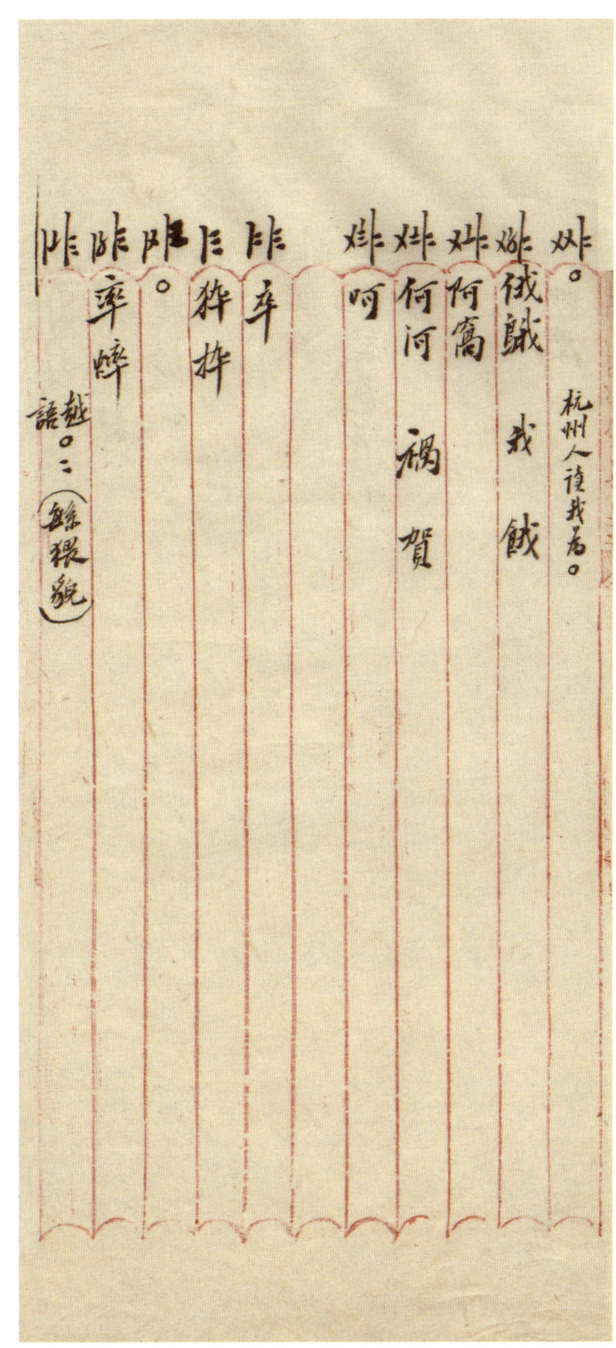

。杭州人讀我爲。

俄鵝　我　餓

阿窩

何河　禍　賀

呵

卒

猝捽

。

崒[illegible]

越語。二（[illegible]猥貌）

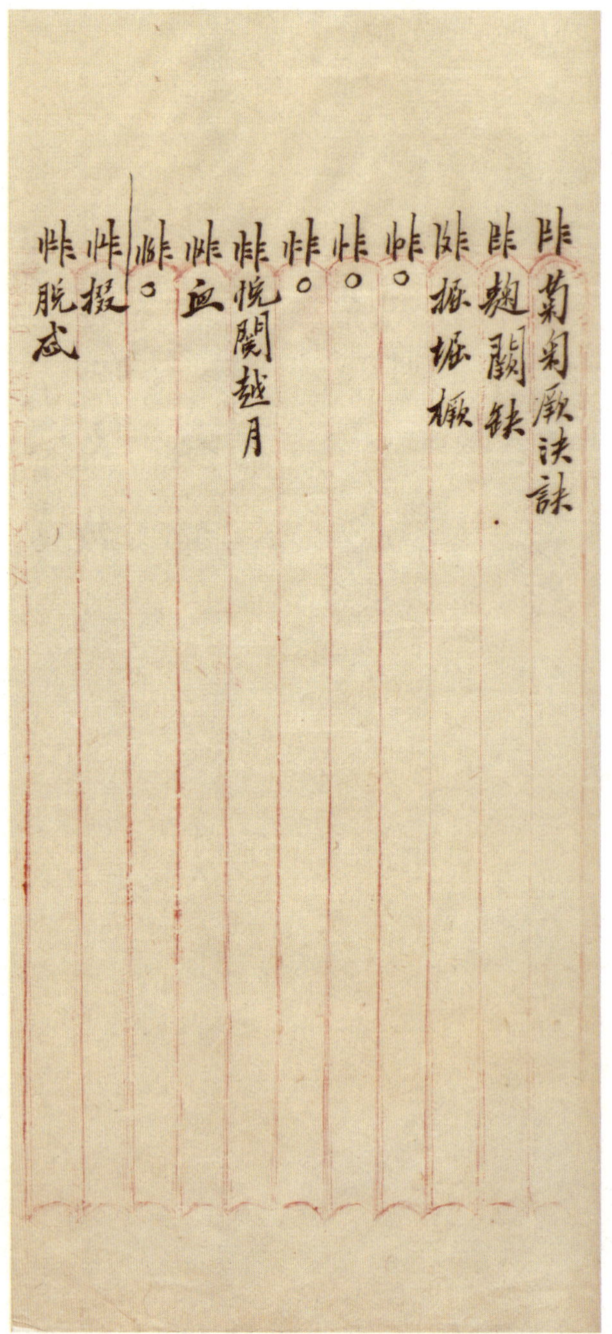

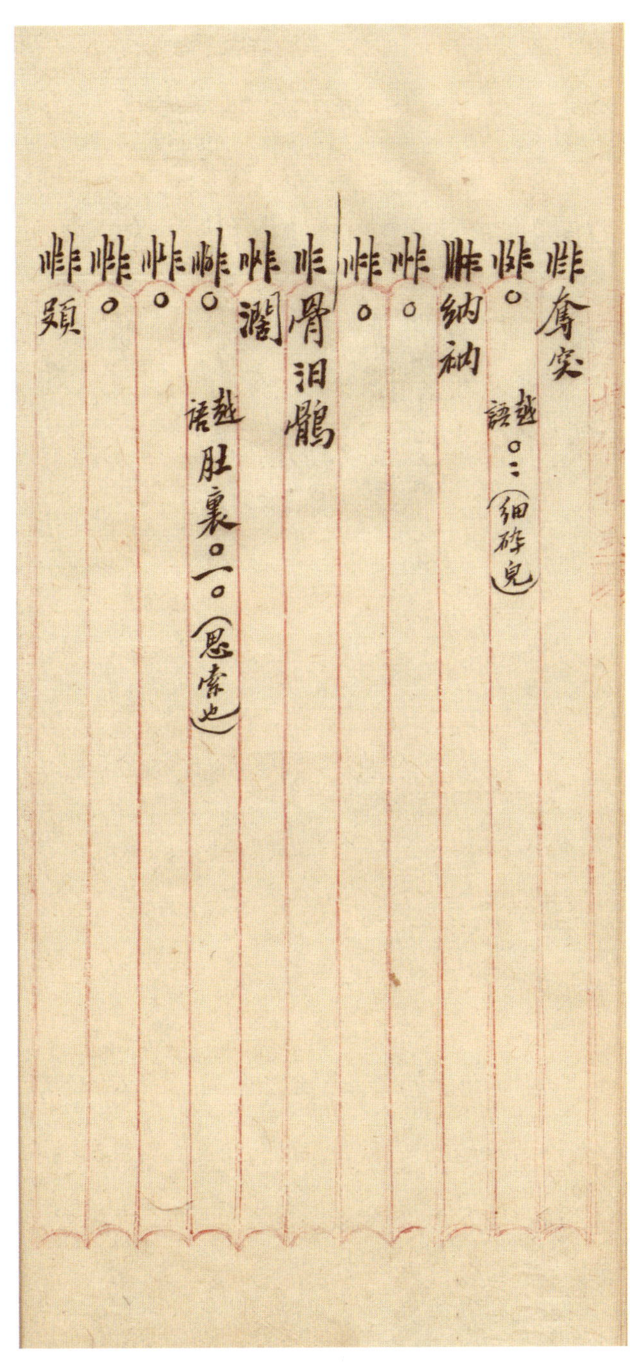

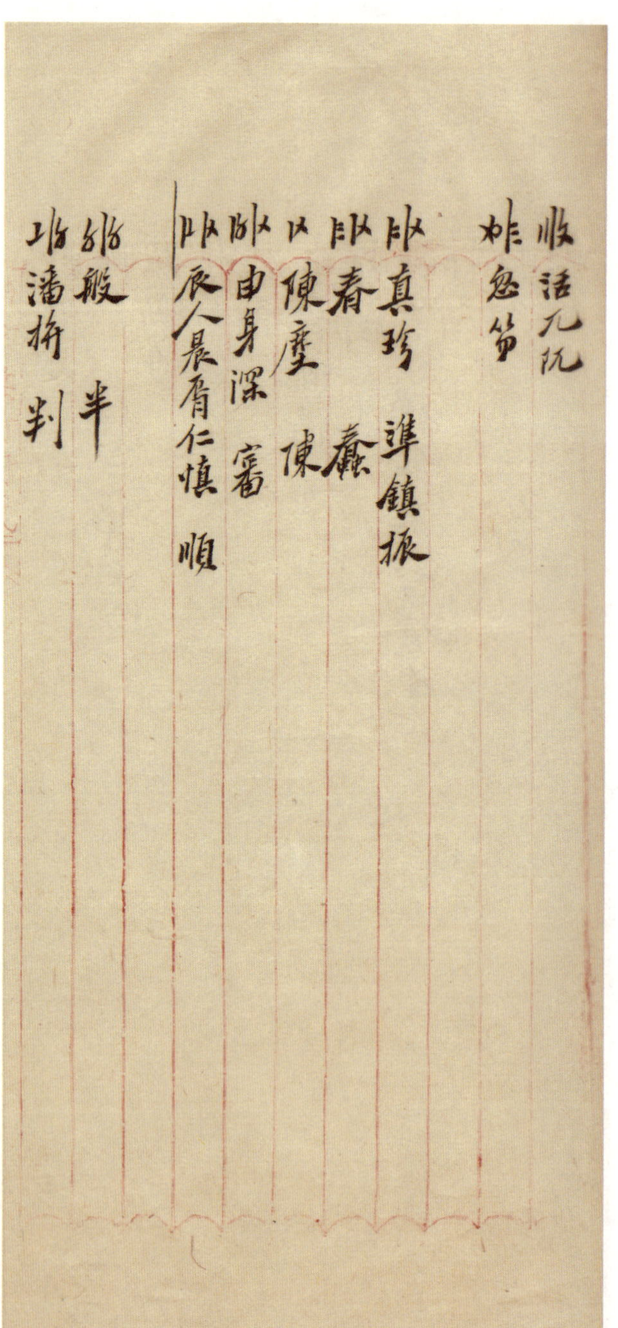

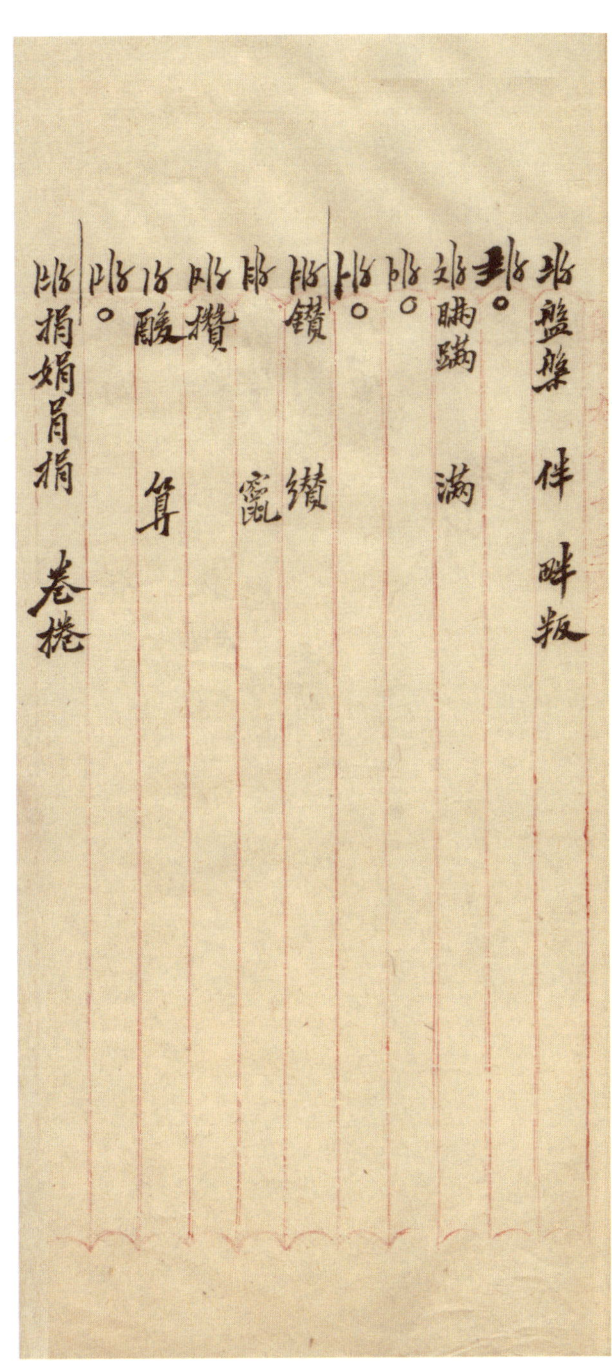

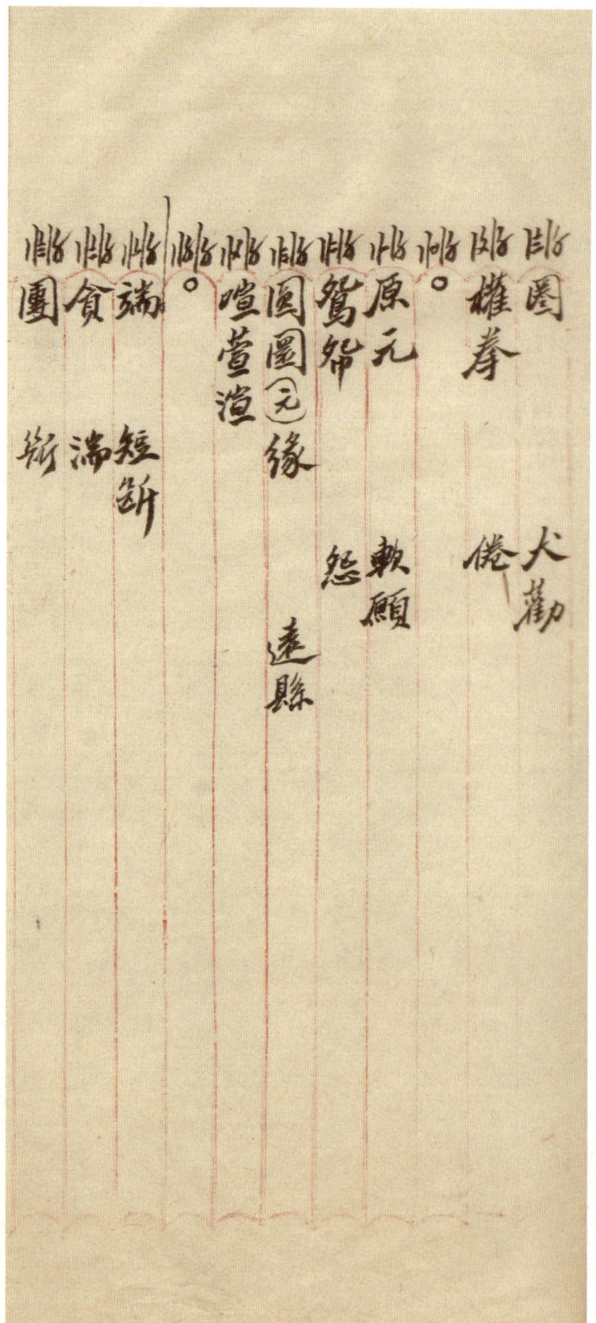

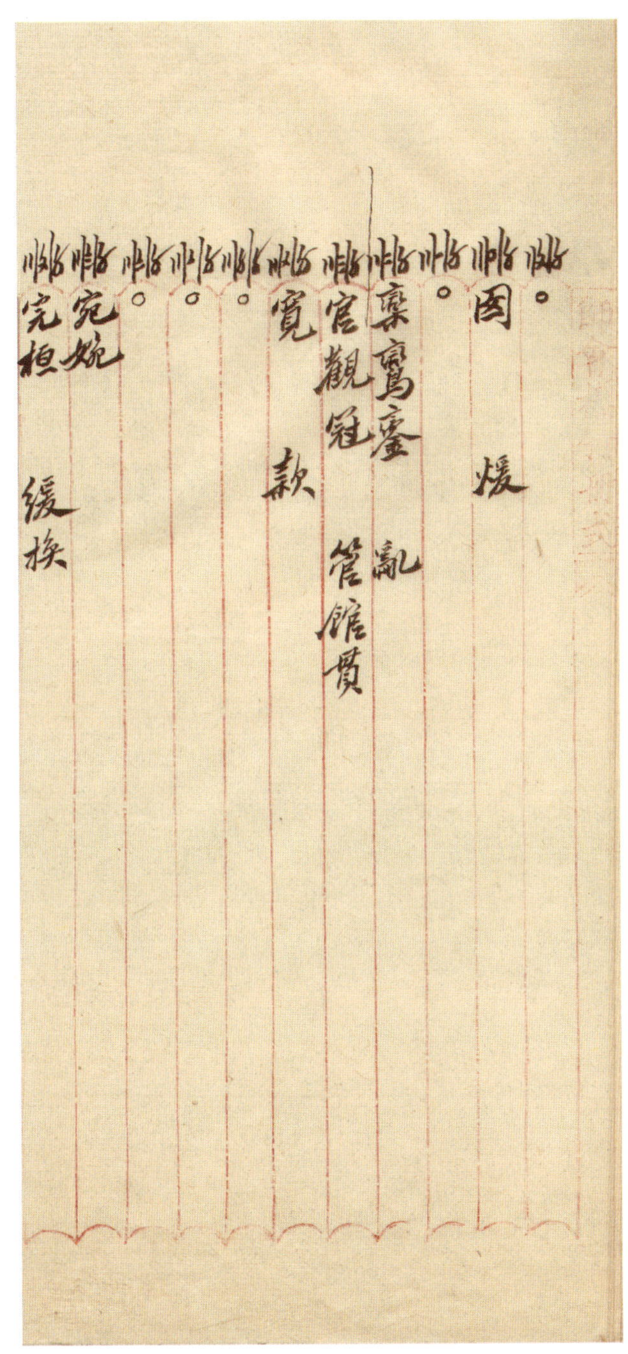

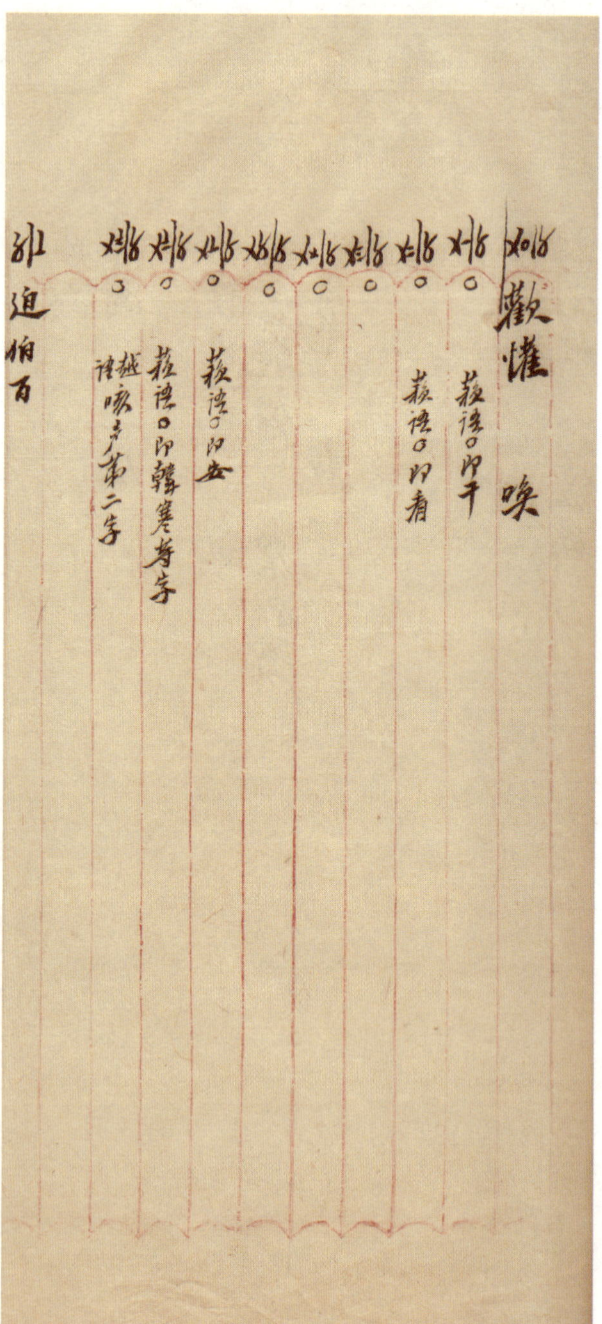

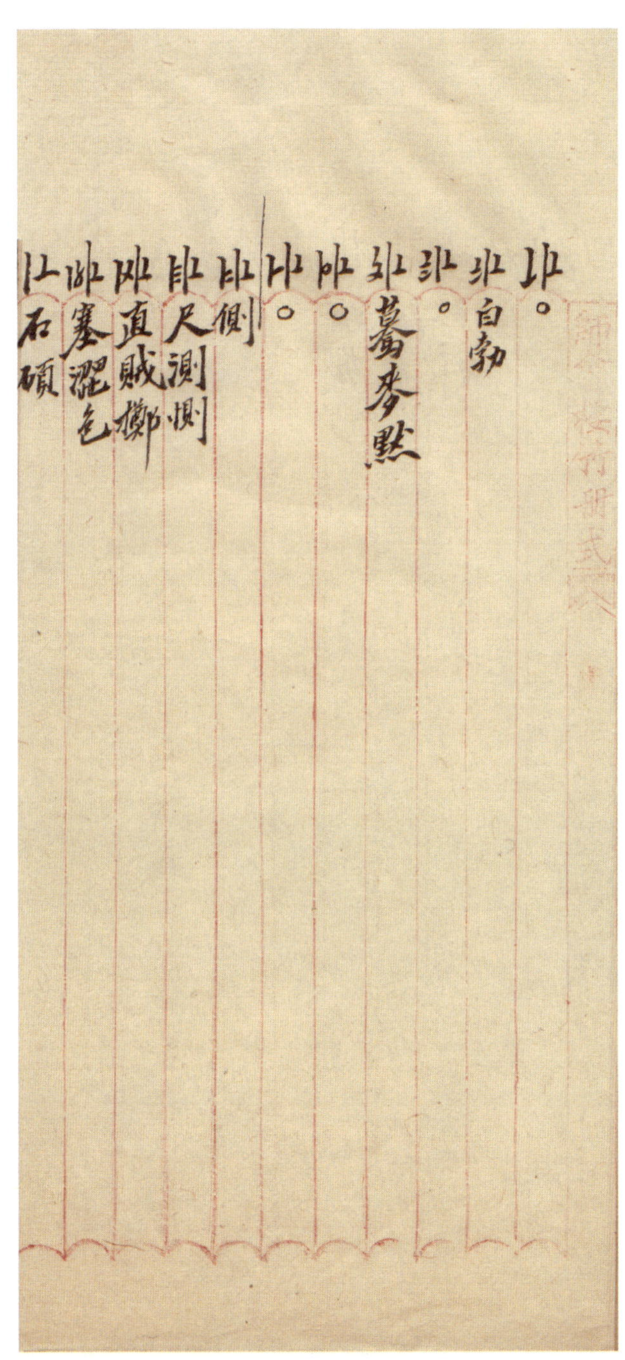

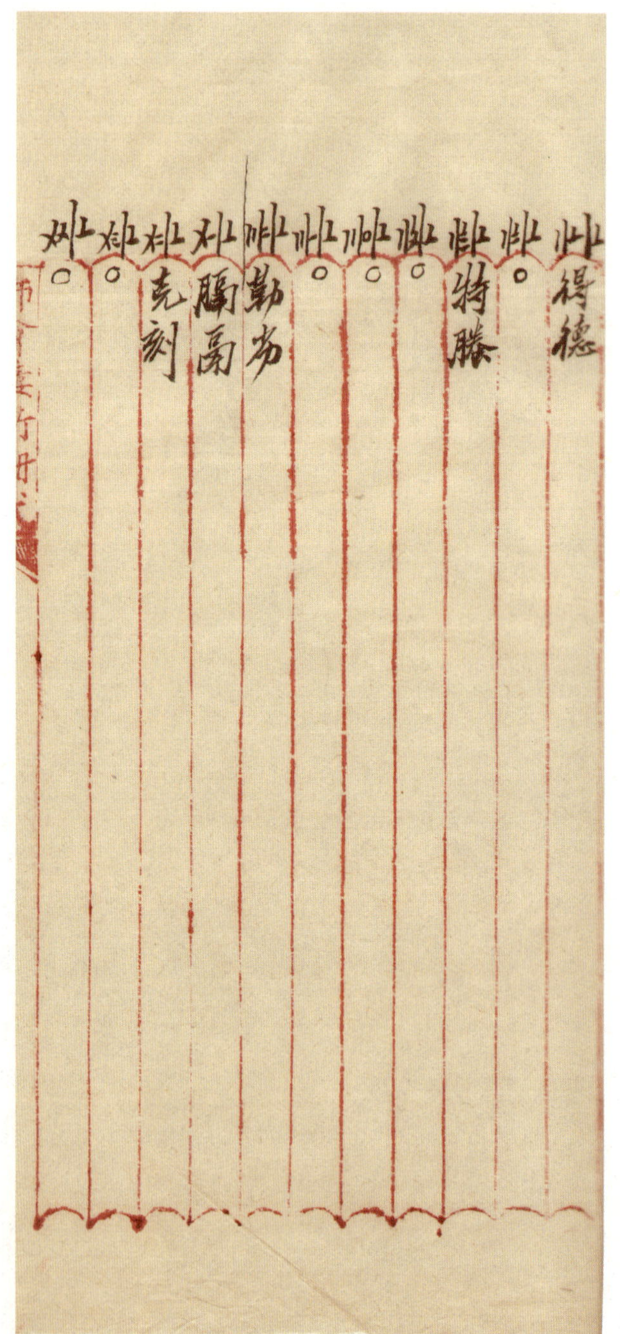

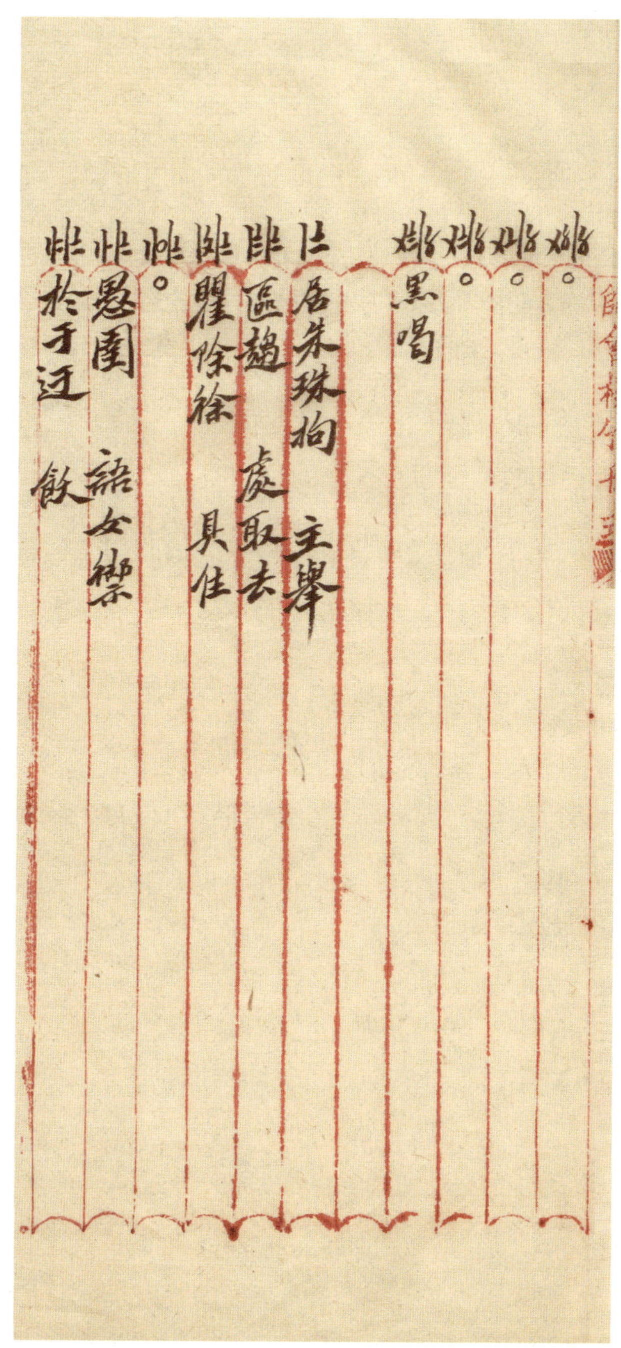

餘魚欤　雨與宇

雲書　許

儒女　樹澍汝

閭　呂慮

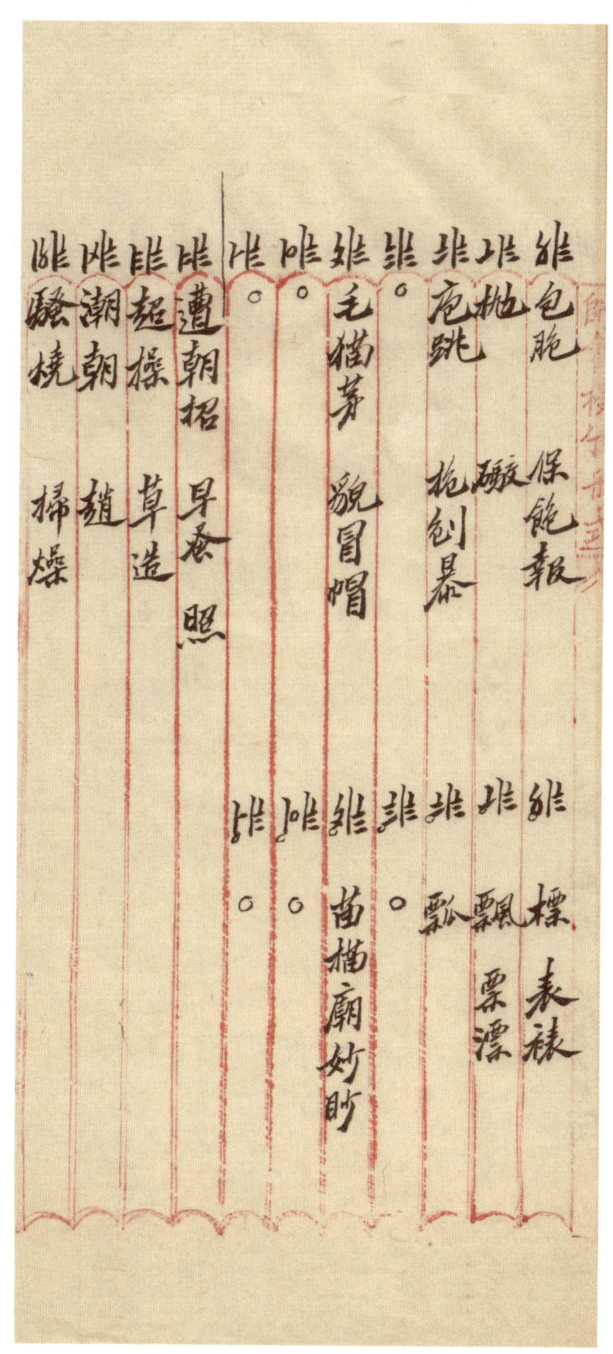

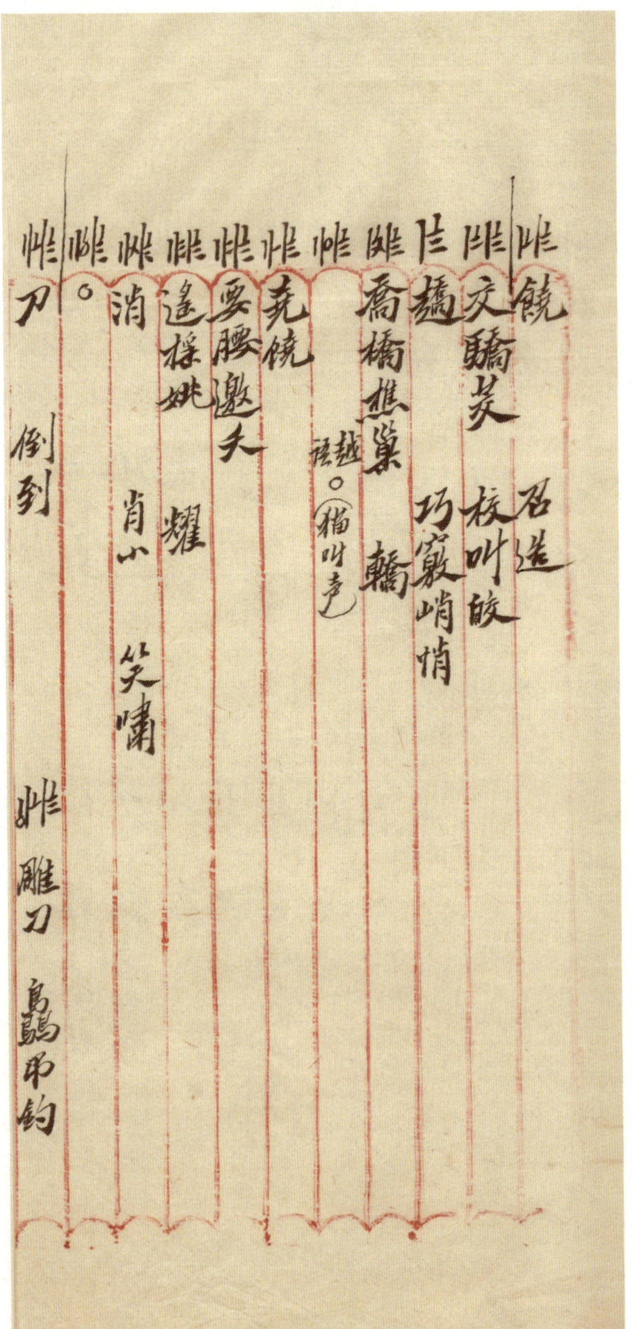
饒 召造
交驕茭 校叫皎
蹺 巧竅峭悄
喬橋樵巢 轎
越○（猫叫声）
堯饒
要腰邀夭
遙搖姚 耀
消 肖小 笑嘯
○
刀 倒到
雕刁 鳥鵰弔釣

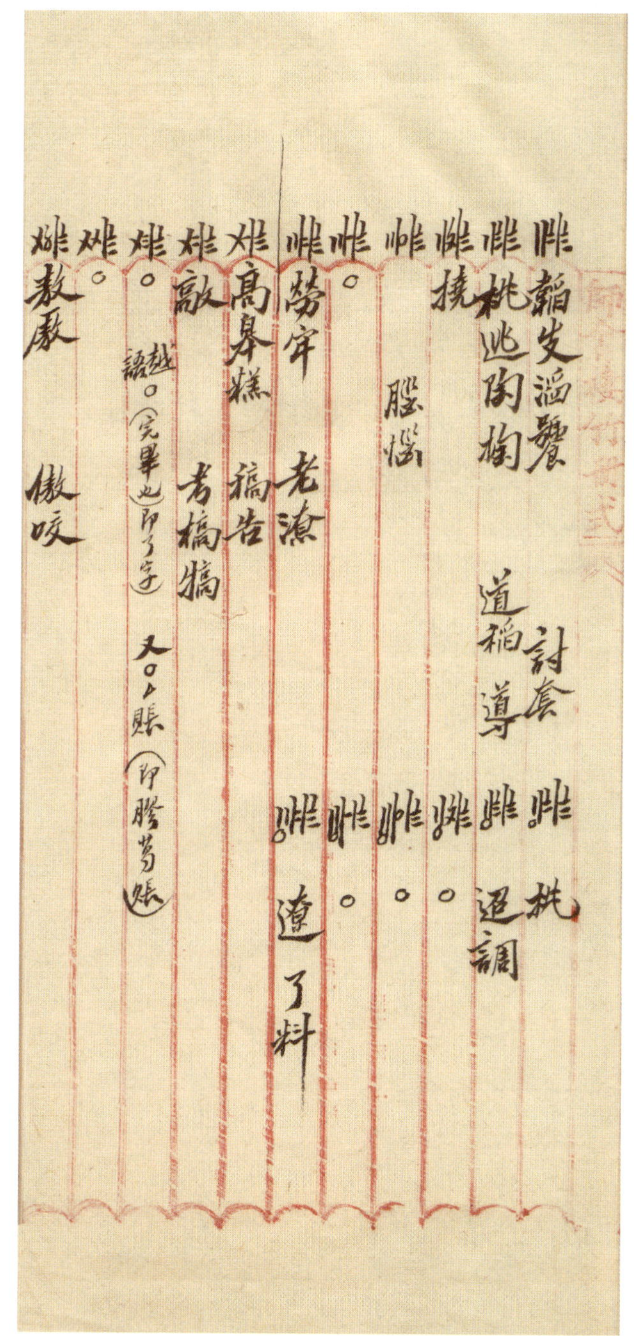

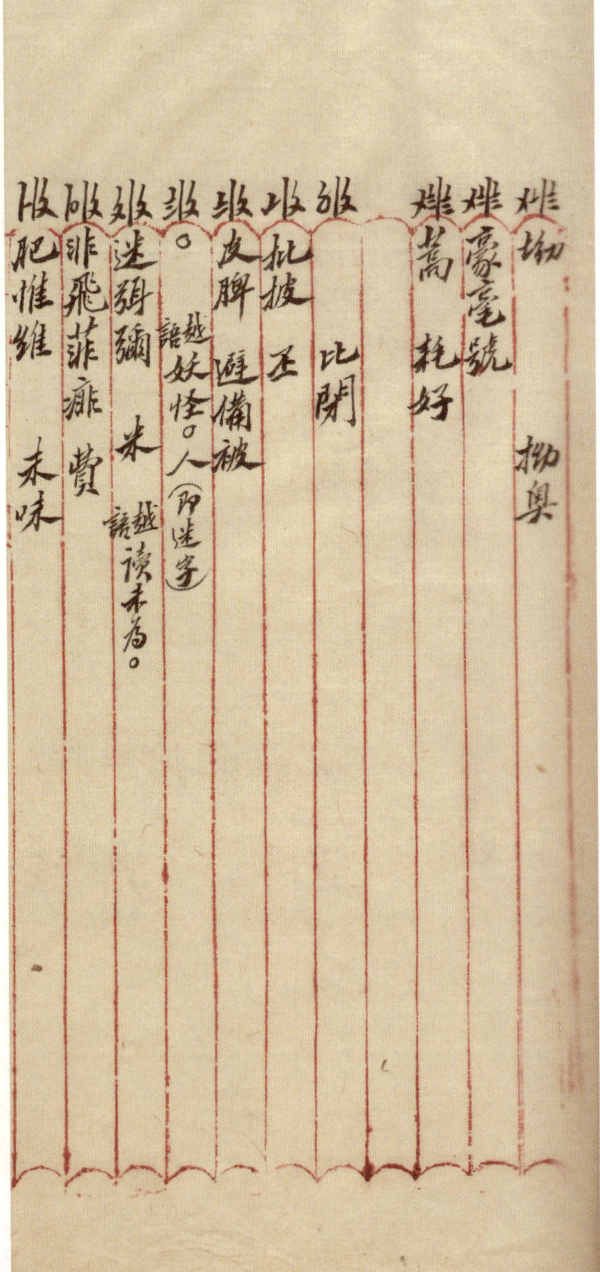

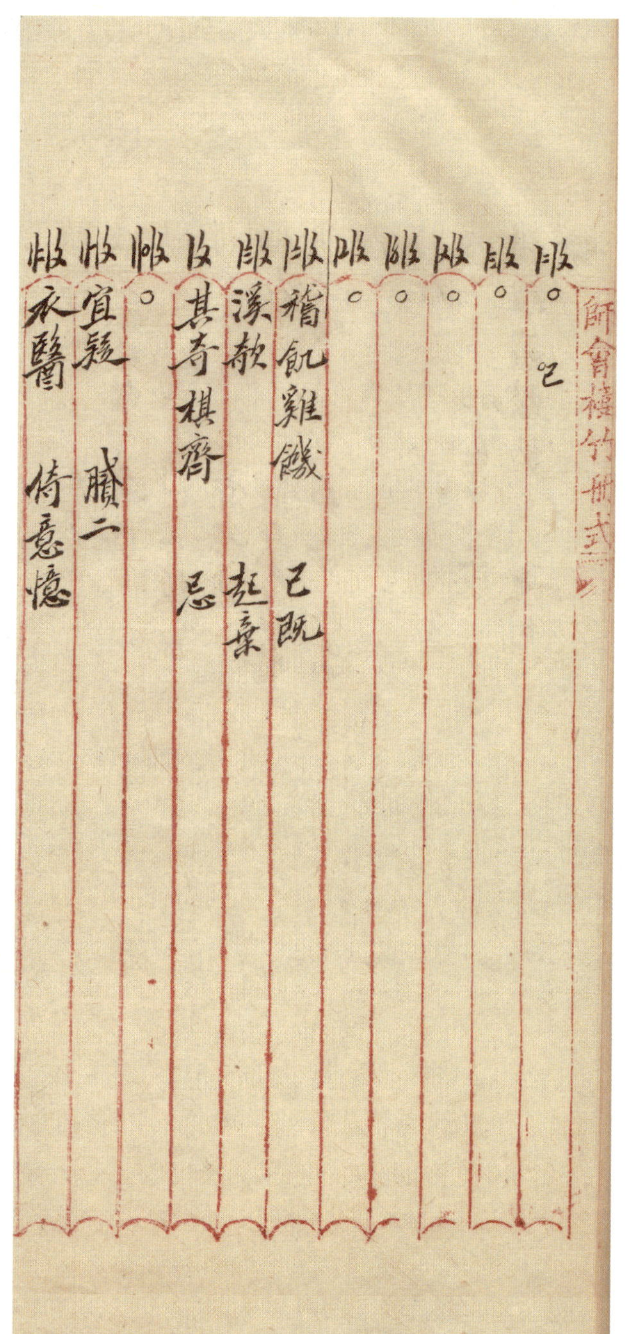

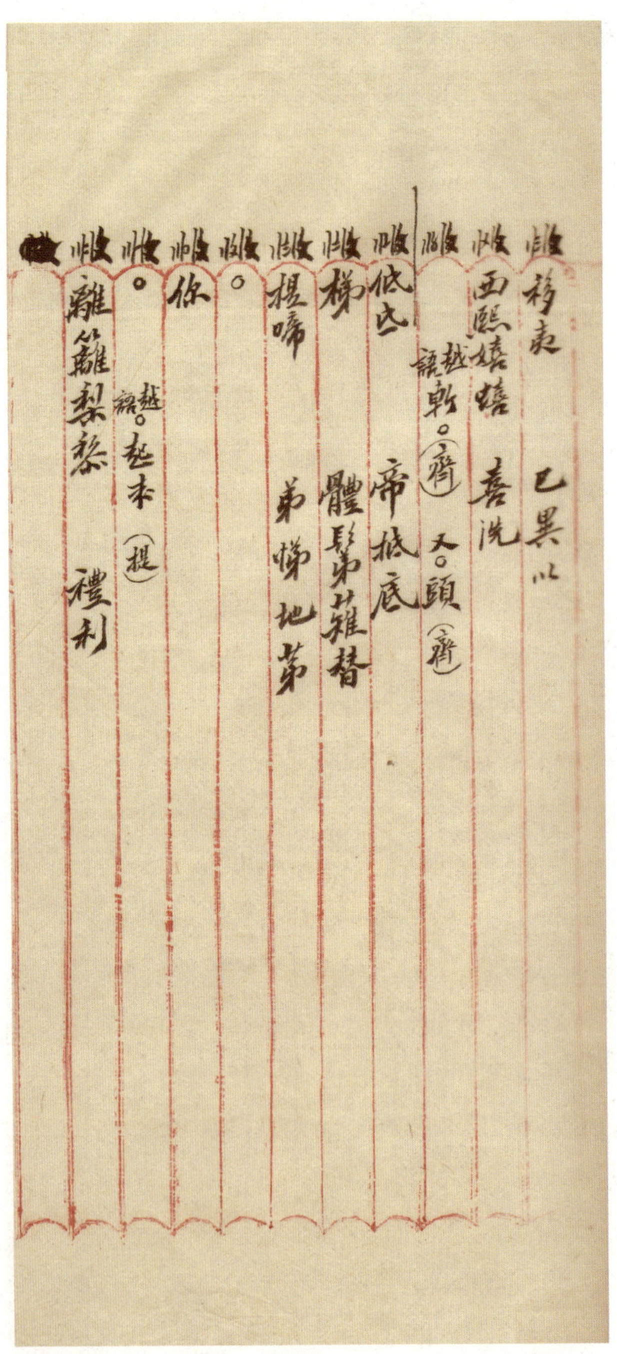

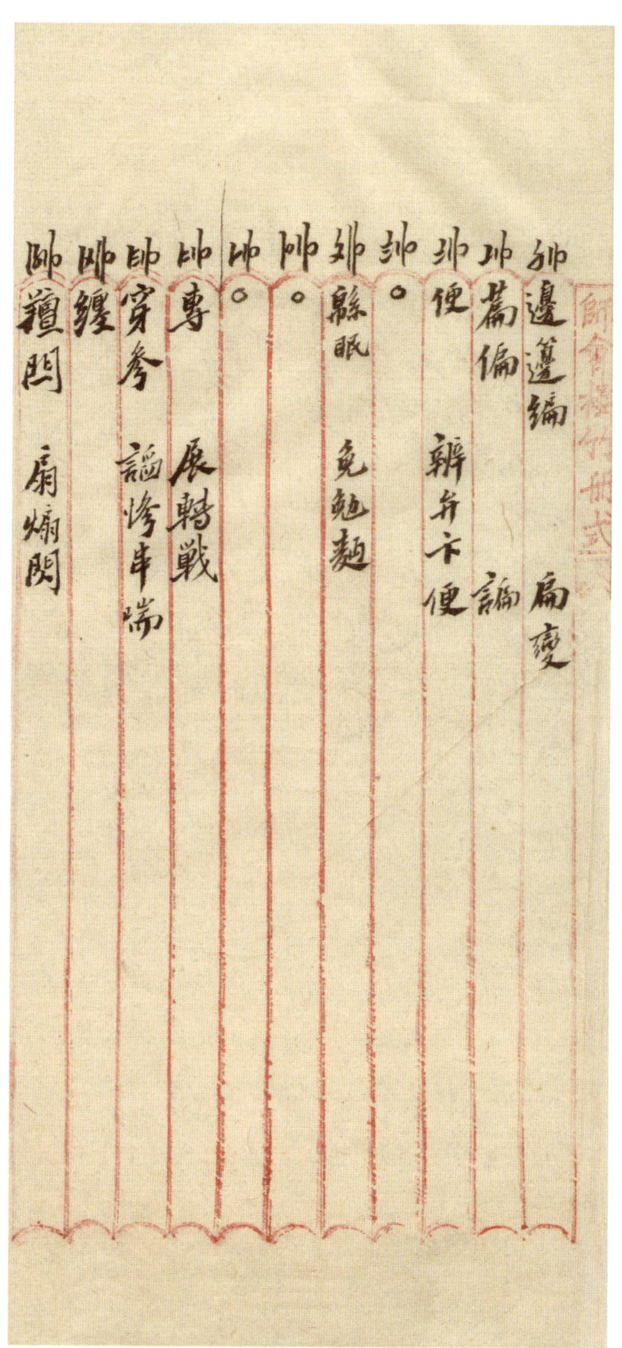

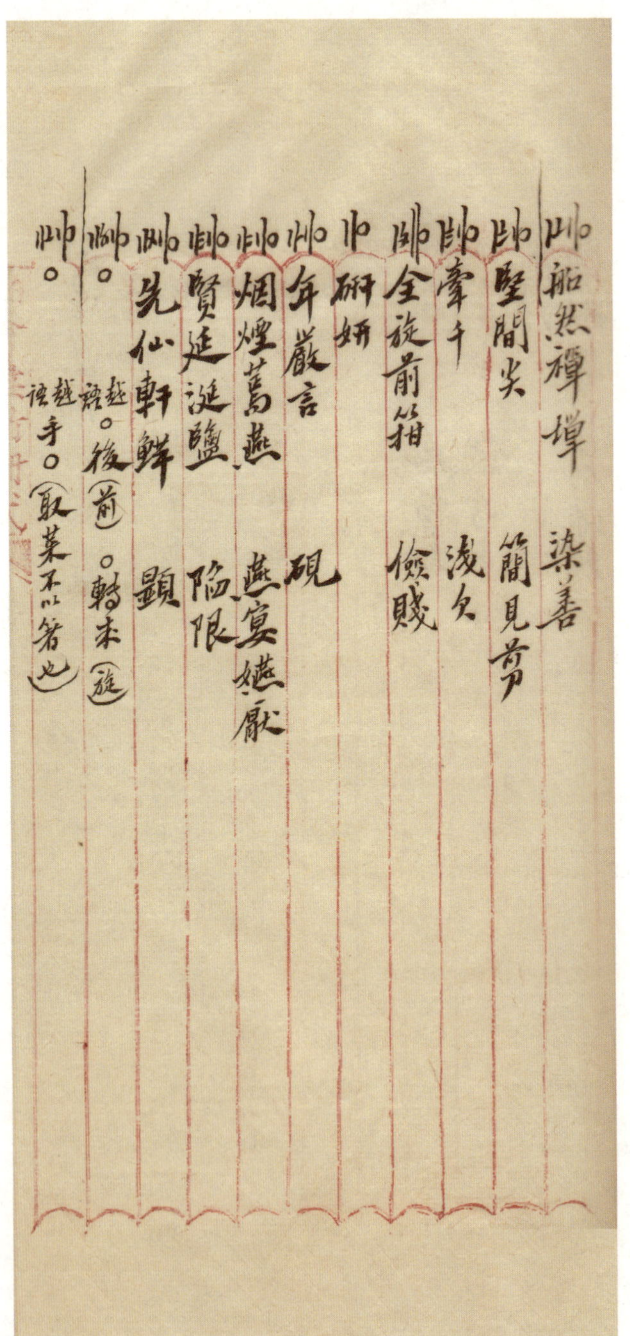

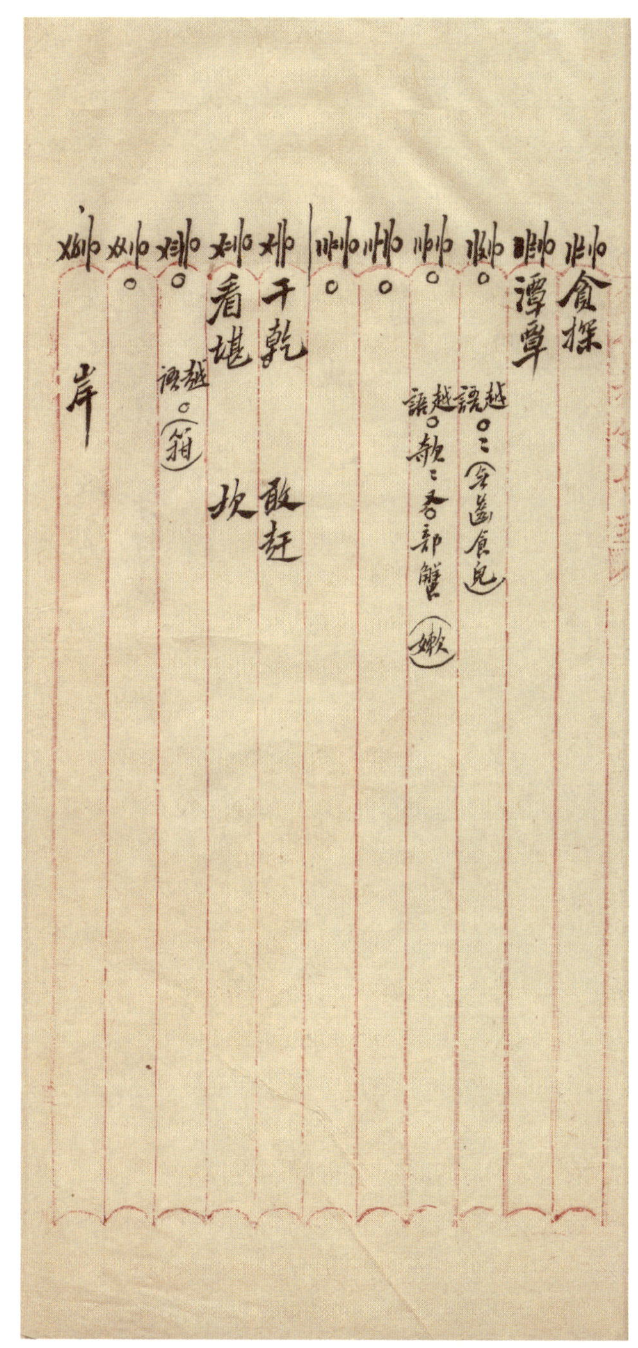

飡探
潭覃
越語
越語
嫩
干乾
敢赶
看堪
坎
越語
箱
岸

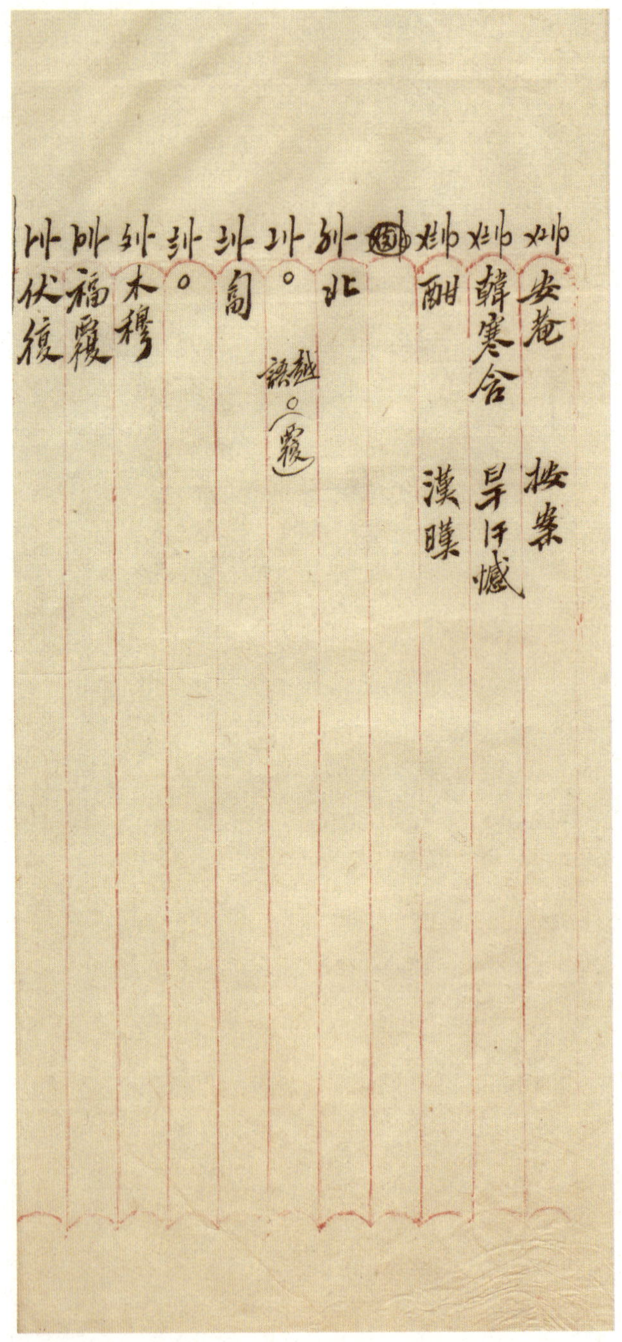

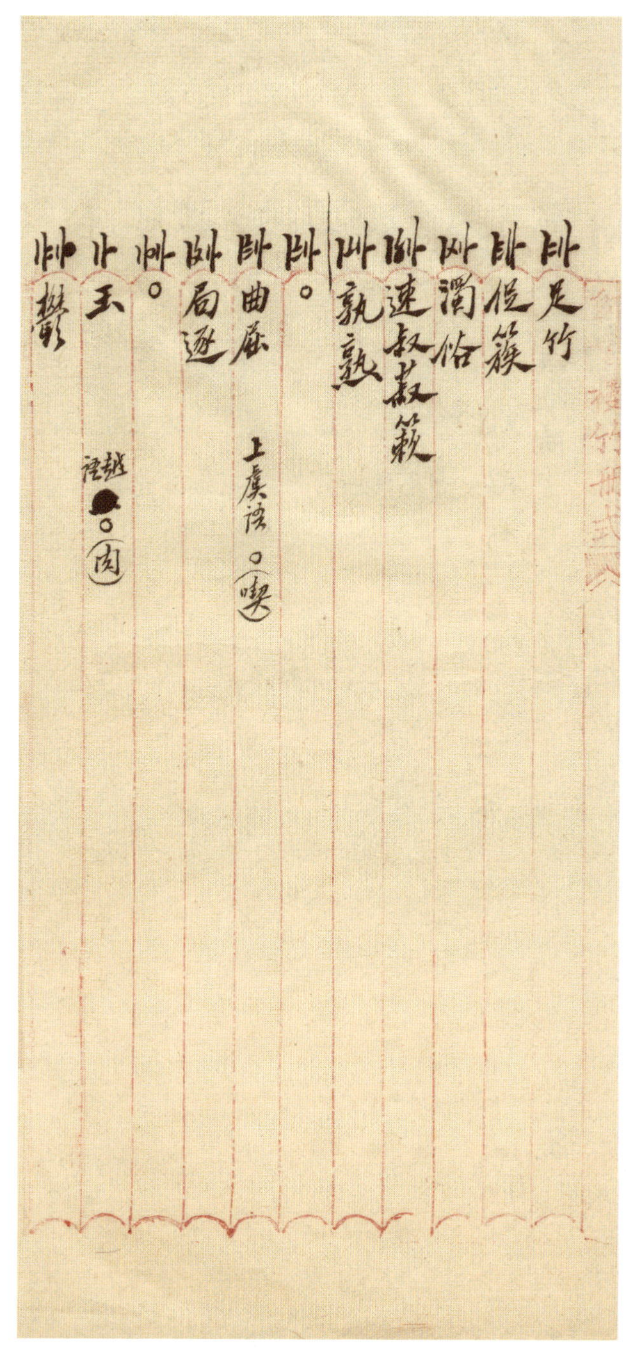

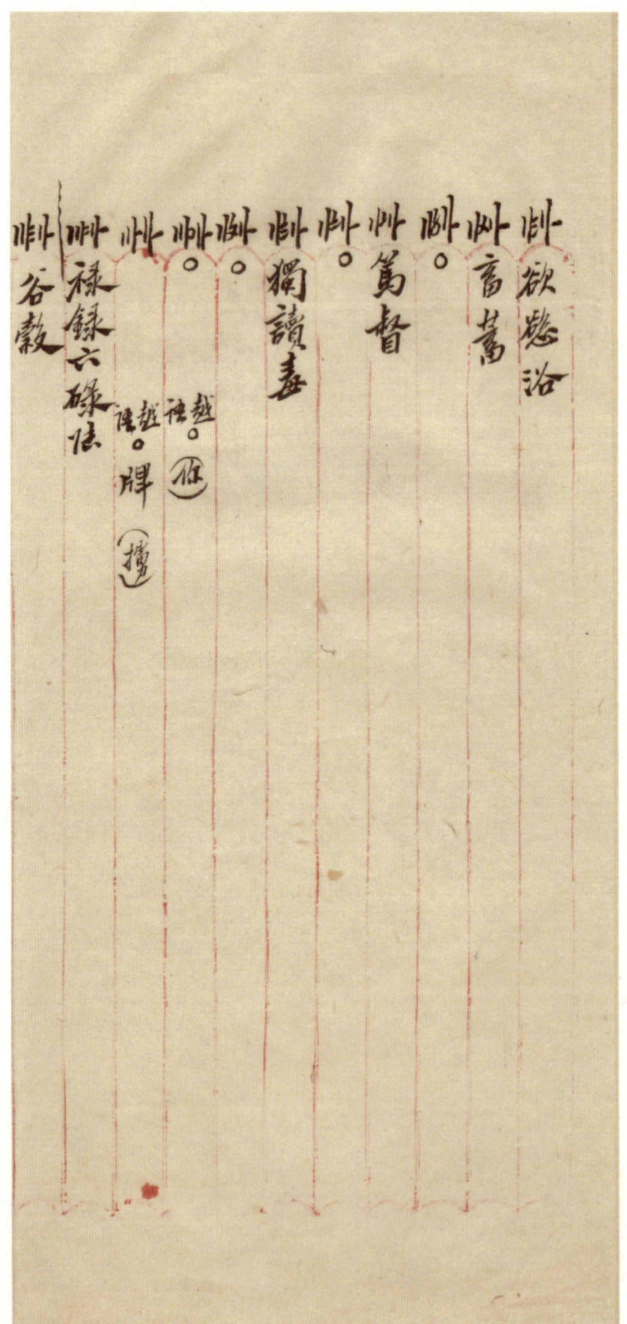

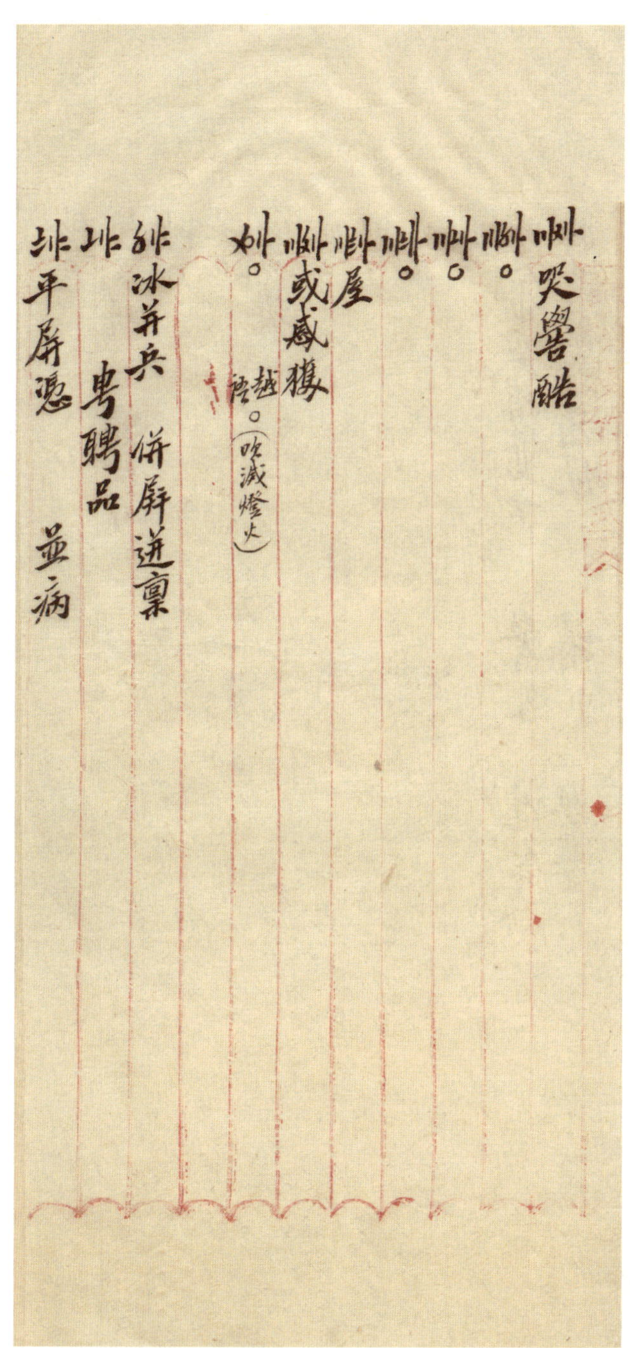

哭嚳酷

○

○

○

屋

或惑獲

○　越語○（吹滅燈火）

冰并兵　併屏迸稟

粤聘品

平屏憑　並病

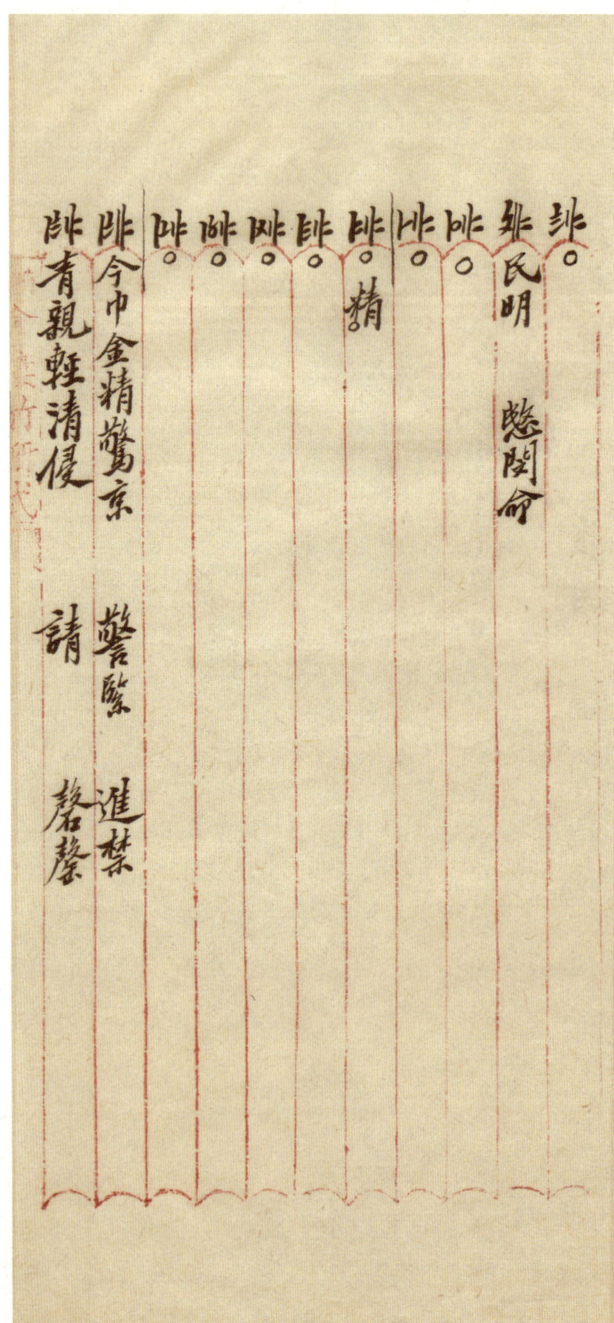

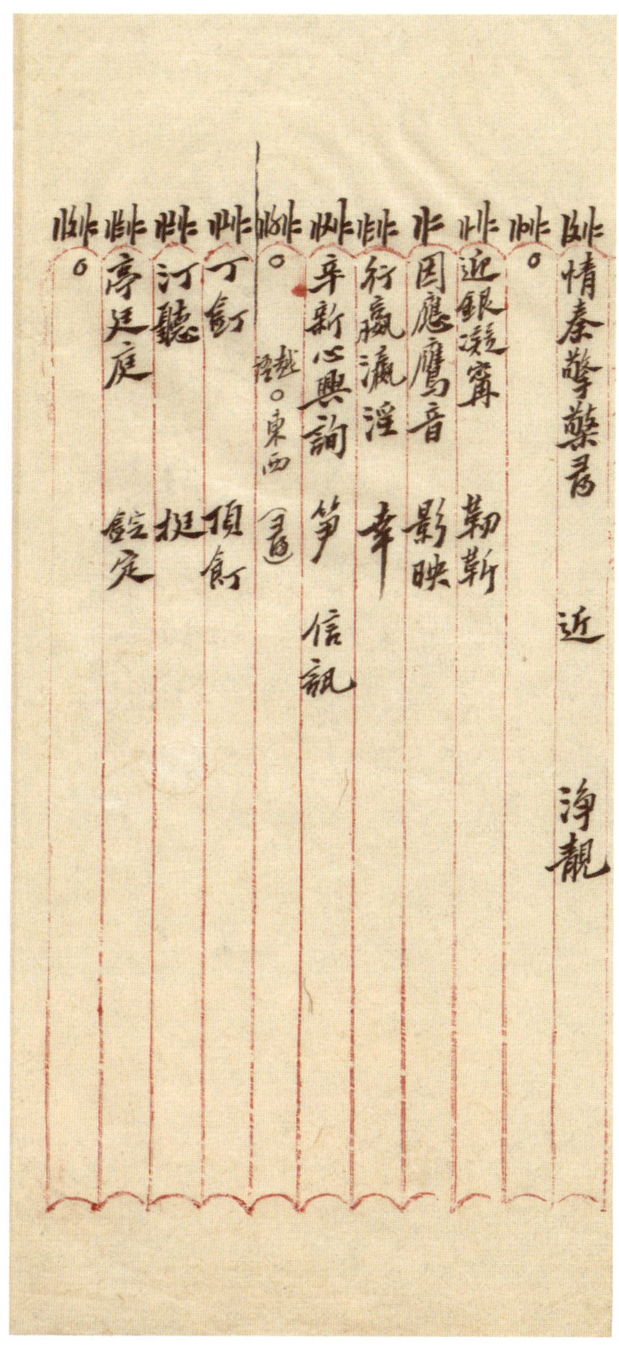

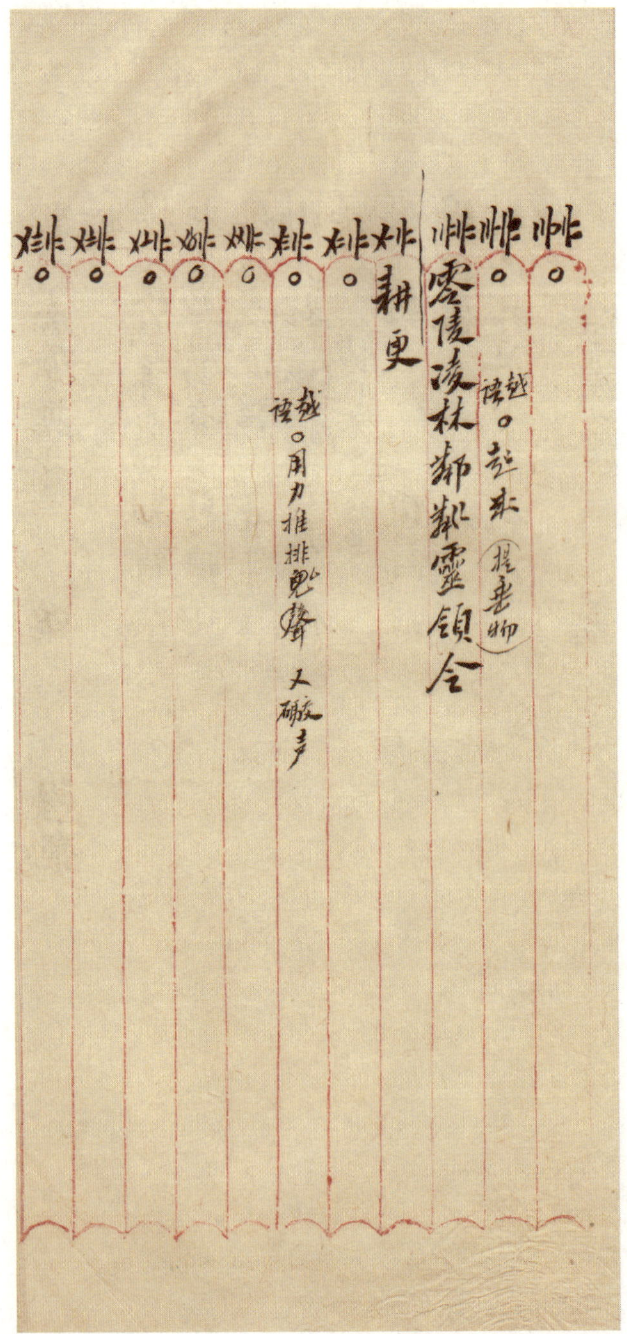

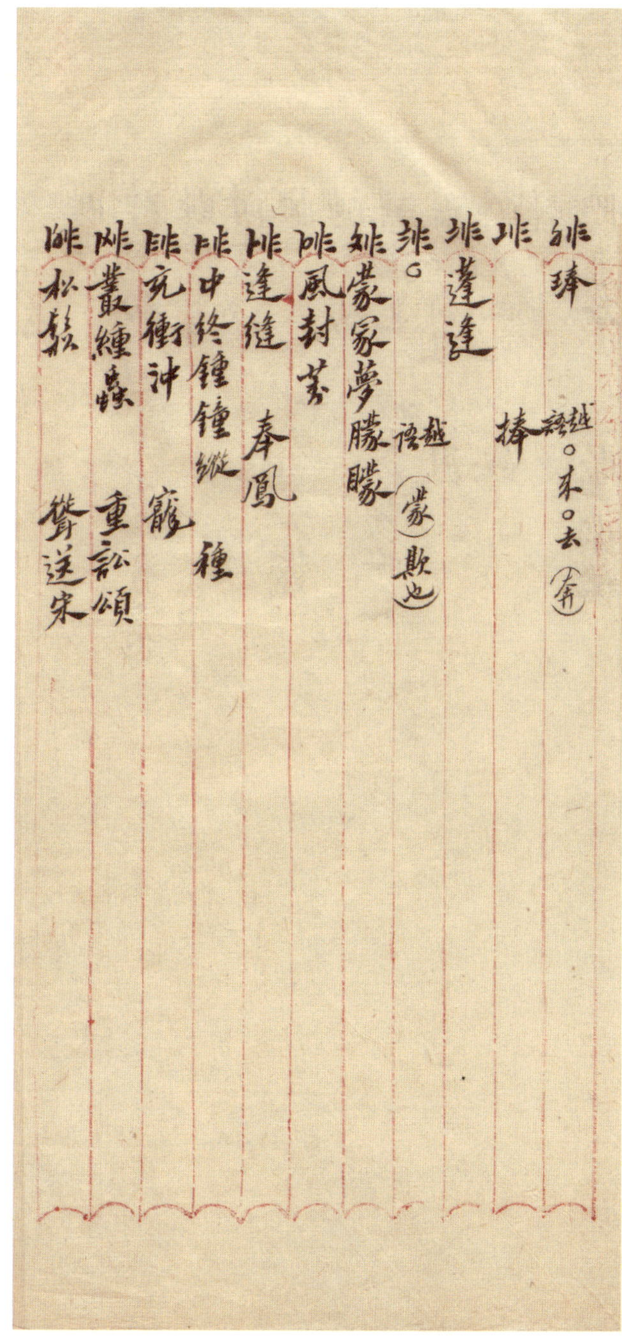

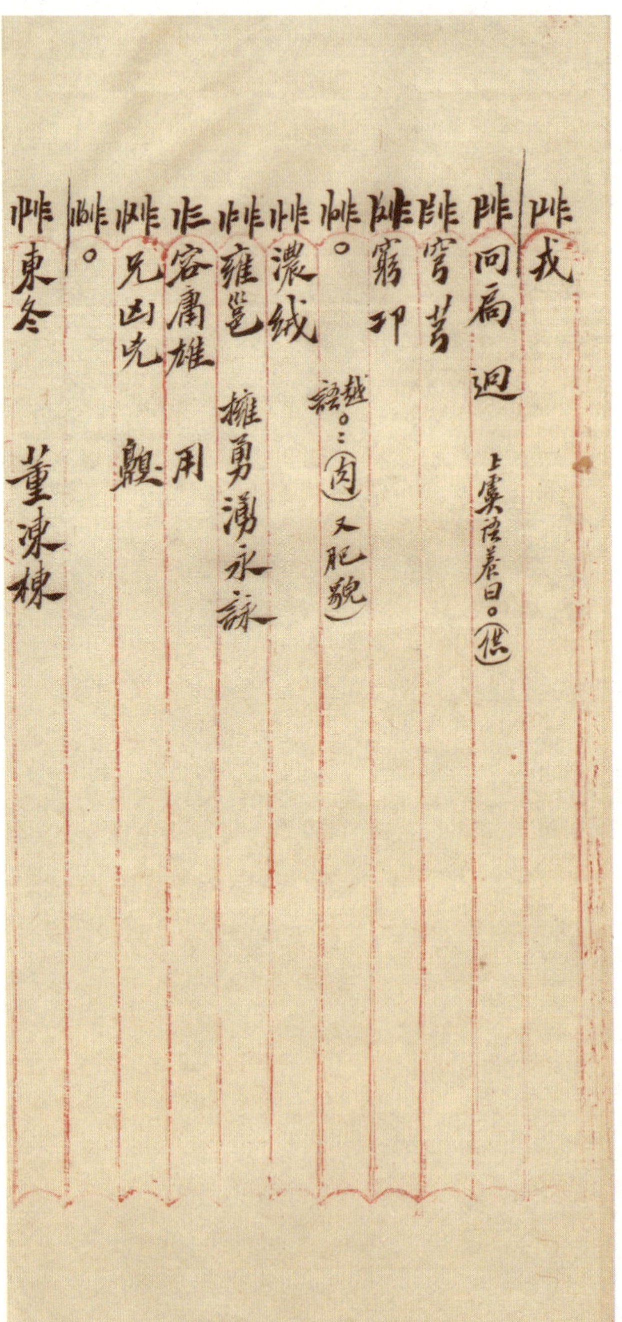

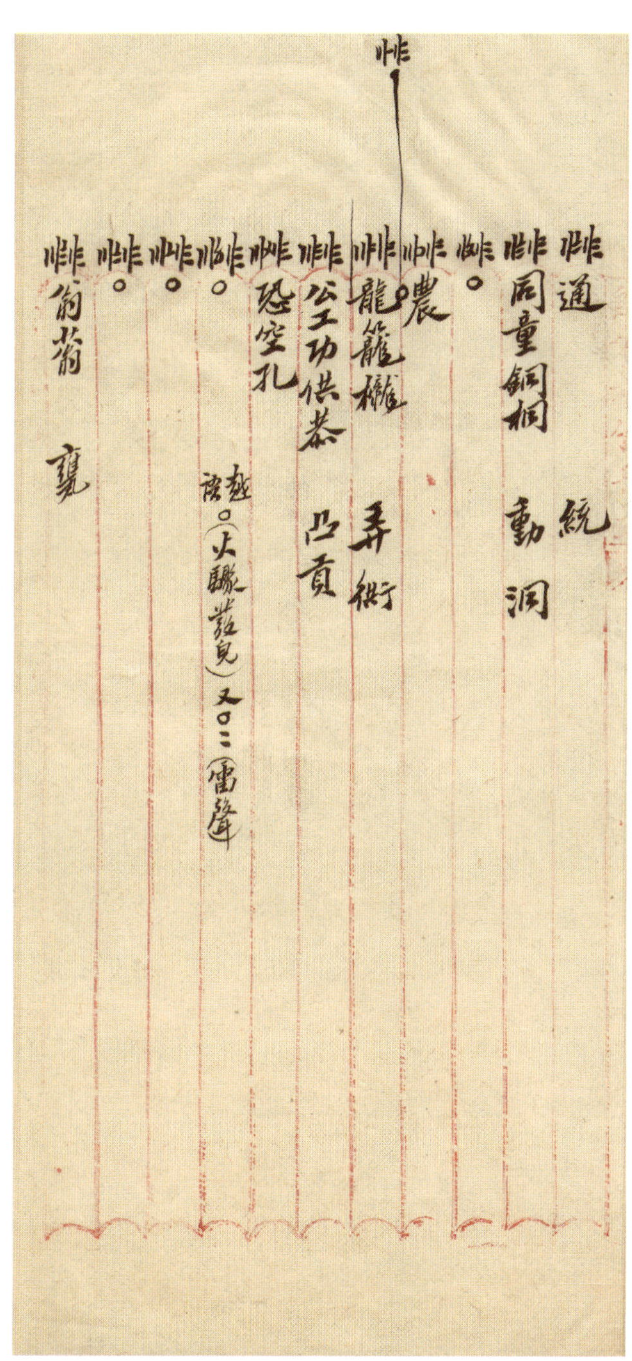

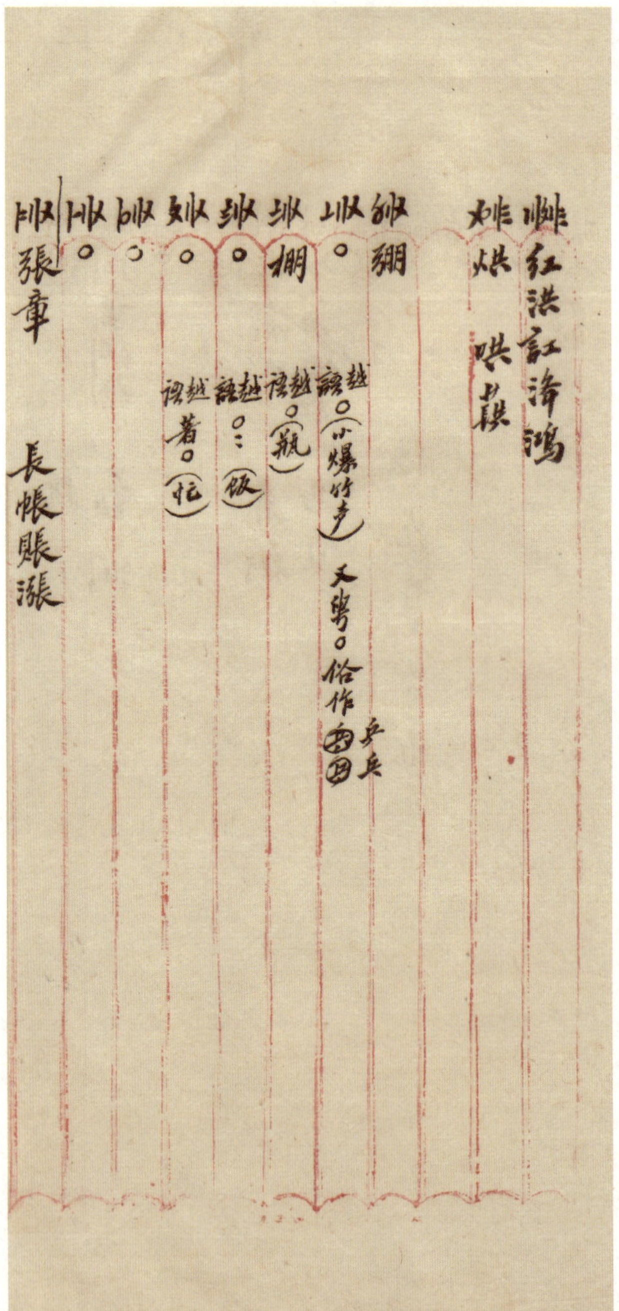

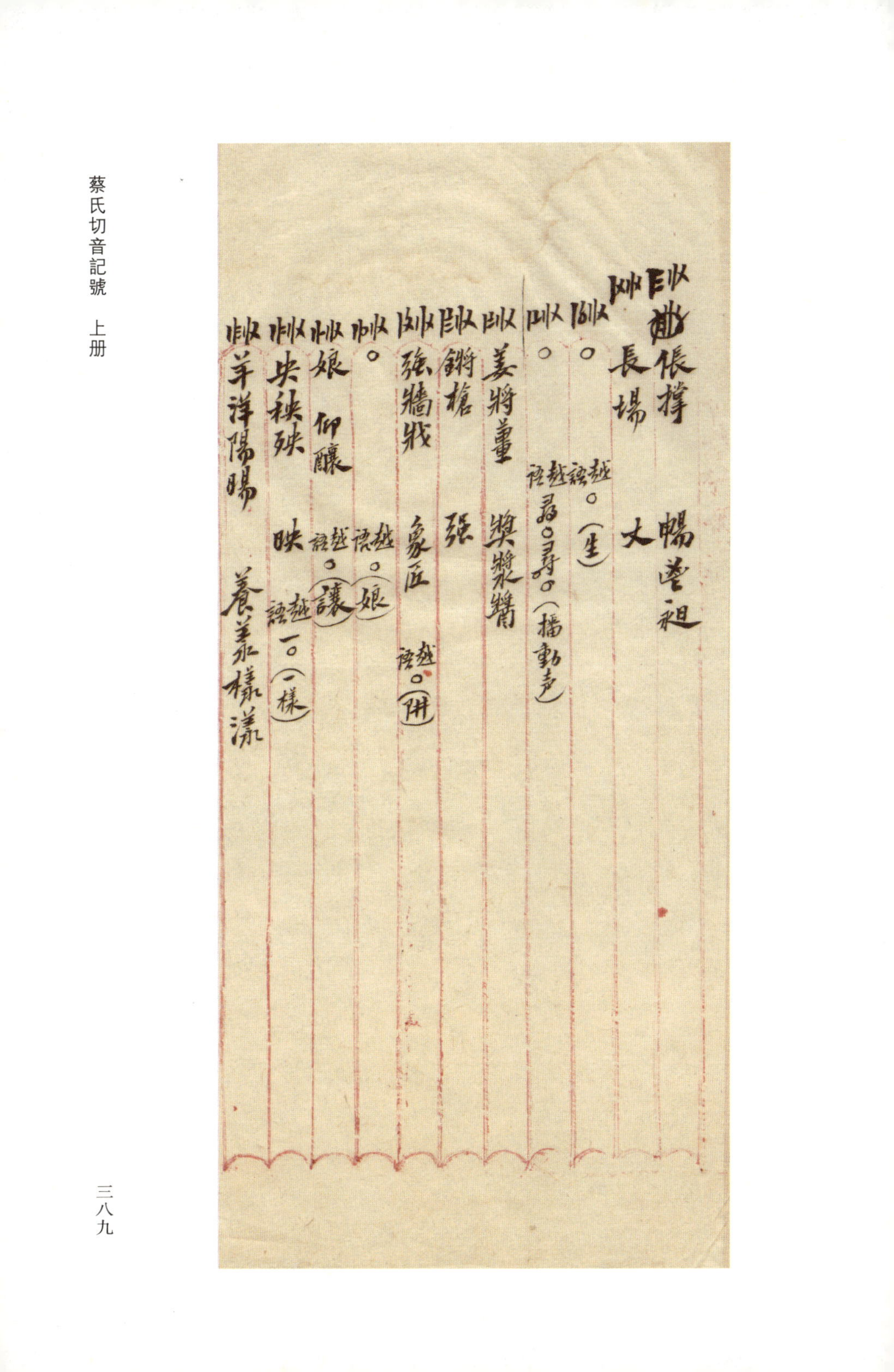

[illegible] 張撐　暢[illegible]袒

[illegible] 長場　丈

[illegible] ○　越語○（生）

[illegible] ○　越語[illegible]○[illegible]○（播動声）

[illegible] 姜將蔁　獎槳醬

[illegible] 鏘槍　蹡

[illegible] 強牆戕　象匠　越語○（[illegible]）

[illegible] ○　越語○（娘）

[illegible] 娘　仰釀　越語○（讓）

[illegible] 央秧殃　映　越語一○（一樣）

[illegible] 羊洋陽暘　養羕樣漾

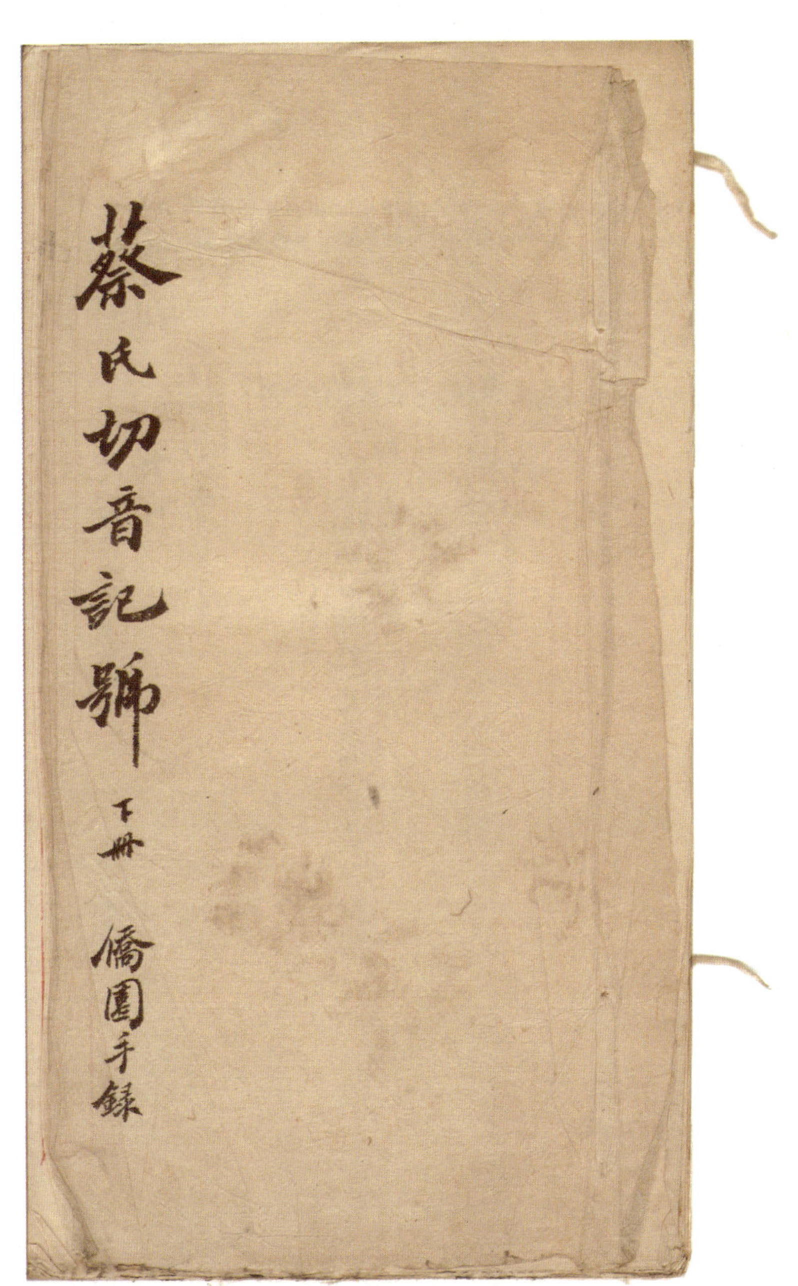
蔡氏切音記號 下册
僑園手録

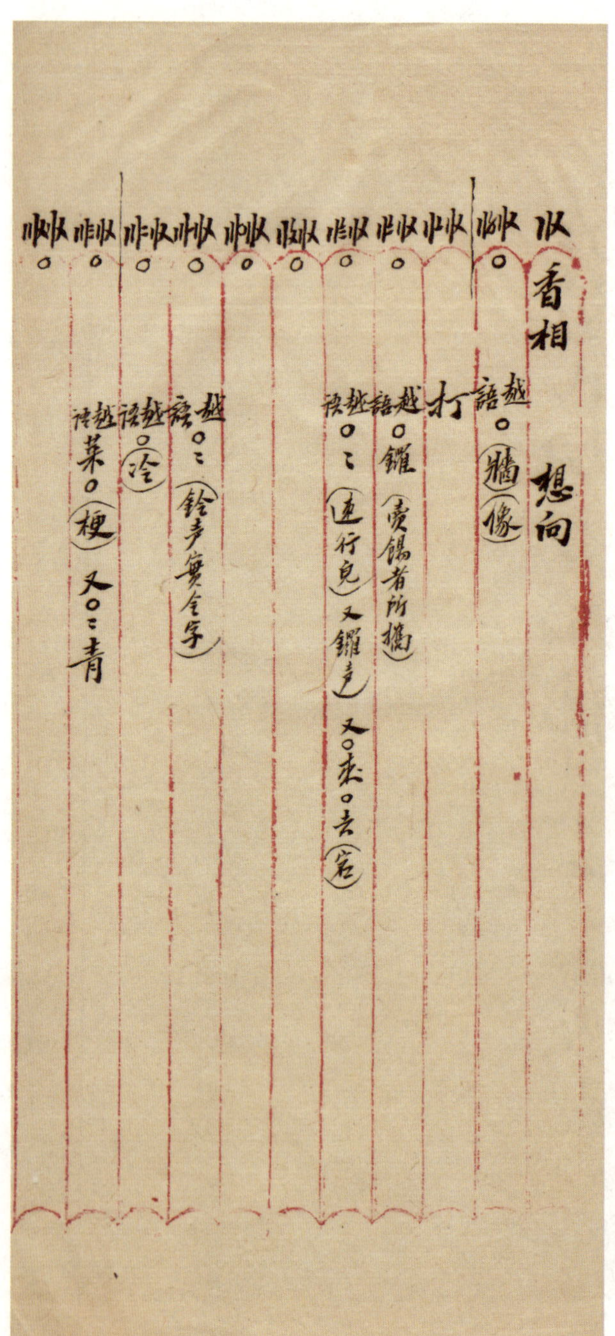

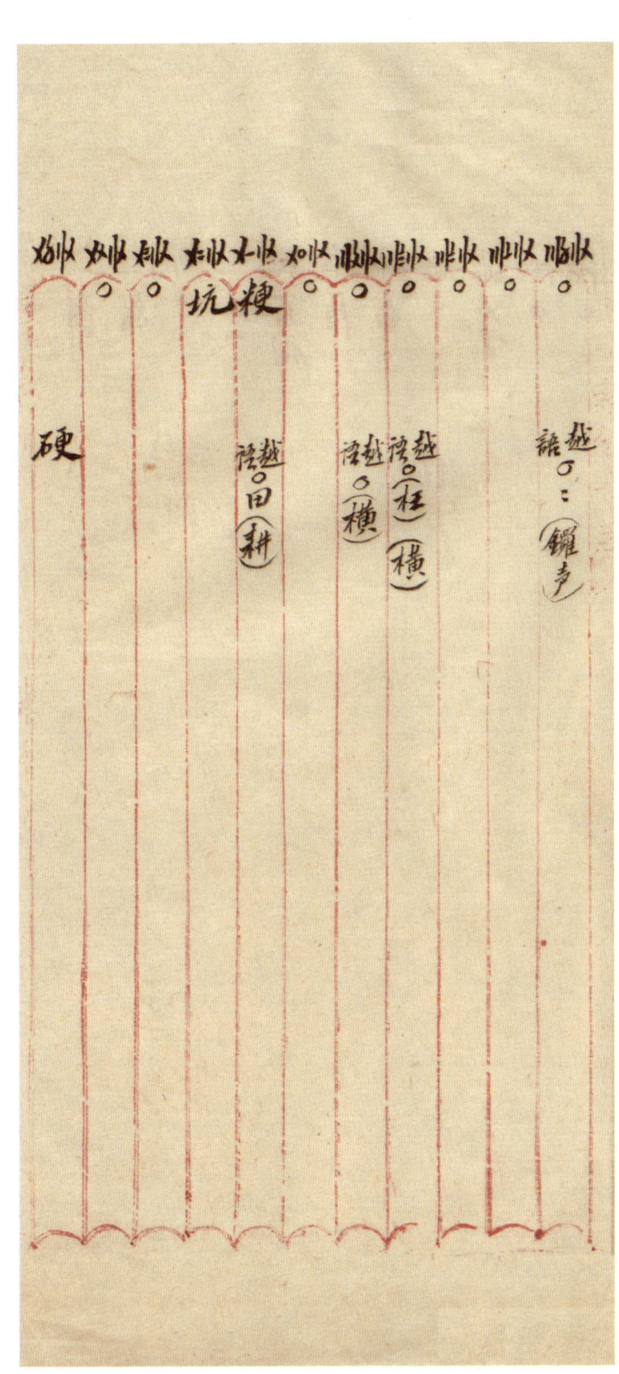

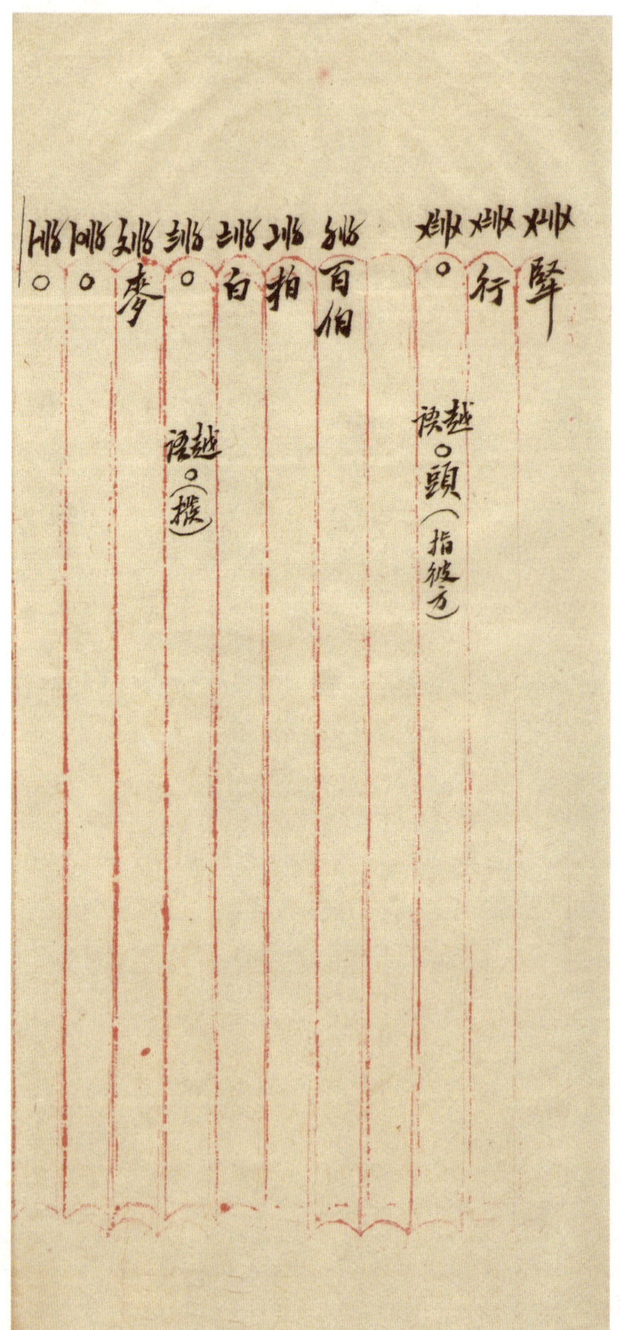

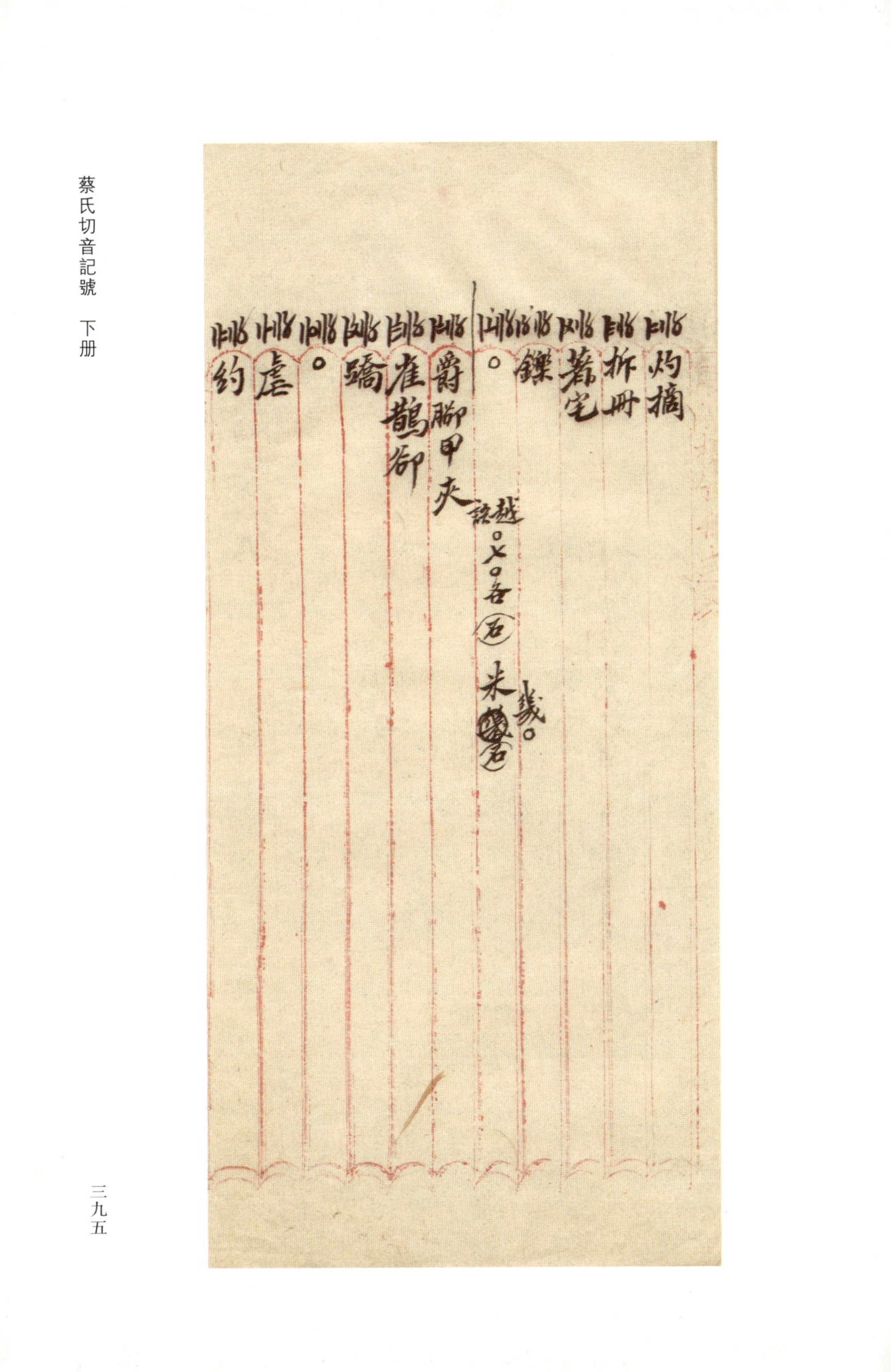

灼摘

拆册

着宅

鑠

○

爵脚甲夾

註越○乂○各　石　朱　錢○　石

雀鵲卻

蹻

○

虐

約

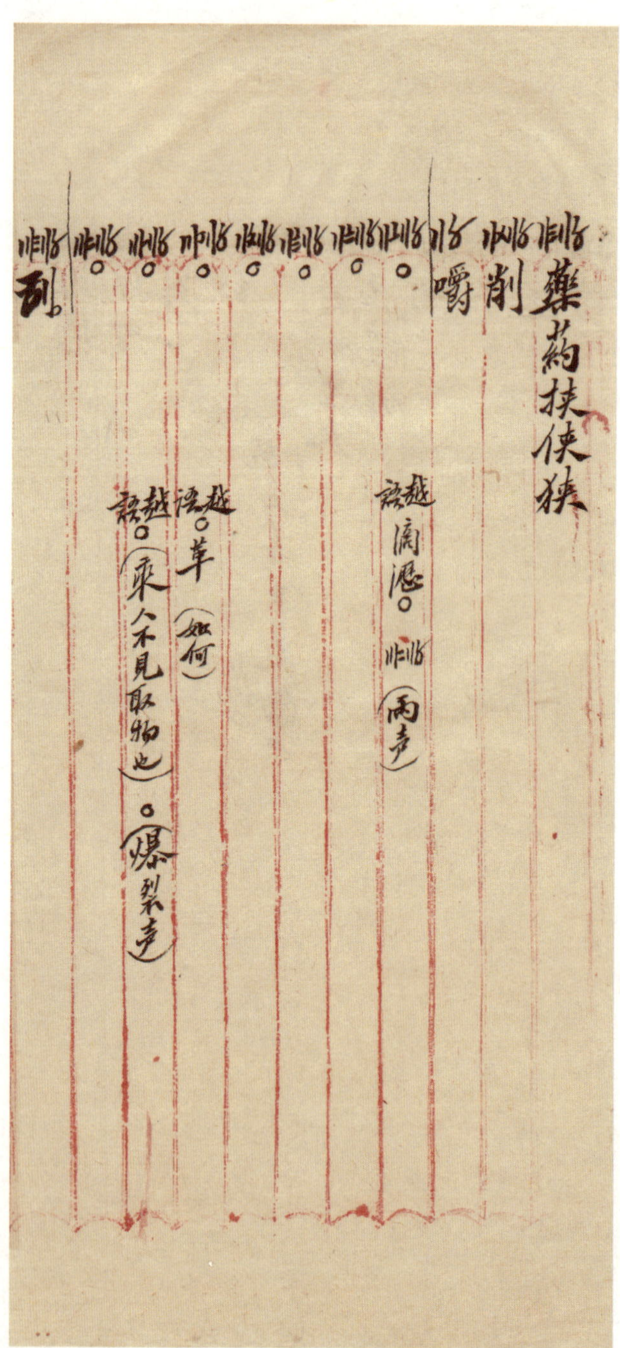

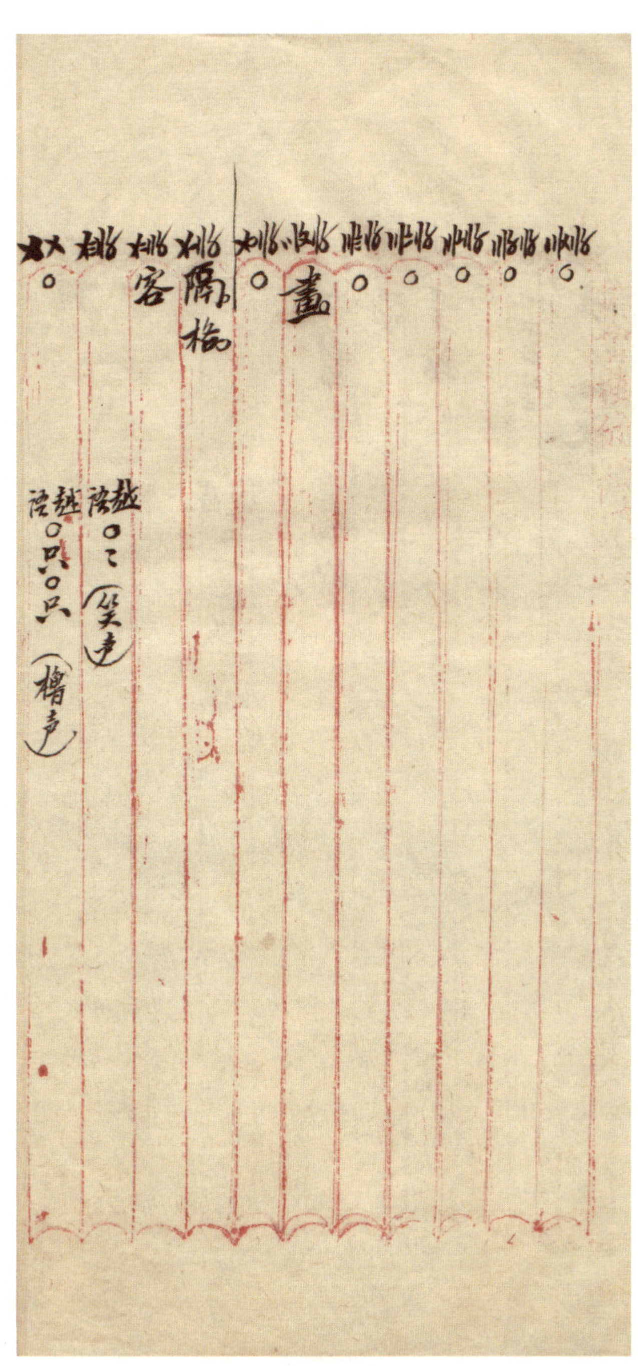

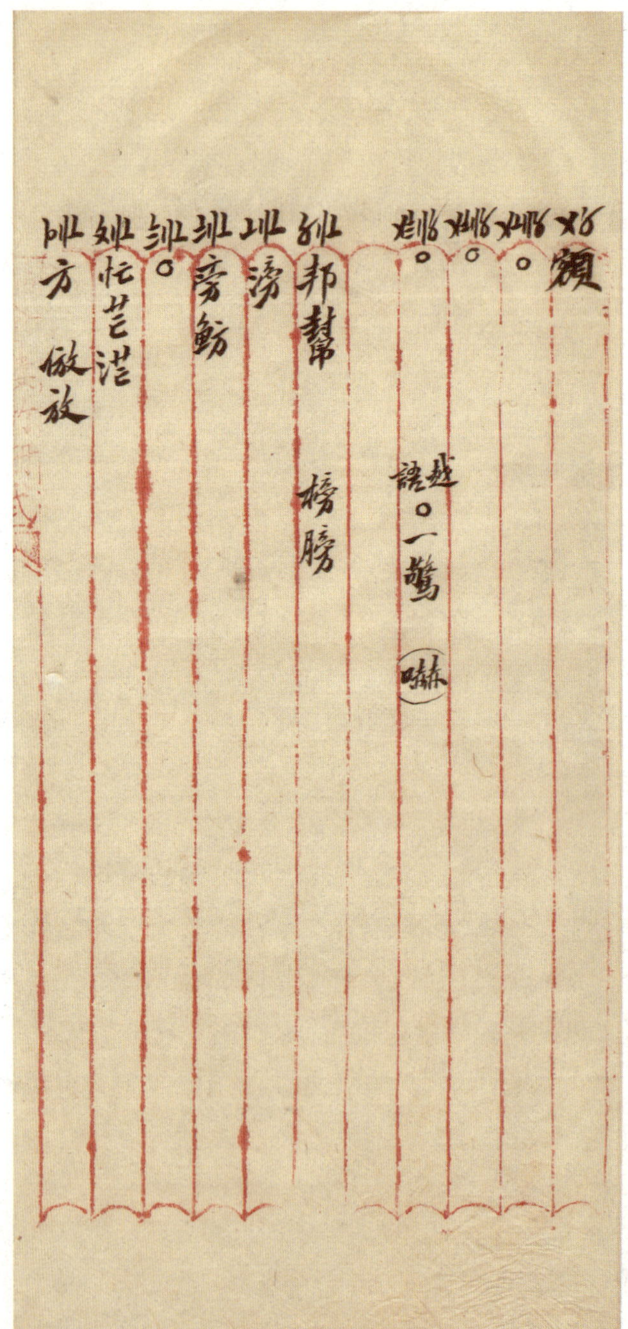

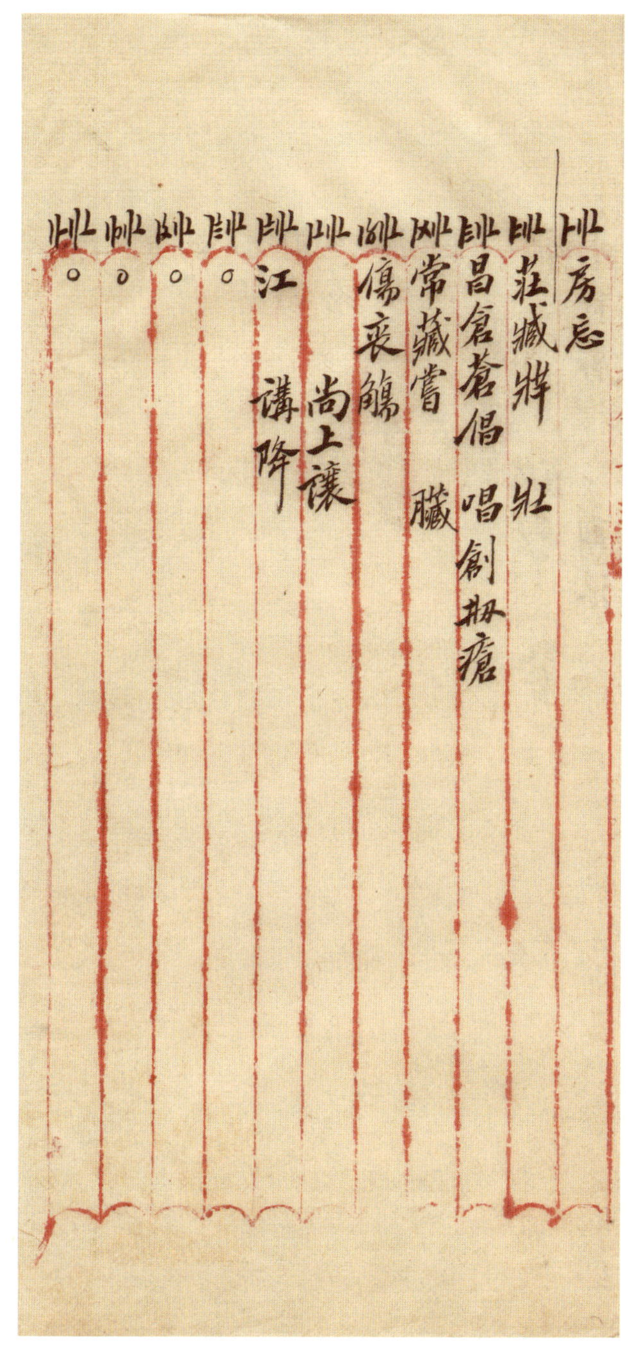

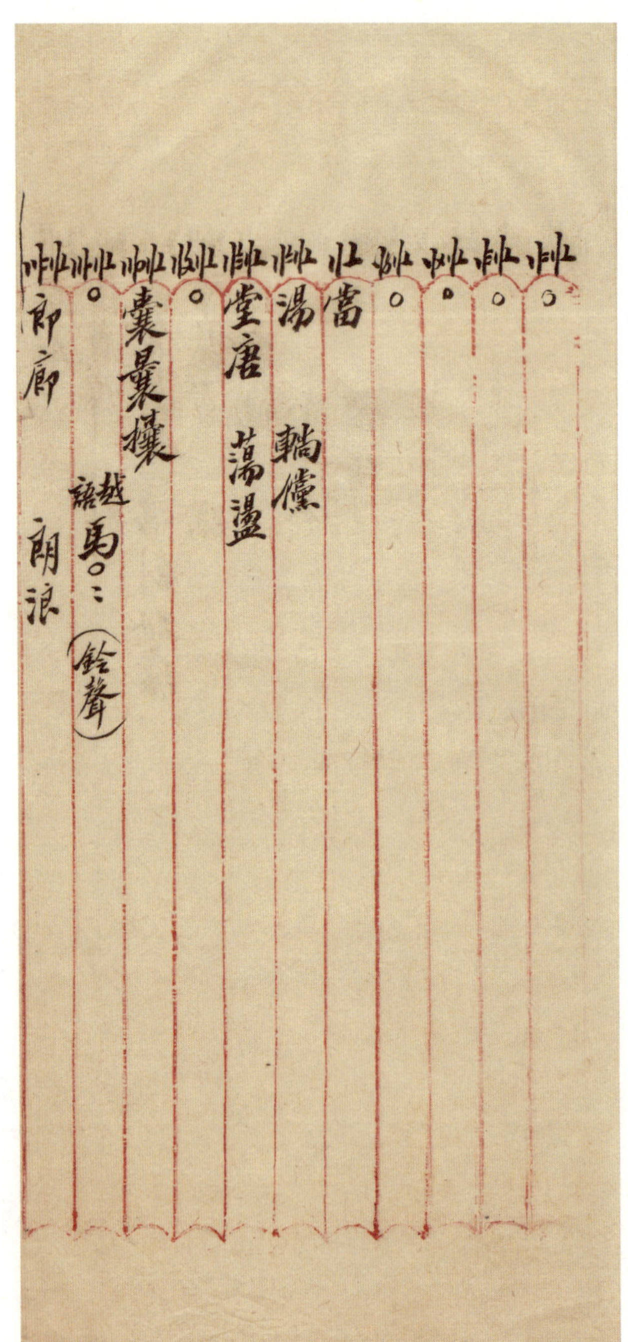

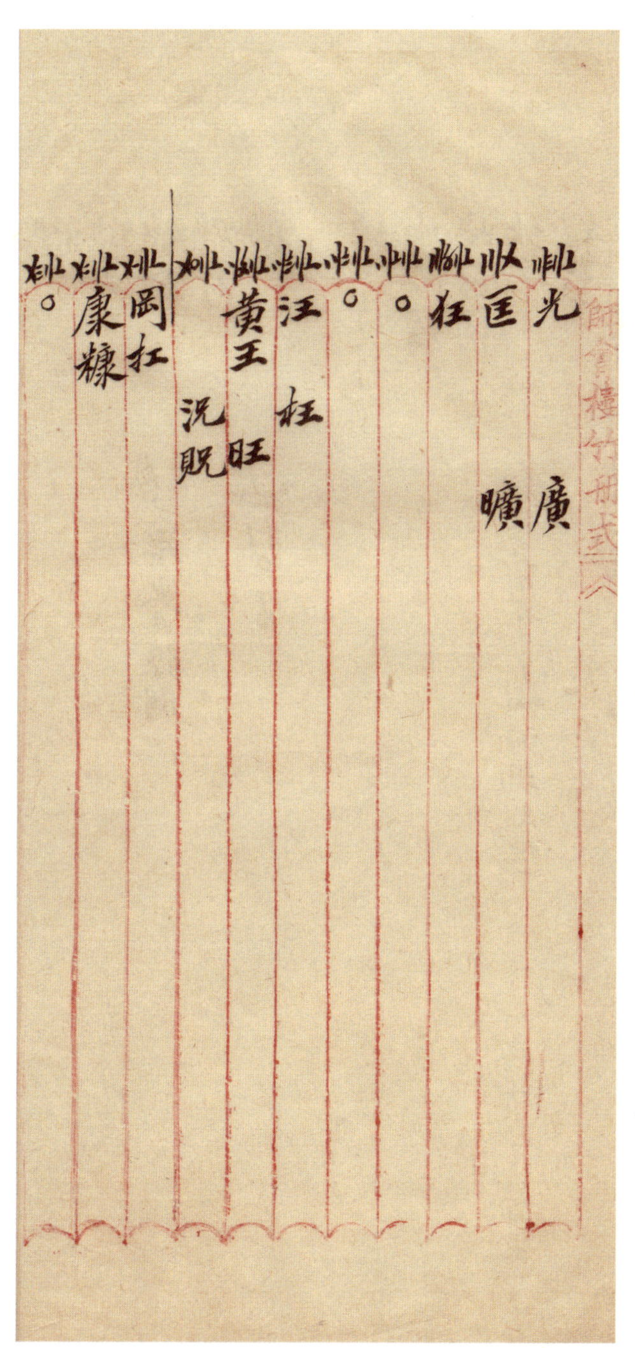
光 廣
匡 曠
狂
〇
〇
汪 枉
黄王 旺
況 貺
岡 扛
康 糠
〇

[illegible]○

[illegible]昂

[illegible]盎　越諺○[illegible]魚○[illegible]湖

[illegible]行

[illegible]○　越諺打○(去)

[illegible]卜博剝

[illegible]撲樸

[illegible]薄泊

[illegible]○　越諺○來○去○个破銅杓(摸)

[illegible]莫

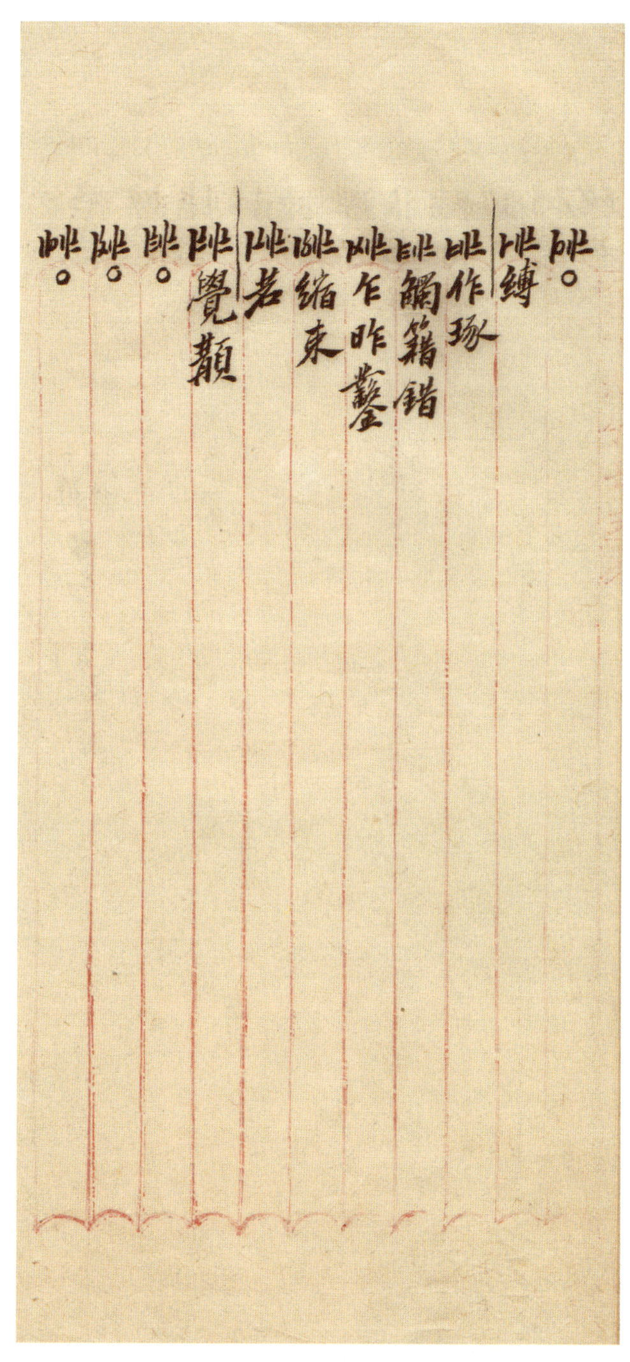

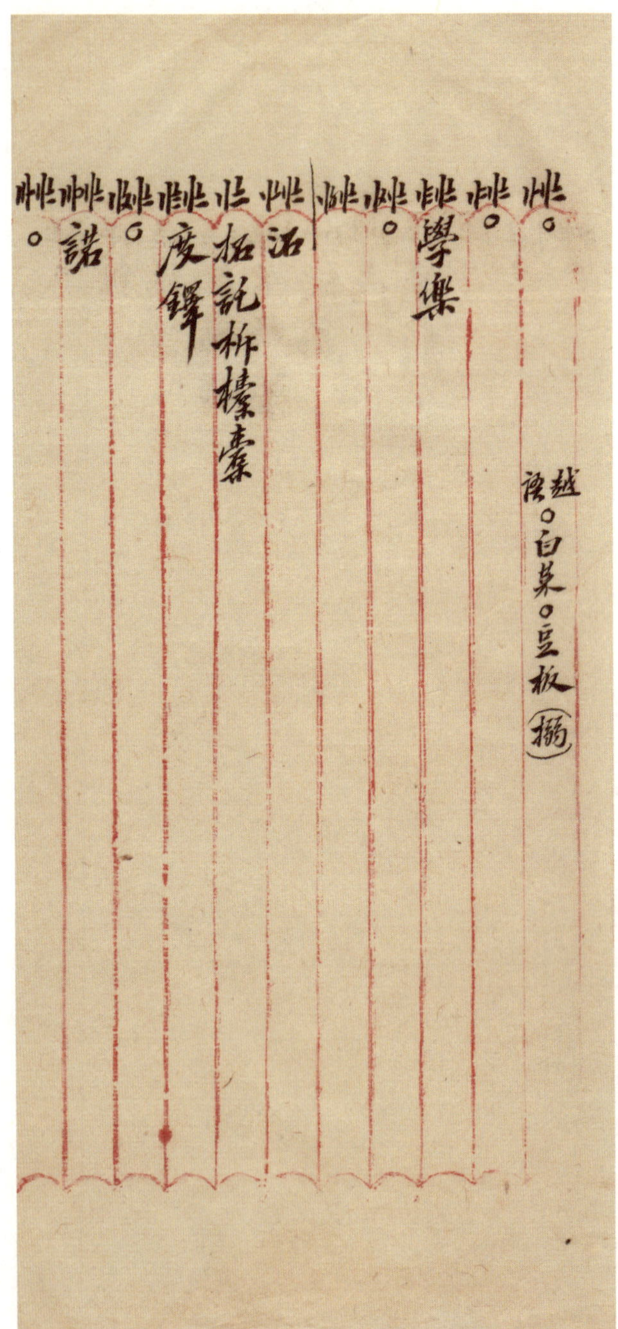

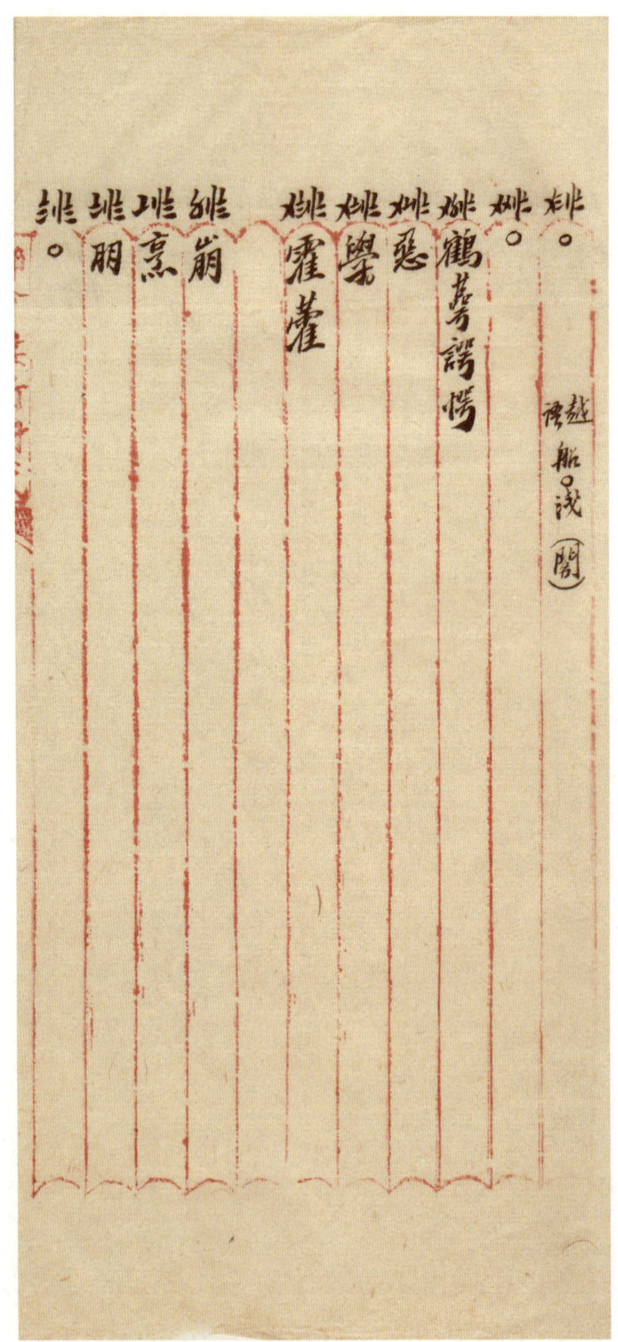

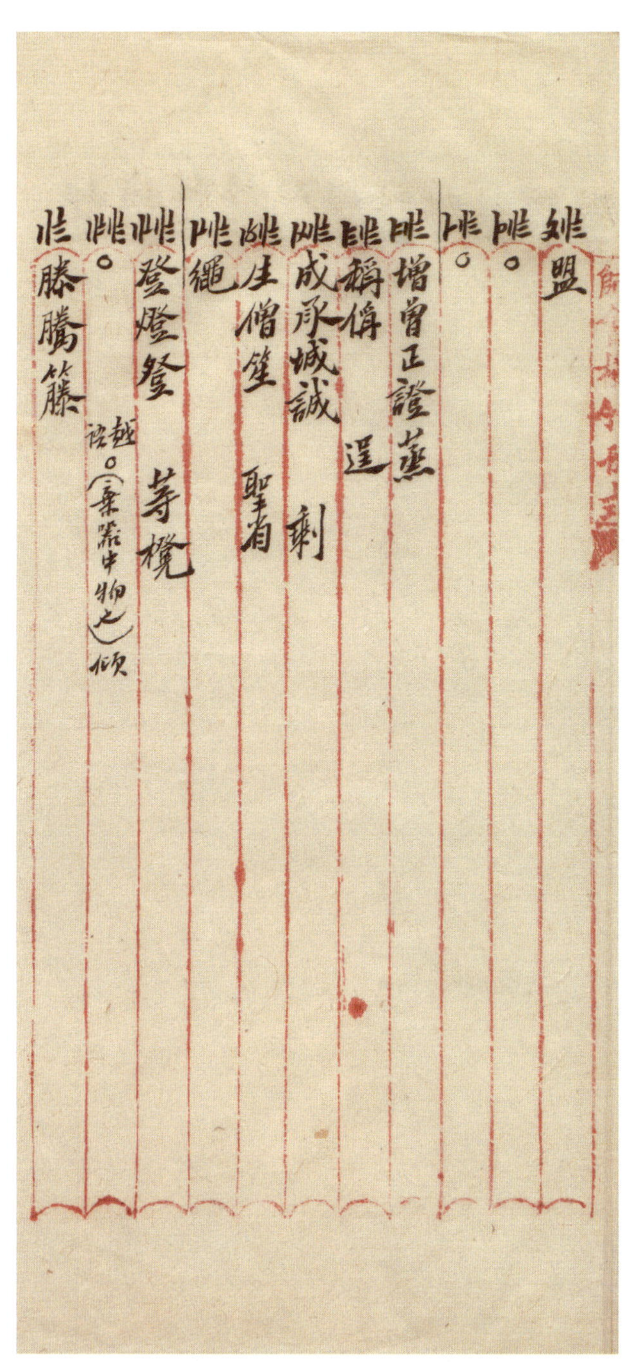

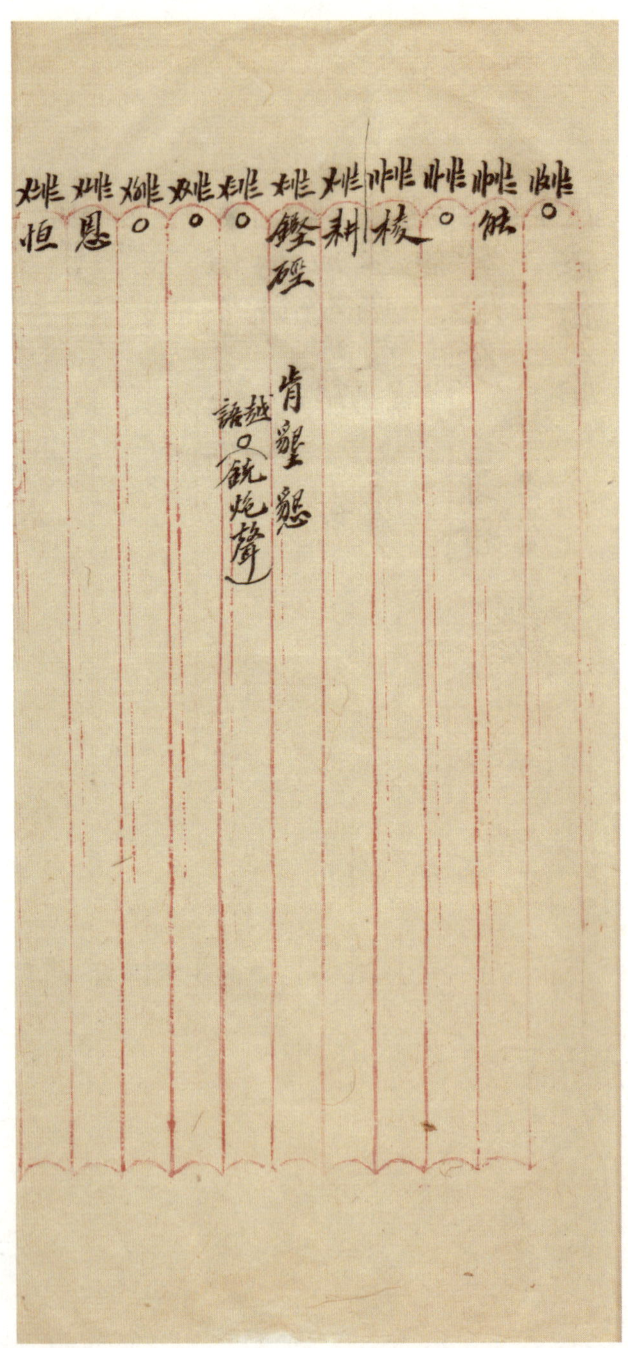

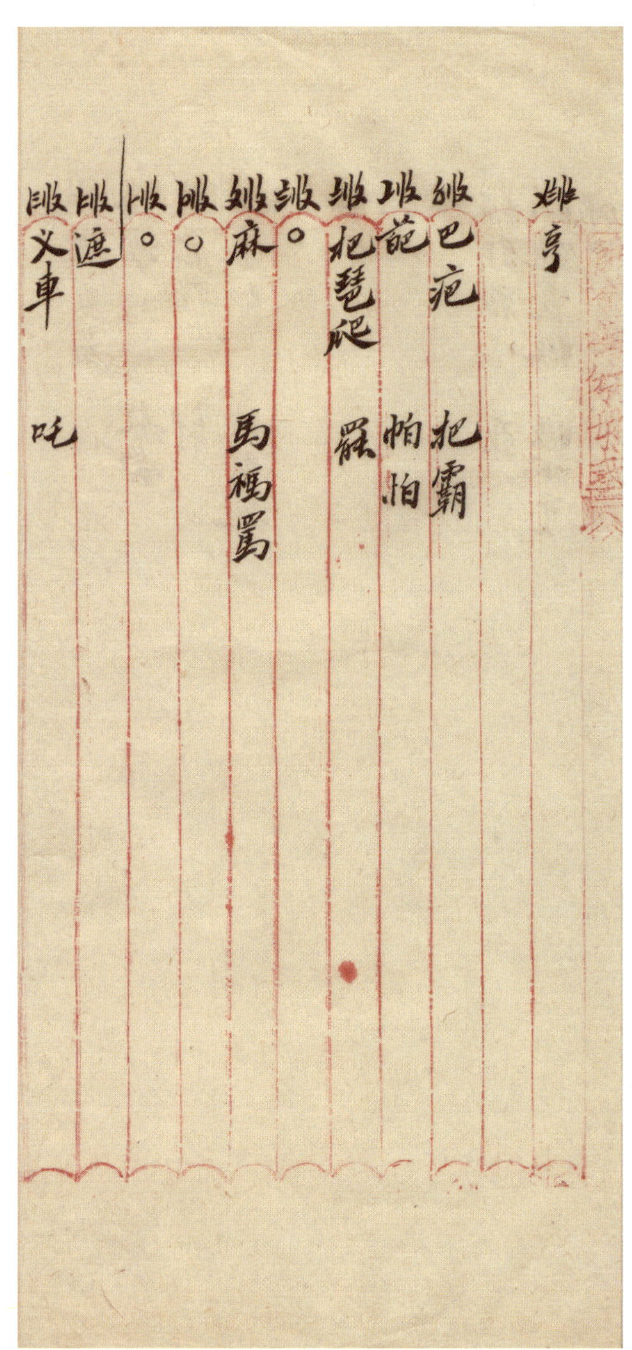

槎查茶

沙　赦舍

佘蛇　射

家加　假駕嫁

○

斜

○

○

鴉雅　亞

遐霞瑕　暇下夏

○

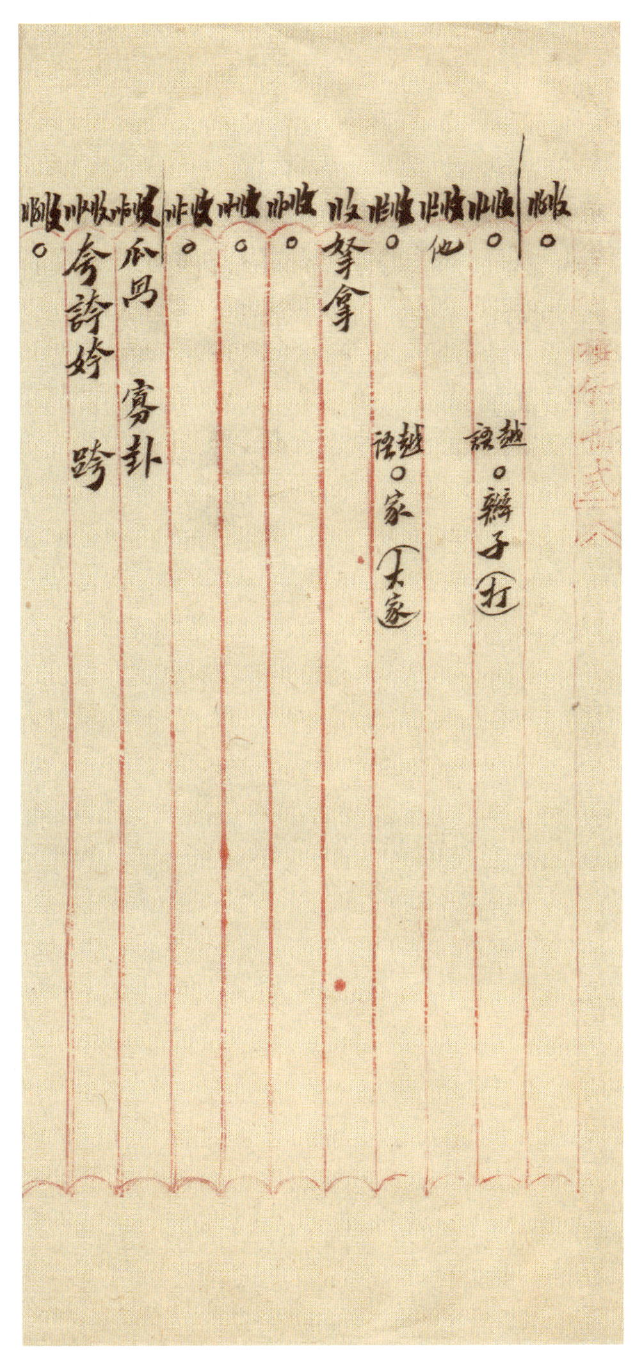

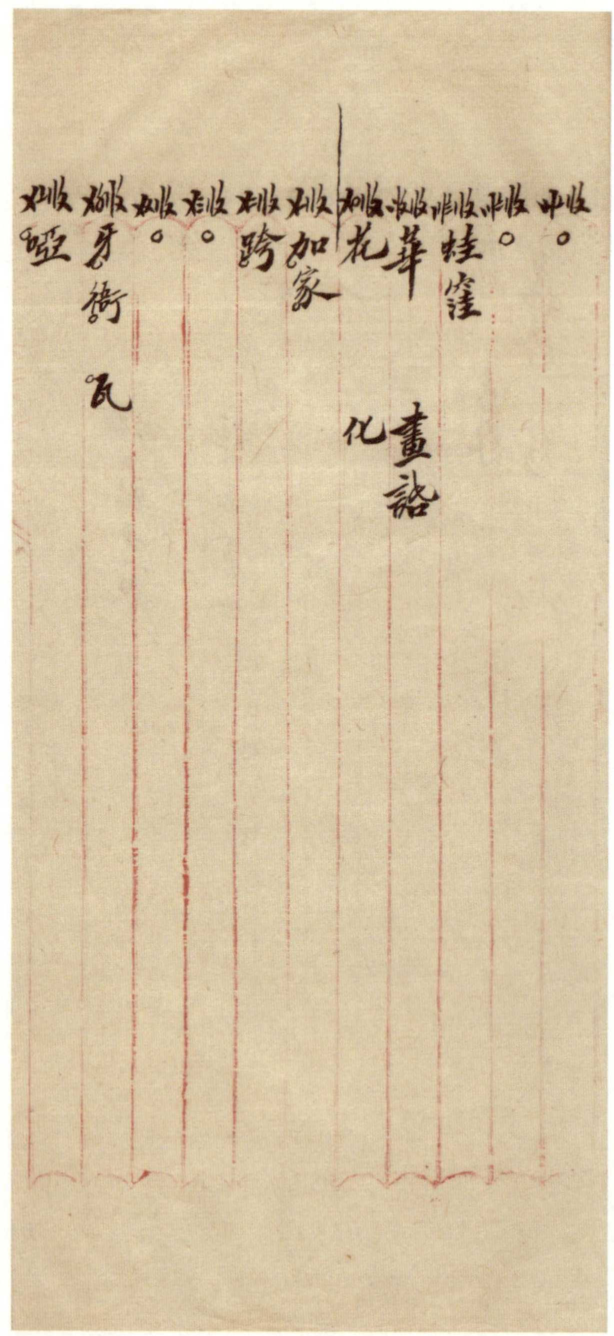

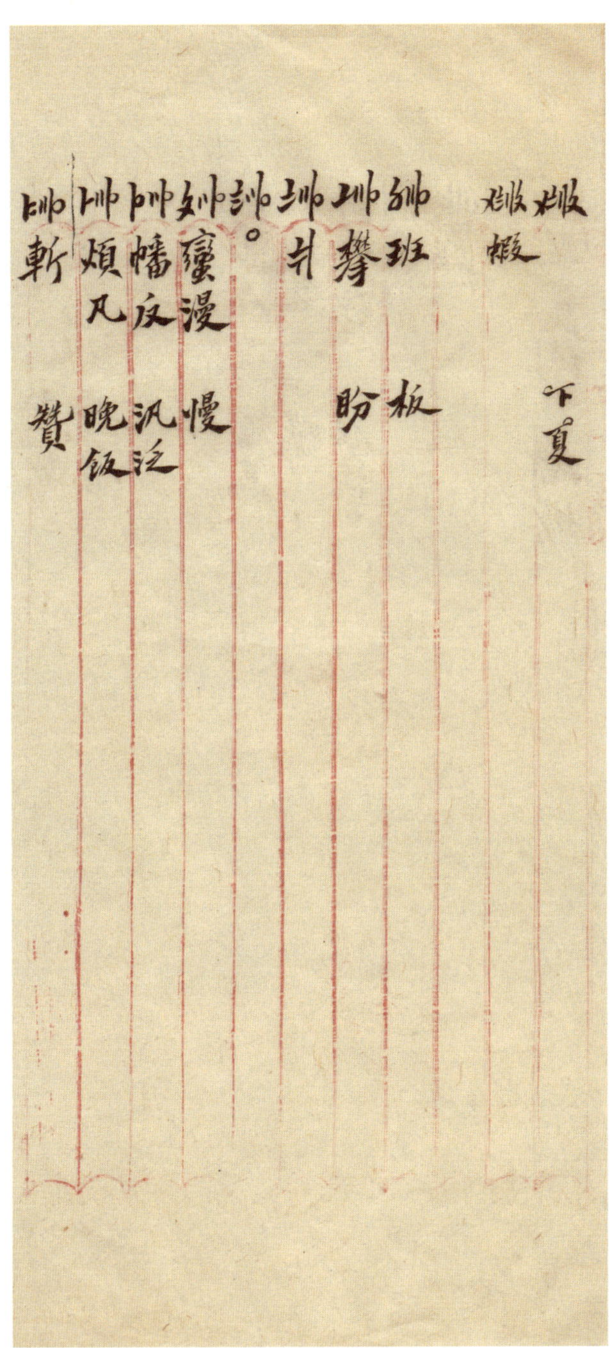

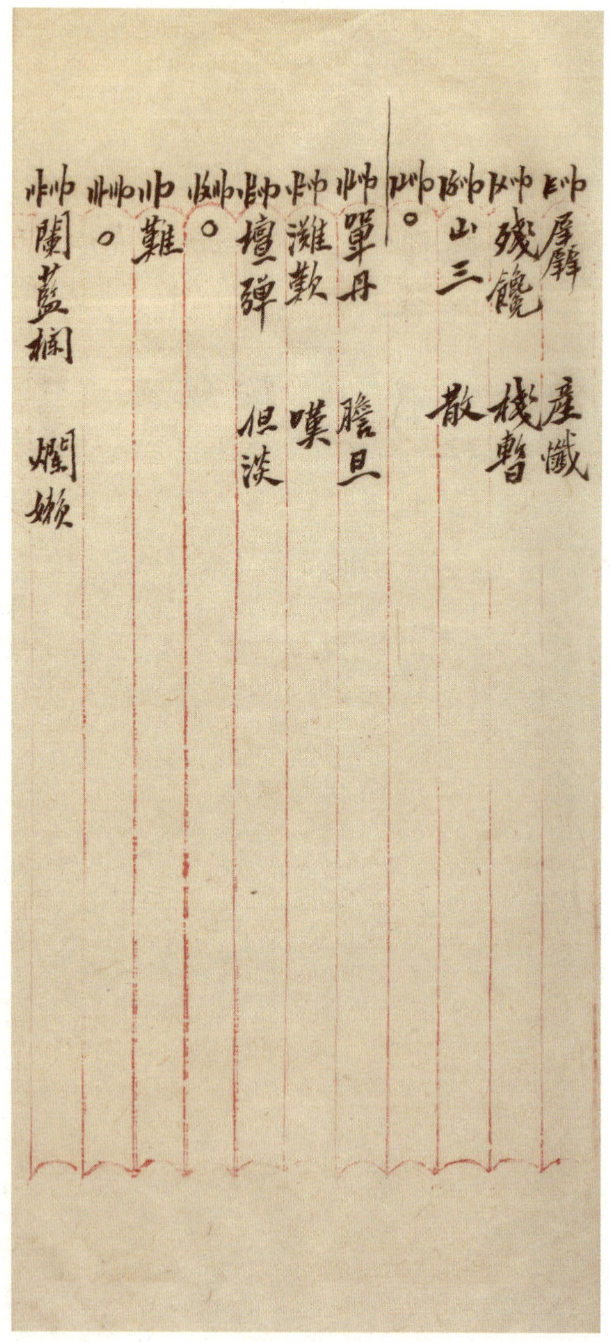

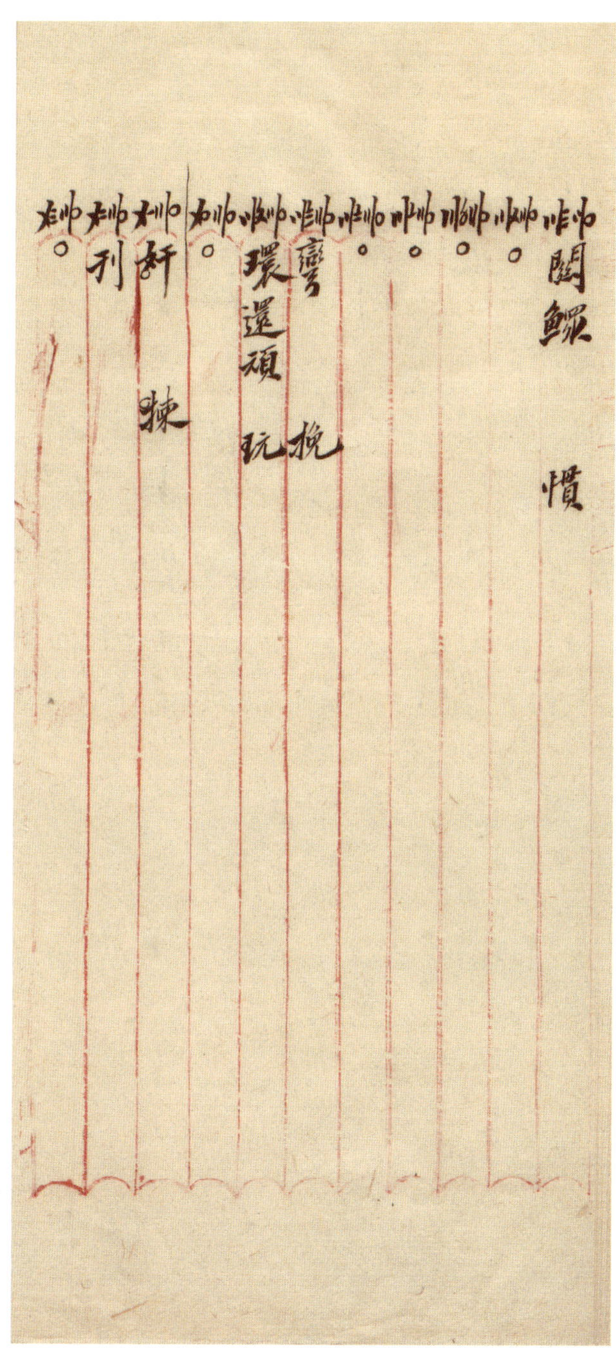

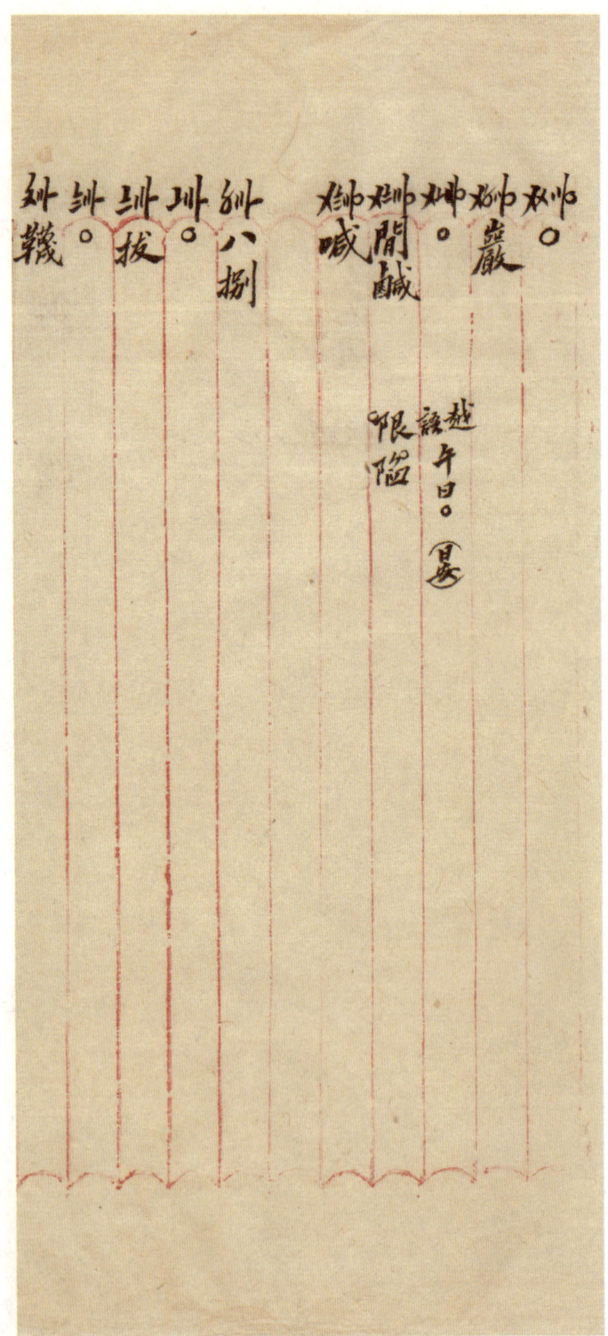

髮發
伐罰乏
札
察擦
○
殺
閘
怛搭
塔
達
○

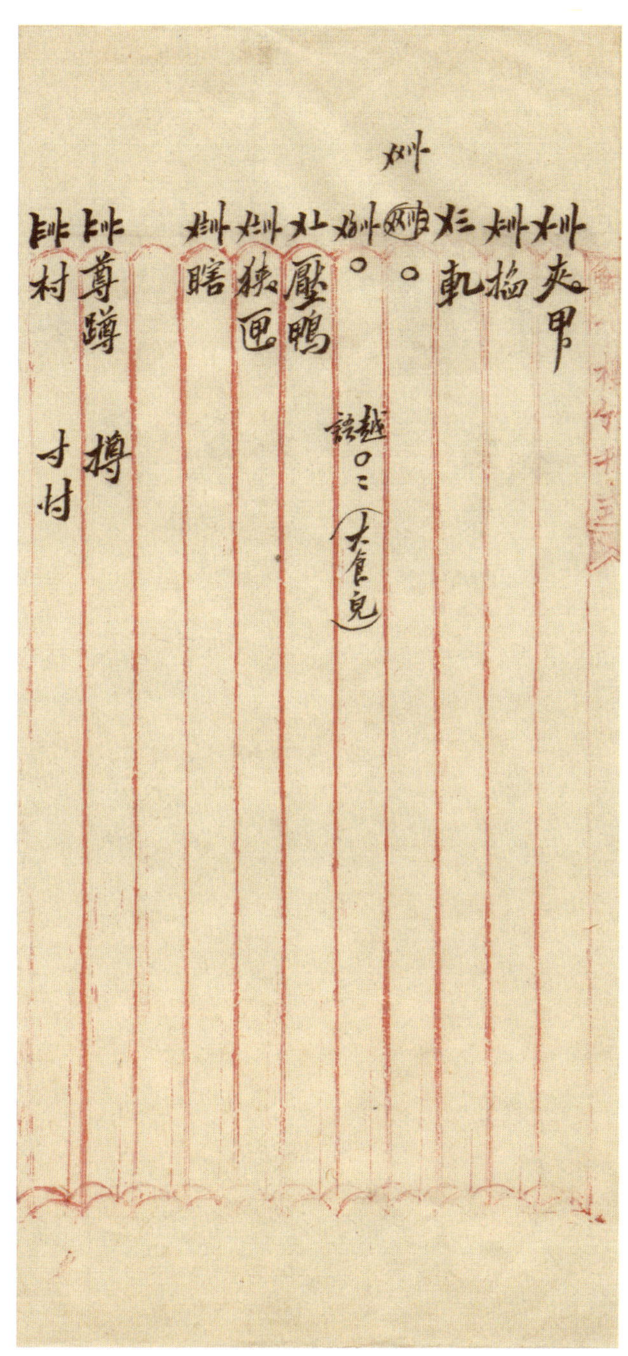

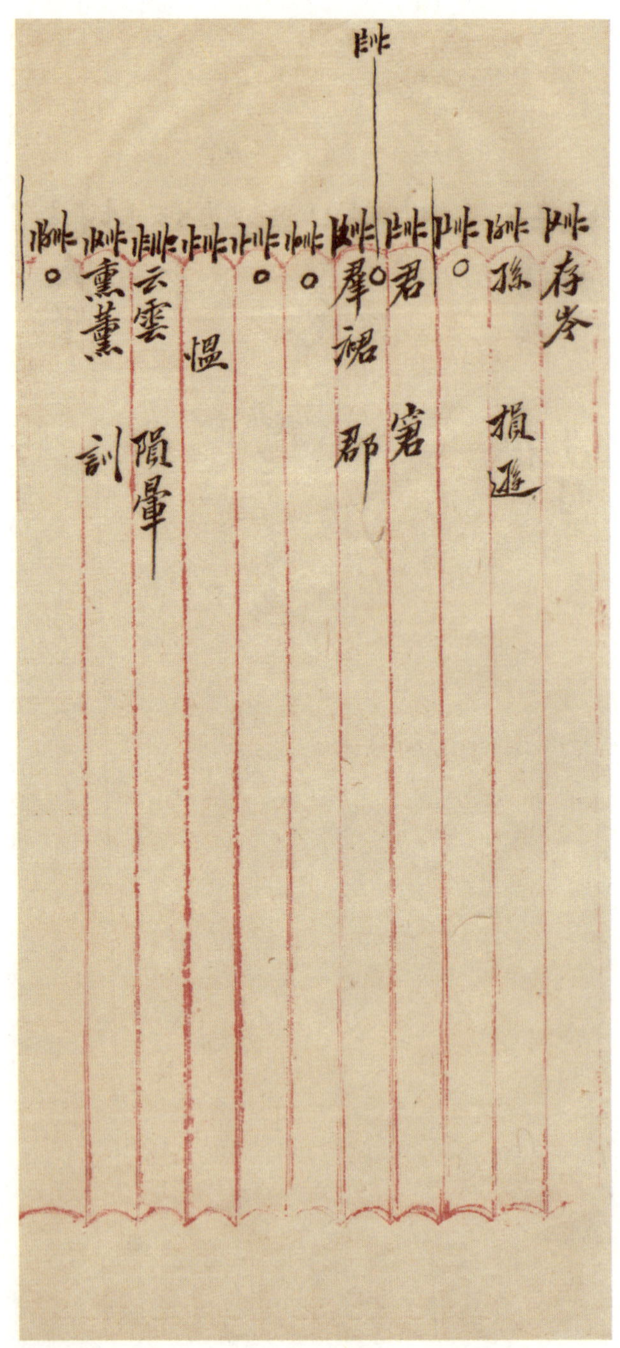

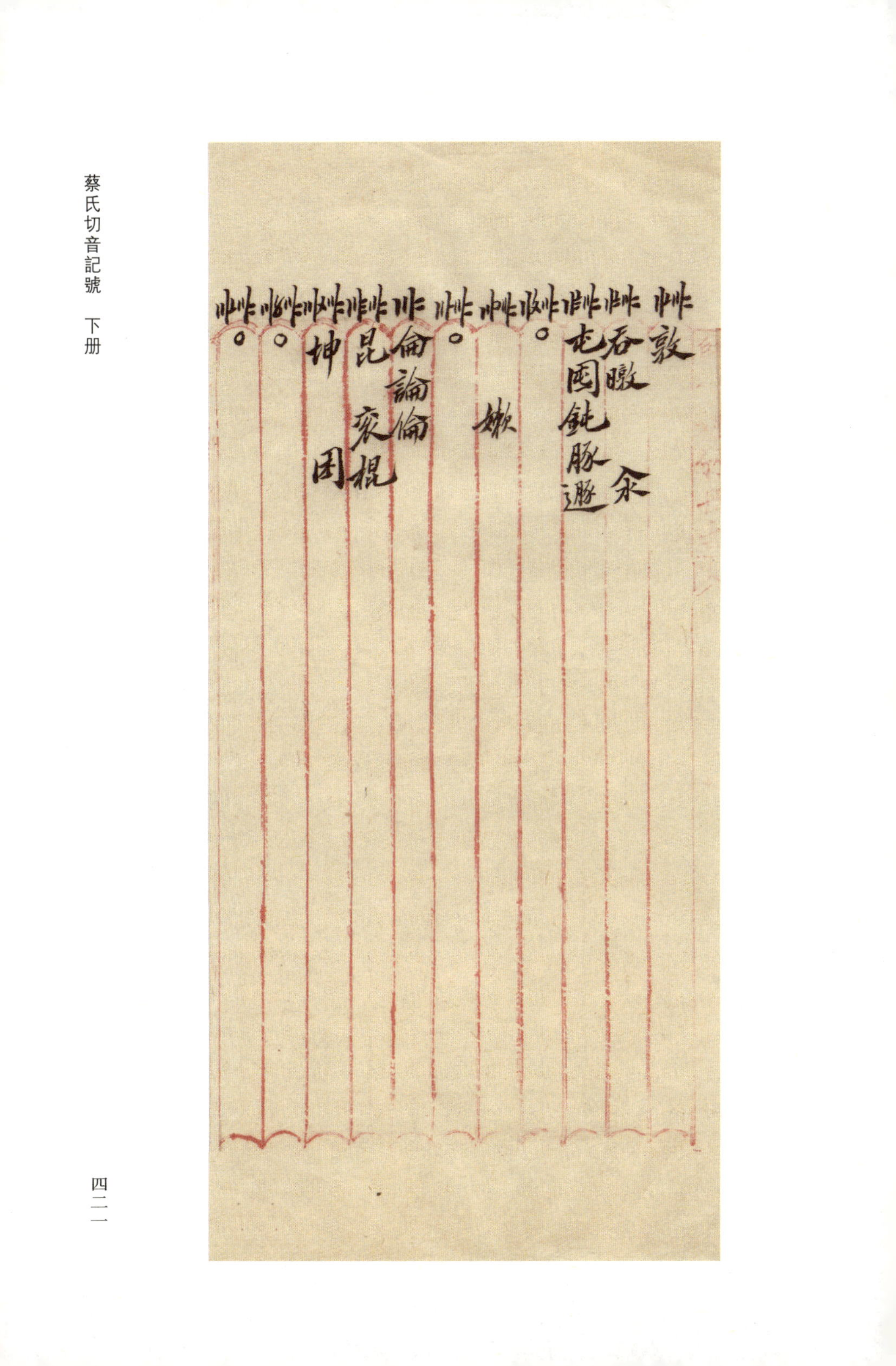

敦
吞暾汆
屯囤鈍豚遯
○
嫩
○
侖論倫
昆衮棍
坤困
○
○

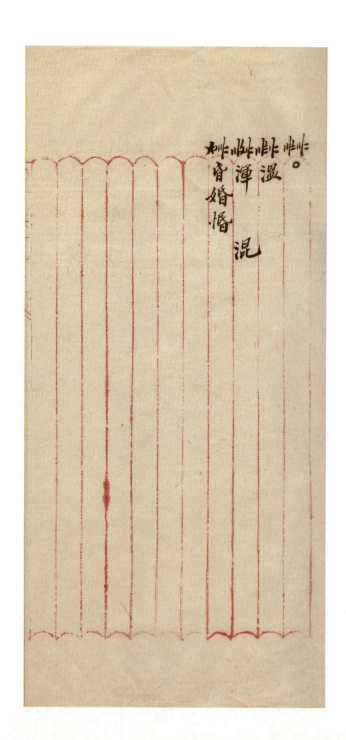

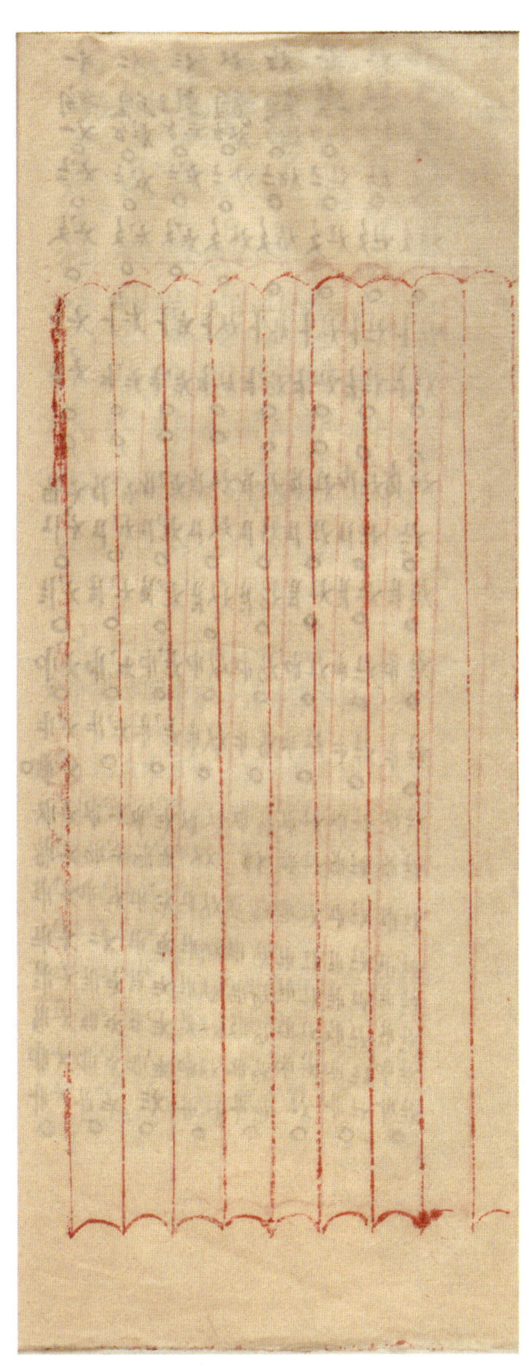

附　編印切音課本的説明*

字母等韵之學，唐宋以來，言者繁矣，鈎鉱紛紜，有如聚訟。國朝婺源江氏，立三十六母不得增損移易之説，五十音清濁相間之圖，二百六韵細分各類，於是截斷衆流，獨彈古調。然而四聲切韵表，牽引古音，强配入聲，轉滋轇葛。烏程汪氏，起而補正之，易百有四類以爲二百十六類，附有有音無音之識别，首尾相應，毫髮無撼，可謂守温之功臣，宗彦之諍友矣。

然而番禺陳氏，求之於《廣韵》，得聲之清者二十一類，濁者十九類，而韵則一類、二類、三類、四類不等，以相近之韵合之，有多至十三、四類者。於以知字母者本非重規疊矩之學，而等子則削足適屨之習也。然而陳氏之言，則言隋以前之音細密，唐以後之音漸混，古今聲氣不同，不知其所以然。又曰：字母者，唐末之音也，其後聲音更混。

然則汪氏、陳氏之書，皆勇於證古而疏於通今，可以使成學心知其意，而不能使童子相説以解也。若乃捷訣、蒙引之屬，易墨守而徇曲，捨雅音而安越，宜於户説矣，而印之鄉里之音，尚不免複漏，則夫閭里書師，比鄰冬學，欲求一切韵定本，符同今音，能質言其理而不惑者，蓋未始有也。

歲甲午，在京師，於李愛伯先生處，見張氏《説文審音》稿，合二百六韵爲十二部，而以《廣韵》韵例録《説文》之字，視段、嚴、王、孔諸家古音學，蓋稍稍疏闊矣。而其卷端所謂九聲總□圖者，按之今音，尋省易了，爰録而藏之。五六年來，南北奔走，迄未一展卷。

今年冬，爲中西學堂定蒙學課程，欲以切音爲學子識字之初桄，溝通西音之捷徑，商量舊學，無愜心者。於篋中檢所謂總□圖而讀之，持較諸家，實有數善：以入聲建首，而公弖孤居，混易辨，一也。以五聲均具之十一部爲本，而以其溢出爲餘聲，近似者爲半聲，無雜厠見□之弊，二也。謂第四聲及餘聲大抵有陰聲，而陰聲大抵有音無字，爲前人所未言，三也。惟入聲亦有陰陽，而謂陰聲與陽聲同入。又所著之字，古音、方音多與吾鄉不合者，今一切以己意更定之。凡無字之音，用漢人譬□爲音，例以吾鄉謡諺注焉，期易讀而已，不暇爲作者計也。鄭人買櫝，齊匠斫木，張氏見之，蓋不免病我狂哉。

* 此文係蔡元培爲紹郡中西學堂印行蒙學用切音課本的説明。據蔡元培手稿。

圖書在版編目(CIP)數據

石頭記疏證長編・蔡氏切音記號/蔡元培著;《蔡元培全集》編委會編. —北京:商務印書館,2024
(蔡元培全集;卷三)
ISBN 978-7-100-23129-9

Ⅰ. ①石… Ⅱ. ①蔡… ②蔡… Ⅲ. ①《紅樓夢》研究 ②漢語拼音方案—研究 Ⅳ. ①I207.411 ②H125.2

中國國家版本館 CIP 數據核字(2023)第 193489 號

蔡元培全集
卷三
石頭記疏證長編　蔡氏切音記號
蔡元培　著
《蔡元培全集》編委會　編

商　務　印　書　館　出　版
(北京王府井大街 36 號　郵政編碼 100710)
商　務　印　書　館　發　行
北京新華印刷有限公司印刷
ISBN 978-7-100-23129-9

2024 年 11 月第 1 版　　開本 880×1240 1/32
2024 年 11 月北京第 1 次印刷　　印張 14
定價:120.00 元